WOLFGANG KORN

LAUF UM DEIN LEBEN!

WOLFGANG KORN

LAUF UM DEIN LEBEN!

Die Weltreise der Sneakers

Illustriert
von Birgit Jansen

Carl Hanser Verlag

Die Illustration auf Seite 113 entstand nach einer Bildvorlage

HANSER hey! Schau vorbei und
teile dein Leseglück auf Instagram

Sonderausgabe für die
Landeszentralen für politische Bildung

ISBN 978-3-446-26217-1

Umschlag: Stefanie Schelleis, München
Illustration: Birgit Jansen, Köln
Satz im Verlag
Druck und Bindung: BALTO print, Vilnius
Printed in Lithuania

INHALT

Einleitung

WIE EIN PAAR SNEAKERS DAS LEBEN EINES SPORTMUFFELS UMKREMPELTE

S-N-E-A-K-E-R-S – das waren für mich bis zu diesem Tag nur aufgemotzte Sportschuhe, über die viel zu viel Aufsehen gemacht wurde.

Ja, im Grunde waren Sneakers doch nur moderne Turnschuhe mit dicken Gummisohlen und kilometerlangen Schnürsenkeln. »Turnschuhe« jedoch erinnerten mich an kalte Sporthallen, an Umkleideräume, in denen es nach Schweiß riecht, und an einen Sportunterricht, bei dem ich regelmäßig versagt hatte. Und nun sollte ausgerechnet ich etwas über ein Paar abgelatschte Sneakers schreiben, die jemandem bei einem Marathon von den Füßen gefallen waren?

Als mir der Chef die Story aufs Auge drückte, dachte ich noch: Okay, und was mache ich heute Nachmittag? Da hatte ich noch keine Ahnung, dass mich diese Geschichte über ein Paar alte Sportschuhe mehrere Monate beschäftigen und um die halbe Welt führen sollte.

Wobei ich eine ganz andere Seite der Welt kennenlernte – nämlich die, die in keinem Reiseführer steht. Und dabei auf Menschen in Europa, Asien und Afrika traf, denen man nicht auf Sightseeing-Touren begegnet.

Schon gar nicht hatte ich damit gerechnet, dass mir diese Geschichte den Schlaf und meine »Unschuld« rauben sollte. Ja, Unschuld muss ich das wohl nennen. Denn ich – Werner Koschinski, seit fünfundzwanzig Jahren Journalist – habe durch diese Story ein ganz neues Verständnis von mir, der Welt und der heutigen Menschheit bekommen.

Wenn sich das nicht nach einem blöden Hollywoodfilm anhören würde, dann würde ich jetzt schreiben: Diese Geschichte hat mein Leben verändert. Aber es war wirklich so.

Die Beweise:

1. Ich gehe jetzt joggen. Na ja, nicht direkt »Joggen«, es ist mehr »Power-Walken«. Aber dabei überhole ich so manchen lahmen Jogger. Und wer mich kennt, weiß, was das für eine Umstellung für mich bedeutet. Ich bin nämlich alles andere als ein Sportfan. Die einzigen Sportarten, die ich bis dahin mochte, waren Poolbillard spielen und Fußball gucken in meiner Stammkneipe.

2. Ich pflege meine Lauf-Sneakers. Wer weiß, wie ich sonst mit meinen Klamotten umgehe, der ahnt die Revolution in meinem Leben.

Doch es kommt noch dicker:

3. Ich, der überarbeitete Reporter, der in seiner Freizeit bisher keinen Finger zu viel bewegte, arbeite mittlerweile ehrenamtlich, also ohne Lohn, mit einer Start-up-Firma zusammen, die in Äthiopien sitzt und dort Sneakers in Handarbeit fertigt – nach Maß und trotzdem nicht teurer als sogenannte Markenprodukte.

Dieser gewaltige Umbruch begann mit einem Paar Sneakers, einer Spezialanfertigung, von der es nur zwei Ausführungen weltweit gibt. Ein Paar wurde kaputt gelaufen, das zweite sollte noch intakt und deshalb sehr, sehr wertvoll sein – doch wir wussten nicht, wo es sich befand.

Es ist beinahe unglaublich, wie mich die Suche nach diesen Sportschuhen um die Welt führte: wie ich durch die chinesische Millionen-Metropole Wenzhou irrte oder in Ostafrika nach einem ganz bestimmten Schuster fahndete.

Aber ich muss die Geschichte wohl von Anfang an erzählen. Und zwar die ganze Geschichte, nicht nur die Reportagefassung für unsere Zeitung, bei der sich alles ausschließlich um die Sneakers dreht. Nein, es geht um Menschen und ihren Bewegungsdrang – und der reicht viel weiter als ein Marathonlauf über 42,195 Kilometer.

Genau genommen wäre das alles hier gar nicht passiert, wenn wir auf gewohnte Art und Weise über den jährlichen Marathonlauf in unserer Heimatstadt berichtet hätten.

Aber der Chef wollte ja unbedingt etwas ganz Besonderes.

Na ja, das hat er dann auch bekommen.

Kapitel 1

20 000 LÄUFER AUS ALLER WELT – ABER KEINE NEUE STORY. EIN STADTMARATHON WIRD ZUM ALBTRAUM

28. Mai, 10.30 Uhr, Redaktionskonferenz des *Mittagskuriers*

Morgen ist es wieder so weit: Stadtmarathon! Das ist eines der bedeutenden jährlichen Events in unserer Stadt – wie der Karneval, das Filmfestival, der Christopher-Street-Day, das Weltmusikfest und etliche Messen.

Der Stadtmarathon ist ein Geschenk: Er ist umsonst und vorhersehbar. Er ist aber auch eine schwere Bürde: Denn er findet seit über fünfundzwanzig Jahren jährlich statt, was soll eine Lokalzeitung darüber noch Interessantes schreiben?

Die letzten Jahre hatten wir die vielen unsichtbaren Helfer im Blick: Der Lauf findet immer Ende Mai statt. Und obwohl in den Wochen davor regelmäßig berichtet wird und entlang der Strecke Parkverbotsschilder aufgestellt werden, schaffen es doch etliche Leute nicht, ihre Autos rechtzeitig umzuparken. Und so werden in der Nacht vor dem Lauf Hunderte von Autos abgeschleppt. Die Abschleppdienste fiebern diesem Ereignis entgegen – für sie bedeutet diese Woche Hochkonjunktur, und es gilt Urlaubssperre. Aber auch dieses Thema haben wir schon abgehakt.

Seit einigen Tagen zerbricht sich die Redaktionskonferenz die Köpfe über einen neuen »Aufhänger« – so nennen wir das. Wir brauchen etwas Neues, worüber die anderen Medien nicht berichten.

»Also, was haben wir?«, eröffnet Dr. Joachim Langenwiese, Chefredakteur des *Mittagskuriers* und von uns nur »der Chef« genannt, die Zusammenkunft. »Was bringen wir auf der ›Seite Drei‹ über den Marathon?« Die dritte Seite ist nach der Titelseite die zweitwichtigste Seite:

Die meisten Tageszeitungen stellen dort ein einziges aktuelles Thema möglichst spannend dar.

Die Kollegen machen Vorschläge:

»Der am weitesten angereiste Läufer!«

»Hatten wir schon, der kam aus Neuseeland!«

»Dann eben der jüngste Läufer.«

»Hatten wir auch schon. Es gibt doch einen eigenen Kinderlauf!«

Kurze allgemeine Denkpause.

»Das Porträt des ältesten Läufers!«

Ablehnendes Gemurmel.

»Wer soll das denn lesen, bitte schön?«

»Unsere Abonnenten vielleicht? Die sind ja auch nicht mehr die Jüngsten!«

»Und so wird es auch bleiben, wenn wir nicht endlich gezielt die jungen Leser ansprechen!«

»Was interessiert denn die jungen Leser?«

»Welches neue Tattoo Madonna hat?«

»Madonna! Das ist genau das Problem bei uns. Die Jugend weiß gar nicht mehr, wer Madonna ist. Die Frau wurde gerade sechzig!«

»Was Jugendliche interessiert, können wir nur von Jugendlichen erfahren …«

Diese Art von Debatte führen wir mindestens einmal die Woche. Ohne dass wir einen Ausweg finden: Die Gesellschaft braucht guten, unabhängigen Journalismus. Doch immer weniger wollen dafür zahlen und erst recht keine Jugendlichen. Die sind es gewohnt, alles aus dem Internet umsonst herunterzuladen. Das ist unser Dauerproblem.

Unser aktuelles Problem besteht darin, dass wir schon über jeden Aspekt dieser Marathonveranstaltung berichtet haben: Wie die Marathonstrecke von exakt 42,195 Kilometern optimal durch unsere Stadt verläuft, war längst Thema. Oder woher die Teilnehmer stammen: Die rund 20 000 Läufer kommen aus bis zu 120 Ländern. Besonders haben wir natürlich Läufer aus Ostafrika vorgestellt, Läufer, die möglicherweise neue Weltrekorde erzielen.

Doch die Bestzeiten werden in anderen Städten erreicht. In Berlin wurde seit 1998 acht Mal ein neuer Weltrekord gelaufen. So konnte der Äthiopier Haile Gebrselassie seinen eigenen Rekord von 2007 (2:04:26 Stunden) im nächsten Jahr noch einmal verbessern: auf 2:03:59 Stunden. Im Jahr 2013 verkürzte der Kenianer Wilson Kipsang die Rekordzeit auf 2:03:23, doch schon bald verbesserten seine Landsmänner diese – 2014 Dennis Kimetto auf 2:02:57 Stunden und 2018 Eluid Kipchoge auf die Traumzeit von 2:01:39 Stunden.

Oder der schnellste deutsche Marathonläufer aller Zeiten: Arne Gablus, er ist Arzt und Laufprofi. 2015 lief er beim Frankfurt-Marathon die deutsche Bestzeit von 2:08:33 Stunden. Warum hat er diesen Rekord nicht bei uns aufgestellt, sondern in Frankfurt? Hier bei uns herrscht immerhin eine der besten Marathon-Stimmungen – sagen die meisten Läufer. Eine abwechslungsreiche Strecke: keine Hochhauswüsten, sondern viel Wald und das lange Stadtsee-Ufer.

Vielleicht liegt alles wieder einmal am schnöden Mammon. Denn das ist die andere Seite des Marathons – es geht um viel Geld. Vor zwei Jahren gelang es unserer ehemaligen Volontärin Yvonne – da war sie allerdings schon zum Berliner Rundfunk gewechselt –, dem Berliner Veranstalter bei einem eigentlich harmlosen Interview ein Geständnis zu

entlocken: »Ja, wir zahlen für ausgewählte Läufer nicht nur die Reisekosten und die Unterbringung, sondern auch eine Startprämie. Und die ist gar nicht so klein, sie bewegt sich im sechsstelligen Bereich.« Was soll man nach einem solchen Enthüllungshit noch bringen? Alles schon einmal da gewesen.

Zum Glück gibt es inzwischen nicht nur den klassischen Marathon über 42,195 Kilometer, sondern auch:

den Halbmarathon,
den 10-Kilometer-Lauf,
den Inline-Halbmarathon,
das Walking,
das Nordic Walking,
den Fun-Run und
den Kinderlauf.

Natürlich haben wir uns auch schon damit ausführlich beschäftigt.

Auch den ganzen Abläufen der Organisation haben wir uns schon gewidmet: Das ganze Jahr über ist ein kleines Team von fünfzehn Mitarbeitern mit den Vorbereitungen beschäftigt, einige Wochen vor dem Lauf wird diese Gruppe aufgestockt. Am Tag des Marathons sind 2000 Helfer entlang der Strecke im Einsatz. Dazu kommen noch etliche Veranstaltungen als Rahmenprogramm wie beispielsweise Vorstellungen auf zwei Bühnen, auf denen Musik- und Tanzgruppen auftreten.

Über all das haben wir schon berichtet – und deshalb kommt heute einfach kein guter Themenvorschlag während der Sitzung.

Warum heißt der Lauf »Marathon« und geht über 42,195 Kilometer?

Gleich bei den ersten Olympischen Spielen der Neuzeit 1896 in Athen wurde ein Marathonlauf durchgeführt. Der Name des Rennens geht auf den Ort Marathon zurück, die Laufdistanz auf die rund 40 Kilometer, die Marathon nordöstlich von Athen entfernt liegt.

Der erste denkwürdige Lauf fand vor rund 2500 Jahren statt. Dem kleinen griechischen Heer war es gelungen, die zahlenmäßig weit überlegenen persischen Eroberer zu besiegen. Gleich nach der Schlacht soll der Läufer Pheidippides bis Athen gelaufen sein. Dort soll er gerufen haben: »Freut euch, wir haben gesiegt!« Danach soll er tot zusammengebrochen sein.
Bei der ersten Olympiade der Neuzeit gewann der Grieche Spiridon Louis den knapp 40 Kilometer langen Lauf in zwei Stunden, 58 Minuten und 50 Sekunden. Er wurde damit zum griechischen Nationalhelden.
Bei den folgenden drei Olympiaden variierte die Marathonstrecke zwischen 40 und 41,26 Kilometern.
Als die Spiele 1908 in London stattfanden, sollte die Route unbedingt am königlichen Windsor-Palast vorbeiführen. Die Wettkampfkommission verlängerte daraufhin die Laufstrecke ein wenig. Dadurch wurden die 42,195 Kilometer letztlich als verbindliche Marathondistanz festgelegt. Weil eine englische Prinzessin den Lauf von ihrem Palastfenster aus sehen wollte.

Auch nachdem der Chef die Redaktionskonferenz aufgelöst hat, rauchen unsere Köpfe weiter. Zehn Redakteure – jeder von ihnen hat entweder einen Doktortitel oder mindestens einen Journalistenpreis bekommen – sind nicht in der Lage, diese einfache Aufgabe zu lösen: Was sollen wir morgen bringen? Es soll unterhaltsam, etwas bildend (aber nicht zu sehr) und gut mit Fotos unterlegbar sein – und muss natürlich mit dem Marathon zu tun haben.

Beim Mittagessen in der Kantine wird nur wenig geredet und schon gar nicht gelacht. Alle brüten vor sich hin.

28. Mai, 16.30 Uhr, letzte Redaktionskonferenz zur großen Marathon-Berichterstattung

Der Chefredakteur ist stinksauer: Wir haben immer noch keine durchschlagende Idee! Und das bei diesem Konkurrenzkampf der Medien.

Der Landesfunk positioniert entlang der Strecke zehn schwenkbare Fernsehkameras auf Bühnen und mietet außerdem Motorräder und einen Hubschrauber. Da ist die Verlockung für einen Reporter groß, sich einfach daheim die Übertragung anzuschauen und aus dem Gesehenen eine schöne Reportage zu schreiben. Als wäre man überall dabei gewesen. Und dann noch ein, zwei Interviews mit Läufern, Zuschauern und Veranstaltern – und fertig sind die Beiträge. Die Fotos kann man von den Fotoagenturen beziehen.

So machen es sicherlich einige Konkurrenzblätter. Aber nicht der Chefredakteur des *Mittagskuriers*. Der schickt seine Reporter und sich selbst raus auf die Straße. »Ihr wisst doch, was Reportage heißt, oder!?« Daran erinnert er seine Mitarbeiter bei jeder Gelegenheit. Reportage kommt von »reportieren«, und das heißt »etwas zurückbringen«: Bilder, Geräusche, Gesichter, Gerüche und die ganzen Geschichten drum herum. Genau das, was nicht durch die TV-Kamera und die Satellitenschüsseln passt.

Und für die »Seite Drei« machen wir genau das Gegenteil. »Werner«, er schaut mich, seinen Chefreporter, an. »Du bleibst hier und kramst deine beste ›Geschichte mit Herz‹ aus der Schublade und aktualisierst sie. Ich sehe das schon vor mir: ›Max M. kann den Marathon nur noch am Bildschirm verfolgen. Während die anderen laufen, muss Max M. und so weiter und so weiter.‹ Drück ordentlich auf die Tränendrüse. Jeder, der noch zwei gesunde Beine hat und sie nicht dazu benutzt, Marathon zu laufen, soll ein schlechtes Gewissen kriegen!«

Also verbringe ich auch noch den ganzen Abend in der Redaktion.

Am 29. Mai um 8.30 Uhr
macht es pünktlich und laut

»P-E-E-E-E-E-N-G!!!!«,

als der Oberbürgermeister den offiziellen Startschuss für den 26. Stadtmarathon gibt.

Der *Mittagskurier* hat seine Mitarbeiter über alle Strecken und an den wichtigen Punkten verteilt. Nur ich ruhe mich daheim von meiner Spätschicht aus.

Obwohl für den Marathon über die ganze Strecke nur knapp die Hälfte der 20 000 Läufer angemeldet sind, können die natürlich nicht gemeinsam starten. Deshalb bilden sie eine lange Schlange. Und dabei gibt es auch kein Gedränge, denn jeder von ihnen hat einen Chip bekommen, der die individuelle Start- und Zielzeit misst.

Wie immer starten die besten Läufer ganz vorn und setzen sich schon bald in kleinen Gruppen von ihren Nachfolgern ab. Sie laufen in kleinen Gruppen, weil sie persönliche Mitläufer, ihre »Hasen«, haben. Die Hasen sind die Tempo- oder Schrittmacher (engl. pacemaker, deshalb steht auf ihrer Startnummer »PACE 87« oder eine andere Zahl). Sie laufen außer Konkurrenz und sollen dafür sorgen, dass die jeweiligen Läufer nicht zu langsam werden, um ihre angepeilte Zeit zu erreichen.

8.45 Uhr, in der Nähe des Rathauses

Einer der ersten Zuschauer an der Strecke ist der Chefredakteur. Unser Chef liebt den Stallgeruch des Marathons. Denn er ist früher selbst einmal gelaufen – bis sein rechtes Knie nicht mehr mitspielte.

Heute hat er gleich an der ersten Getränkestation Stellung bezogen. Hier werden die Läufer kurz langsamer, um die erste Flüssigkeit aufzunehmen. Die einfachen Läufer müssen sich an diesen Stationen feuchte Schwämme, Wasser oder Saftschorle in Pappbechern greifen, an späteren Stationen kommt auch konzentrierte Energienahrung dazu. Die Spitzenläufer bekommen kleine Trinkflaschen mit ihrem Namen angereicht. Darin haben ihre Betreuer Getränke abgefüllt, die ganz auf die Bedürfnisse ihrer Körper abgestellte Mineralsalzmischungen enthalten. Direkt hinter der Station, die aus etlichen aneinandergereihten Tapeziertischen besteht, schmeißen die Läufer ihre Pappbecher einfach an den Straßenrand.

Als das Hauptfeld die Station passiert, kann man den Müllberg regelrecht wachsen sehen. Der Chef überlegt, ob das nicht ein schönes Bild für die morgige Ausgabe abgeben könnte … Noch besser ein kleines Video vom Pappbecherberg und den vorbeitrabenden Bein-Massen.

Vor allem jedoch hat der Chef sich hier positioniert, weil vor zwei Stunden ein merkwürdiger Hinweis in der Redaktion eingegangen ist: Wir sollten etwas Wichtiges in der Nähe der Getränkestation finden. Die Anruferin hat Englisch gesprochen, mehr konnte die Sekretärin, die den Anruf angenommen hatte, nicht sagen.

Und da fällt dem Chef tatsächlich etwas auf. Hinter dem Pappbecherberg befindet sich ein Verteilerkasten für Strom oder Telefonverbindungen. Jemand hat darauf mit roter Farbe eine Art X gemalt, und über diesem X liegt etwas rot Schimmerndes. Niemand außer dem Chef hat dieses rote Päckchen bisher gesehen. Er schlendert dorthin, nimmt es und verbirgt es in seinem Mantel. Allerdings schaut er sich seine Beute nicht gleich an, denn als Medienmann weiß er, wie viele Kameras die Laufstrecke erfassen: Kameras von TV-Teams, von Fotografen, Webcams an der Wegstrecke, Überwachungskameras der Polizei und des

Ordnungsamtes und dazu noch das Heer der unermüdlichen Selfie-Shooter.

Ein paar Minuten hält der Chefredakteur es aus, dann schaut er demonstrativ auf seine Armbanduhr, wendet sich langsam ab und geht ein paar Schritte in die nächste Toreinfahrt. Dort inspiziert er den Fund, und dabei entfährt ihm ein »Oooh!«. Diese Reaktion ist bei dem Chef, der in seiner langjährigen Leitung des *Mittagskuriers* schon so ziemlich alles gesehen hat, eine Ausnahme.

Denn es handelt sich zwar eindeutig um Sportschuhe, doch die rotbraune Masse, die auf ihren Schäften klebt, muss Blut sein! Wer hat diese Schuhe hier abgelegt, und warum? Das Blut kann nicht von einem der Läufer stammen, der irgendwo hineingetreten ist. Es muss einer der guten Läufer gewesen sein, nur die sind an der Spitze. Wurde er verletzt und musste ausscheiden – und die Rennleitung vertuscht das? Wurde hier ein Weltrekord durch Schlamperei verhindert …?

»Das ist es!« Der Chef drückt die stinkenden, zerbeulten und blutigen Sneakers mit seinem linken Arm an seinen teuren Trenchcoat, als hielte er ein Neugeborenes. »Unsere Exklusivgeschichte!«

Mit dem rechten Arm fischt er sein Smartphone aus der Manteltasche und wählt aus der Anrufliste den Eintrag: »W. K.«

Er muss länger warten, bis sich sein Reporter mit belegter Stimme und unterdrücktem Gähnen meldet: »Jaaaah, Cheeeef?!«

»Liegst du etwa noch im Bett, Koschinski?« Meistens siezt mich der Chef, aber wenn er aufgeregt ist, wechselt er zum Du.

»Wissen Sie, bis wann ich gestern in der Redaktion war? Ich habe meine Rührgeschichte geschrieben und die ganze Seite gestaltet …«

»Das ist jetzt alles egal! Ich habe hier etwas für dich.«

»Ich dachte, ich soll heute meinen freien Tag nehmen. Weil ich so wenig Ahnung von Sport habe, haben Sie doch gesagt!«

»Das war gestern! Jetzt aber brauchen wir deine Reporternase! Wann kannst du hier sein?«

»Weiß ich nicht. Wo sind Sie denn?«

»An der Strecke natürlich!«

»Die Strecke ist lang – genauer bitte …«

»Am Rathaus.«

»Na, eine halbe Stunde mit der Straßenbahn und all den Absperrungen.«

»Das ist zu lang. Dann treffen wir uns in der Redaktion.«

9.45 Uhr, Redaktion des *Mittagskuriers*

Etwas mehr als eine halbe Stunde später treffe ich in der Redaktion ein, zusammen mit dem Chef und dem Halbstrecken-Ergebnis. Die letzten Läufer sind gerade erst gestartet, als bereits die ersten Läufer die Grenzmarke für den Halbmarathon passieren.

Ein Reporter gibt über Twitter die besten Zeiten durch:

Platz 1: 1:10:09 Stunden,
Platz 2: plus 11 Sekunden und
Platz 3: plus 45 Sekunden.
Keine Aussicht auf einen Rekord!

Umso mehr klammert sich der Chef an seinen Fund.

»Koschinski, du setzt dich sofort an die Geschichte. Du musst etwas herausfinden über diese Schuhe. Unbedingt!«

Ich habe die Handynummern der wichtigsten Mitarbeiter des Marathons. Und telefoniere sie von oben nach unten durch. Die meisten stehen selbst irgendwo an der Strecke und nutzen ihre Handys nur für die interne Kommunikation zwischen den Streckenabschnitten.

Nach gut vierzig Minuten erwische ich endlich jemanden, etwas weiter unten auf der Liste. Nur den Vize-Ersatz-Pressesprecher des Marathonveranstalters – so nennen wir die Leute in der dritten und vierten Reihe, die eigentlich keine eigene Stellungnahme abgeben dürfen, aber trotzdem an die Mikrofone geschickt werden, wenn die Verantwortlichen nichts sagen können oder wollen.

»Koschinski vom *Mittagskurier*. Ich habe eine vielleicht etwas merkwürdige Frage.«

»Ach, was wir hier alles für Anfragen bekommen …«

»Ist vielleicht jemand ohne … ohne Sportschuhe durchs Ziel gelaufen?«

»Wie? Ohne Sportschuhe?«

»Ohne Sportschuhe, also … barfuß möglicherweise.«

»Barfuß? Nicht, dass ich wüsste. Aber es gab da mal einen berühmten Läufer in den Sechzigerjahren, bei der Olympiade in Rom glaube ich. Der ist barfuß gestartet und hat gewonnen.«

Sofort mache ich mir eine Notiz – googeln!

»Ah! Vielleicht wollte die Person diesen Barfußläufer nachahmen oder an ihn erinnern?«

»Davon weiß ich nichts. Hat denn jemand eine entsprechende Ankündigung gemacht, oder hat Sport 1 darüber berichtet – wie kommen Sie darauf?«

»Ja, weil ich hier …« Ich halte die Sneakers hoch. Zum Glück skype ich nicht. Denn dann hätte der andere sie gesehen. Und dann vollführt mein Hirn in wenigen Sekunden eine seiner berühmten Wenn-dann-Abwägungen: Wenn ich dem Typen jetzt sage, dass wir die Sneakers an der Rennstrecke gefunden haben, dann antwortet er vielleicht: »Alles, was sich an der Rennstrecke befindet, gehört der Marathon AG. Bringen Sie die Schuhe innerhalb der nächsten zwei Stunden zur Rennleitung. Danke für Ihre Aufmerksamkeit.« Und dann sagt der Chef: »Koschinski, vielen Dank für Ihre langjährige Tätigkeit beim *Mittagskurier*. Sie ist hiermit beendet. Lässt sich unseren Goldschatz vom Vize-Ersatz-Pressesprecher abnehmen …«

Nein!

Allmählich wird der Mann am anderen Ende der Leitung aber neugierig. »Weil Sie was dort …?«

»Äh, weil … mein Kollege … so etwas Ähnliches … an der Strecke … gehört zu haben glaubt.«

»Ach Gerüchte! Wenn ich Ihnen erzählen würde, was es alles so …«

»Höre ich mir gern einmal an! Aber Sie haben jetzt wohl noch mehr zu tun.«

»Danke und Tschüss!«

Diese Spur ist erst einmal kalt.

Inzwischen haben die ersten Läufer das Ziel erreicht:

Bestzeit: 2:12:33 Stunden
Die anderen Läufer: plus 32, plus
51, plus 122 Sekunden.

Doch bis auch die letzten Läufer das Ziel erreichen, wird es noch rund vier Stunden dauern. Denn offiziell ist erst nach sechs Stunden Schluss. Viele allerdings geben mittendrin auf oder werden von einem Rennleiter aus dem Rennen genommen. Ganz am Ende des Teilnehmerfeldes fährt im Schritttempo ein Reisebus, der sogenannte Besenwagen. Er fischt alle Erschöpften und Verletzten auf. Sie können in den Bus steigen und sich von Sanitätern versorgen lassen oder müssen auf dem Bürgersteig weitergehen.

Genauso erschöpft wie die letzten Läufer trudeln am frühen Nachmittag die Kollegen in der Redaktion ein. Auf sie wartet schon die Sonder-Redaktionskonferenz.

Marathon – globale Sport-Events für die Massen

Lange Zeit wurden Marathonläufe nur selten veranstaltet. Es gab nur wenige Extremsportler, die auf diese lange Distanz trainierten. Und für das Publikum, das die Teilnehmer ja nur kurz vorbeisausen sah, waren die Wettbewerbe wenig interessant.

Der Umschwung begann, als in den 1970er-Jahren der Fitnesskult die Bevölkerung der Industrieländer erfasste. In Deutschland spornte die »Trimm-dich-Bewegung« immer mehr Menschen zum Laufen an. Und seit den 1990er-Jahren hat sich in der westlichen Welt ein regelrechter Marathon-Boom entwickelt: Moderne Trainingsmethoden lassen auch Freizeitläufer die anstrengende Distanz von 42,195 Kilometern meistern.

So gehen allein beim Berliner Marathon Jahr für Jahr gut 40 000 Läufer an den Start. Gleichzeitig wachsen die Zuschauerzahlen. Marathonläufe sind zu großen Sport-Events geworden, und es gibt Läufe in fast allen Großstädten, aber auch an den schönsten und den auffälligen Orten dieses Planeten: Es wird bei Minustemperaturen (Hypothermic Half Run) oder in der Wüste (Burning Man Ultramarathon) gelaufen, am Tag oder tief in der dunklen Nacht (Bilbao Night Marathon). Es wird im Wald gelaufen oder auf dem zugefrorenen Baikalsee in Sibirien oder mit den Niagarafällen als Zielpunkt.

Nicht nur für die Läufer, auch für das Publikum werden diese Rennen immer erlebnisreicher: Bei einem Lauf müssen die Teilnehmer einen Kilt (Schottenrock) tragen – nicht etwa in Schottland, sondern im kanadischen Perth. Bei anderen ist es Pflicht, sich als Weihnachtsmann, als Gorilla oder als Elvis Presley zu verkleiden.

Oder die Läufer verbinden das Rennen mit einer guten Sache: Man kann mit Hunden laufen und dabei Spenden für den Tierschutz sammeln.

Auch die TV-Übertragungen nehmen zu: Konferenzschaltungen von mehreren Kamerastandorten, Luftaufnahmen und mobile Kamerateams auf Motorrädern lassen das Publikum das Rennen hautnah miterleben.

Kapitel 2

AUFTRAG »SNEAKERS-SUCHE«. ODER WIE WIRD AUS EINEM PAAR SPORTSCHUHE DIE PERFEKTE STORY?

29. Mai, 17 Uhr, Redaktion des *Mittagskuriers*

Einziger Tagesordnungspunkt: die Sneakers, die mitten auf dem Konferenztisch liegen.

Sie sehen auf den ersten Blick wie ganz normale Sportschuhe aus: Über einer gummiartigen grauen Sohle, die an der Hacke dicker wird, erstreckt sich die Hülle, der sogenannte Schaft. Allerdings ist dieser von einer klebrigen rotbraunen Schicht überdeckt. Nur an einigen freien Stellen ist zu erkennen: In grünen, gelben und roten Streifen sind kreuzförmige Muster angelegt. Das wirkt heiter und fröhlich, obwohl die Sportschuhe reichlich mitgenommen aussehen.

Der Sportreporter traut sich als Erster, einen Schuh in die Hände zu nehmen. Er ist schließlich der Experte hier in der Runde. Er dreht den Schuh, drückt die Sohle einmal durch.

»Scheint eine normale Laufsohle zu sein. Nur das Obermaterial …«

»Was ist damit?«

»Das ist so bunt!«

»Wie meinst du das?«

»Viel bunter und fröhlicher, als Laufschuhe normalerweise aussehen.«

»Wie sehen denn normale Laufschuhe aus?«

»Eben unbunter!«

»Die Farben: grün, gelb, rot – Jamaika?«

»Nein, sieht aus wie eine Ampel, nicht wie Jamaika«, mischt sich nun der Politikredakteur Hans ein. »Nicht Jamaika, sondern Ampelkoalition!«

»Das ist kein normales Mesh-Material, wie es sonst bei Laufschuhen verwendet wird.«

»Sondern?«

»Irgendwie anders.«

»Muss in den Schuhen nicht stehen, woraus sie gemacht sind?«

»Ja, da muss doch irgendwo ein Etikett eingenäht sein.«

»Habe ich schon 'nach gesucht«, antwortet der Chef. »Nichts. Auch kein Material-Label. Niente! Gar nichts!«

Zur Sicherheit drehen und wenden die Kollegen die Sneakers noch einmal gründlich.

»Es ist nicht einmal eine Stelle erkennbar, wo ein Etikett gewesen sein könnte.«

»Was heißt das schon?«, wirft die Kulturredakteurin in die Runde.

Alle schauen nun zum Wirtschaftsredakteur.

»Ein Etikett, ein Label mit Angaben zu den Materialien muss eigentlich in den Schuhen sein. Wo sie hergestellt wurden, muss nur drauf stehen, wenn sie aus der EU stammen.«

»Was? Mehr nicht?«

»Okay«, beendet der Chef die Debatte. »Wie können wir sonst herausfinden, wo die Schuhe herkommen? Und wem sie gehören?«

»Wir müssten einen der Schuhe aufschneiden, um ihn zu untersuchen.«

»Untersteht euch!«, ruft der Chef empört. »Nur über meine Leiche. Der wird höchstens geröntgt!«

»Ihr meint nicht eine Röntgenaufnahme«, korrigiert die Wissenschaftsredakteurin Ute, »sondern ein CT, eine Computertomografie. Aber es gibt auch noch ganz andere Verfahren. Materialforscher können mithilfe von Mikroskopen kleinste Partikel aus der Umgebung finden. Die meisten Materialien haben winzige eigentümliche Muster, mit denen man ihre Herkunft lokalisieren kann.«

»Das ist doch super. So finden wir den Läufer.«

»Die Sache hat nur einen Haken: Es dauert einige Zeit, bis so eine Analyse gemacht ist.«

»Zeit haben wir aber nicht! Wie kommen wir schneller auf die Spur? Laborergebnisse sind außerdem langweilig, da kam man nichts Spannendes drüber schreiben.«

Der Sportreporter: »Also die schnellsten Läufer stammen aus Kenia und Äthiopien. Dann kommt erst mal ein paar Kilometer nichts … dann folgen ein paar Europäer und Südamerikaner, Jamaikaner – Ausnahmetalente. Die Spitzenläufer und die Farbe der Sportschuhe deuten auf Äthiopien.«

»Aber dieses Mal waren doch nur Kenianer in der Spitzengruppe«, sagt der Chef. »Die ersten drei kann man jetzt ohnehin nur auf der Pressekonferenz befragen. Nein, wir halten uns jetzt erst einmal an die Schuhe.«

Der Wirtschaftsredakteur: »Dann müssen wir nach China schauen.«

»Du immer mit deinem China!«, entgegnet seine Kollegin.

Plötzlich meldet sich mein Smartphone zuckend in meiner Hosentasche.

Es ist eine Anfrage der Kollegin Tamara, sie arbeitet bei der Zeitung mit den großen Buchstaben. Und sie kann furchtbar nett werden – wenn sie etwas von einem will.

Hey! Wir müssen uns mal wieder
treffen. Zum Austausch!?!
Apropos Austausch: Habt ihr ein
Paar besondere Sportschuhe auf
der Strecke gefunden?
Deine Tamara
☺❤

Ich lese den Kollegen ihre SMS vor, Smiley und Herzchen lasse ich allerdings weg.

»Woher hat sie das?«

Der Chef rastet aus. »Wir haben doch hier einen Spion im Haus, verflucht!«

Gibt es wirklich einen Spion in unserer Redaktion? Viele Kollegen glauben gern an solche Sachen. Aber für mich gibt es eine andere Erklärung: Journalisten funktionieren nun einmal alle ähnlich, und deshalb kommen sie auf ähnliche Geschichten. Und in unserem Fall scheint die Sache noch einfacher: Ich habe bei meinem Gespräch mit dem Vize-Ersatz-Pressesprecher der Rennorganisation einfach zu viel ausgeplaudert. Und der Vize-Ersatz-Pressesprecher wollte sich wohl bei den anderen Redaktionen wichtig machen.

Deshalb wird es in der nächsten halben Stunde zur Tatsache: Die anderen Redaktionen haben Lunte gerochen! Und dann kommen die Anrufe und Mails im Sekundentakt:

- Wo habt ihr die Blutspur gefunden?
- Wer ist in seinen Sportschuhen verblutet?
- Ist jemand barfuß durchs Ziel gekommen?
- Wer ist da nackt gelaufen und wurde von unserem Fotografen übersehen?

Da kein Läufer eine Rekordzeit erzielt hat und es auch sonst keine außergewöhnlichen Ereignisse beim Marathon gab, wollen sich auch die anderen Medien auf unsere Sneakers stürzen.

Es sieht alles danach aus, als ob sich die Geschichte zu einem Medienhype entwickeln könnte.

Was ist ein Hype und was ein Medienhype?

Warum tragen jungen Männer auf einmal wieder Vollbärte, die lange Zeit als extrem uncool galten? Warum wollen Kinder von den vielen Hundert Büchern über Hexen und Zauberer alle nur den neuen *Harry Potter* lesen?

Wenn plötzlich besonders viele Menschen in einem Kulturraum ein bestimmtes Produkt haben wollen oder sich die gleiche Verhaltensweise zulegen, spricht man von einem Hype. Besonders empfänglich dafür sind Jugendliche.

Wenn Massenmedien wie Zeitungen, Radio und TV weltweit über einen australischen Hund berichten, der ausgesetzt wurde und dann die 500 Kilometer zurück nach Hause fand, spricht man von einem Medienhype.

Der Begriff kommt aus dem Englischen. Als Verb meint *to hype*: etwas aufbauschen, hochjubeln, einen Mordsrummel um etwas machen. Aber auch: jemanden austricksen! Als Substantiv meint *hype*: Rummel, Wirbel, Reklame.

Anfangs wurden besonders spektakuläre Nachrichten, mitreißende Werbung oder eine Mischung aus beidem von einer Werbeagentur verbreitet, um für einen Star oder einen besonderen Markenartikel zu werben. Zeitungen und Fernsehen haben das dann weiter verbreitet. Inzwischen entstehen Hypes vor allem über Social-Media-Kanäle, seien es neue Tanzstile, Smartphone-Apps oder Essgewohnheiten.

Welchem Angebot die plötzliche Aufmerksamkeit zuteilwird, entscheidet sich innerhalb der vernetzten Nutzergruppen – diese lawinenartige Weiterverbreitung nennen die Wissenschaftler »Selbstverstärkung«. Doch warum Jugendliche ein Angebot letzt-

lich annehmen und weiter verbreiten oder eben nicht, bleibt unerklärlich. Deshalb lässt sich ein Hype nicht garantiert erzeugen. Zum Glück! Denn sonst würden Konzerne und Filmstudios jedes Produkt und jeden Schauspieler groß herausbringen.
Außerdem flacht die Aufmerksamkeit meist genauso schnell wieder ab, wie sie angestiegen ist: Aus »in« wird »out«. Nur ganz wenige Dinge erleben einen Dauer-Hype. Dazu gehören seit Jahrzehnten Sneakers.

Immer mehr Leute wollen den Chefredakteur sprechen.

Als dann auch noch ein alter Bekannter des Chefs vom großen Nachrichtenmagazin in Hamburg anruft, nimmt er das Gespräch an – in seinem Büro. Die Kollegen hören den Chef durch die offene Tür immer lauter werden: »Selbst wenn wir etwas gefunden haben sollten. Das ist unsere Geschichte! Ihr wollt doch wieder nur auf andere Medien aufspringen!« Leider drückt er jetzt die Tür mit seinem Hintern zu.

Als der Chef zurückkommt, ist sein Gesicht dunkelrot angelaufen. Offenbar wollte ihm der Kollege aus Hamburg die Story abluchsen, was ihm aber nicht gelungen ist.

»Das ist die Herausforderung, auf die ich immer gewartet habe«, kommt er auf den Punkt. »Dieses Mal haben wir die Nase vorn! Denen zeigen wir, was guter Journalismus ist. Koste es, was es wolle! Selbst wenn es mit einer großen Reportagereise verbunden ist. Mach dich schon mal bereit, Koschinski. Doch wie wollen wir vorgehen? Welchen Faden sollten wir aufgreifen?«

Der Sportreporter: »Noch mal, die meisten und besten Läufer kommen aus Kenia und Äthiopien.«

Der Wirtschaftsjournalist: »Die meisten Sneakers kommen aus China.«

Der Chef: »Ostafrika oder China? Wir können unseren Reporter nicht in zwei Hälften schneiden. Also: China oder Afrika?«

»Die Schuhe nach China zurückverfolgen, das wäre mal was Neues«, urteilt der Sportreporter.

»Ja! Über Läufer wurde schon viel geschrieben. Aber nicht über deren Sportschuhe. Und die kommen überwiegend aus China«, füge ich hinzu.

Der Chef erteilt mir den Auftrag, alles über die Schuhe ausfindig zu machen:

Wer hat sie auf dem Verteilerkasten abgelegt? Und warum hat er das getan?

Wer hat sie entworfen, und wo wurden sie hergestellt?

Handelt es sich um eine Spezialanfertigung, oder gibt es vielleicht noch mehr davon?

»Okay! Wir vom kleinen *Mittagskurier*, wir finden die Spur der Sneakers in Shanghai oder Goangdong oder wo auch immer im Reich hinter der Großen Mauer.«

»Und wenn du noch Fragen zu China hast«, rät mir der Wirtschaftsredakteur, »dann wende dich an den Kollegen Kleinschmidt vom *Impuls-Geber*.« *Impuls-Geber* ist das Wirtschaftsmagazin in unserem Verlagshaus.

Kennzeichnungspflicht von Produkten

Wo wurden die Waren, die wir kaufen, hergestellt, und woraus bestehen sie?

Die meisten glauben, das müsse auf dem Label stehen, dem Etikett des Produkts. Tatsächlich jedoch gibt es weder nach deutschem noch nach dem Recht der Europäischen Union eine Kennzeichnungspflicht für die Produkte, die wir kaufen.

Bei Lebensmitteln ist es zwar Pflicht, die Inhaltsstoffe und das Herkunftsland zu nennen. Unter Herkunftsland versteht die Industrie aber häufig nur das Land der letzten wichtigen Verarbeitung: Werden Nüsse in Bremen geschält, geröstet und verpackt, stammen sie folglich aus Deutschland.

Bei Textilien dagegen ist es nur Pflicht, die genaue Zusammensetzung der Stoffe aufzulisten – nicht der Zusatzteile wie der Knöpfe oder Reißverschlüsse. Ähnlich bei Schuhen: Hier sind die Zu-

sammensetzung von Obermaterial, Futter und Laufsohle zu nennen. Bei einer Endproduktion der Schuhe und Kleidungsstücke außerhalb der EU bleibt die Nennung des Herstellungslandes dagegen weiterhin freiwillig.
In den letzten Jahren versuchte die EU-Kommission, eine europaweite Label-Pflicht für alle Produkte einzuführen. Doch die Mitgliedsstaaten konnten sich wieder einmal nicht einigen. Auch die Deutschen, die so stolz auf ihr »Made in Germany« sind, gehörten zu den Bremsern.
Bei zusammengesetzten Dingen wie Elektroartikeln (ein Smartphone zum Beispiel) ist es natürlich schwierig zu sagen, wo sie herkommen: Die Rohstoffe für ein Smartphone stammen aus vielen Ländern, denn neben Plastik, Glas, Kupfer und Aluminium werden auch sogenannte Seltene Erden benötigt – das sind Metalle, die es nur in Zentralafrika und China gibt.
Deshalb will die Industrie selbst bestimmen, welches Herkunftsland sie angibt. Häufig ist es nur die Endfertigung eines Gegenstandes, dessen einzelne Bestandteile aus der ganzen Welt angeliefert werden.
Fazit: Wir wissen nicht wirklich, wo unsere Kleidung, unsere Schuhe, ja selbst unsere Lebensmittel herkommen.

29. Mai, 16.30 Uhr, Redaktion des *Mittagskuriers*

Ich sitze an meinem Arbeitsplatz im Großraumbüro unserer Redaktion.

Der Raum wird »Newsroom« oder auch »Newsdesk Room« genannt. Unsere PC-Arbeitsplätze reihen sich einfach an zwei langen Tischen aneinander: zack, zack, zack. Nur der Chefredakteur und die Ressortleiter haben eigene Büros.

Das Besondere am Newsroom ist jedoch, dass an der Stirnwand riesengroße Bildschirme angebracht sind. Dort sind die einzelnen Seiten der nächsten Zeitungsausgabe zu sehen: Nach und nach erscheinen die jeweiligen Artikel, die Bilder und Überschriften dazu. Jeder kann ständig sehen, welche Beiträge schon da sind – und welche nicht. Auch eine

Art Wettrennen … gegen die Deadline, gegen den Zeitpunkt, an dem alles fertig sein muss!

Auf der wichtigen »Seite Drei«, wo meine Geschichte hinsoll, klafft einfach nur ein großes weißes Loch. Ich muss mich sputen …

Die Marathonleitung blockt ab. »Wir geben erst weitere Infos, wenn wir die Sneakers kriegen! Ihr habt die doch – oder nicht?«

»Kein Kommentar!«

Also suche ich als Nächstes die Sneakers im Internet. Hier haben auch einige Sneakers-Läden in unserer Stadt ihre Webseite. Einer der Besitzer bezeichnet sich als der Sneakers-Experte vor Ort und gibt seine E-Mail-Adresse an. Ich schreibe ihn an:

W. K. vom *Mittagskurier*
Brauche Hintergrundinfos zu einem seltenen Sneakers-Paar.

Hat jemand eine Ahnung, wie viele unterschiedliche Sneakers-Typen zum Verkauf im Internet angeboten werden? Nicht Hunderte, sondern Tausende … Und das sind nur diejenigen, die fabrikneu verkauft werden. Hinzu kommen besondere Editionen und Sammlerstücke ohne Ende, die teilweise zu astronomischen Summen angeboten werden. Verdammt noch mal, wozu werden so viele verschiedene Turnschuhe hergestellt?

Nach rund einer Stunde und nachdem mein rechter Zeigefinger vor lauter Mausklicken schon lahm wird, muss ich eine erste Zwischenbilanz ziehen: Die großen Label führen unsere Sneakers nicht – das hatte ich mir schon gedacht.

Der Sneakers-Experte hat geantwortet:

Bin hier auf der After-Marathon-Party und
habe schon ein bisschen getrunken.
Aber komm doch morgen früh in meinen
Laden.
Weiß alles über Sneakers ☺

Die Spuren zu den bekannten Labels in Deutschland, Großbritannien, USA, Japan und Brasilien erweisen sich als kalt. Viele Hersteller arbeiten allerdings gleichzeitig für teure Marken und für billige Varianten, sogenannte No-Name-Produkte.

Also muss ich mir die Produzenten genauer anschauen. Wo werden all die Sneakers hergestellt? Ich habe Meldungen im Kopf, die sich auf Taiwan, Indonesien und Vietnam beziehen. Wo anfangen? Es ist Zeit, unseren China- und Wirtschaftsexperten Kleinschmidt einzuschalten!

»Habe schon gehört, dass ihr Hilfe braucht«, begrüßt er mich am Telefon. »Die meisten Schuhe, natürlich auch Sneakers, kommen heute aus China. Logisch! Auch die Großen lassen dort produzieren – meistens in China oder in Indonesien. Die Arbeiter sind dort flink und vor allem billig.«

»Wie komme ich mit denen in Kontakt?«, hake ich nach.

»Kontakt zu Schuhproduzenten in China? Ja, früher war das gar nicht so einfach. Die Chinesen sprechen nur schlecht Englisch, und schreiben können sie es noch weniger! Aber mittlerweile gibt es ein Hilfsangebot.«

»Ein Hilfsangebot?«

»Genau gesagt: das Superhilfsangebot im Internet! Das ist ein ganzes Portal, das Produzenten aus China mit Händlern aus aller Welt zusammenführt. Es hat auch einen bedeutungsvollen Namen.«

»Und wie lautet der?«

»A-L-I-B-A-B-A!«

»Sie meinen wie *Alibaba und die 40 Räuber*!?«

»Ganz genau, mein Freund! Die Frage ist nur: Wer ist in diesem Spiel *Alibaba*, wer sind die *40 Räuber,* und wer muss für den *Schatz* schuften? Denken Sie mal drüber nach!«

Tatsächlich ist Alibaba so eine Art Ebay – nur sehr viel umfangreicher und eben vor allem für professionelle Händler. Als ich dort den Suchbegriff »Sneakers« eingebe, erhalte ich 5400 Treffer. So komme ich nicht weiter. Und deshalb melde ich mich bei Alibaba an, natürlich als Händler, nicht als Journalist.

Während ich auf die Anmeldebestätigungs-Mail warte, entwerfe ich schon einmal meine Anfrage:

SNEAKERS WANTED!
LOOKING FOR THIS SNEAKERS-SPECIAL-EDITION:
(Hier lade ich dann das Bild von den Schuhen hoch. Eine nicht zu scharfe Aufnahme – wir wollen ja nicht, dass andere dieses Bild benutzen!)
WHO HAS PRODUCED IT?
I'LL MAKE A NEW ORDER!
Und dann kommt meine Kontaktadresse (natürlich nicht meine E-Mail-Adresse bei der Redaktion, sondern die Adresse, die ich immer wieder bei brisanten Recherchen benutze).

Bis um 19 Uhr gibt es einfach noch keine Antwort auf die beiden wichtigsten Fragen: wo die Schuhe genau herkommen und wer sie getragen hat.

Unser Fotograf hat bereits ein Bild der Sneakers ins Zentrum der ansonsten noch leeren Seite Drei gesetzt. Mein Text fehlt. So werde ich vom Chef dazu verdonnert, eine Story zu schreiben, wie ich sie eigentlich überhaupt nicht schreiben will. Denn ich habe einfach zu wenige Fakten. Selbst die Tatsache, dass wir die Sneakers haben, darf ich nur andeuten. »Es fanden sich am Rande der Laufstrecke …«, so umschreibe ich die Angelegenheit. Diese Formulierung hat uns unser Jurist empfohlen: »Nichts zugeben, sonst steht morgen ein Anwalt vor eurer Tür – mit der Verfügung auf Herausgabe des Objekts.«

Deshalb muss ich das tun, was ein Journalist eigentlich nicht tun sollte. Ich mache Andeutungen: »Es ist wahrscheinlich, dass die Sneakers in China hergestellt wurden und von einem der ersten Läufer im Teilnehmerfeld getragen wurden.« Statt Antworten biete ich Fragen: »Warum hat ein Läufer seine Sportschuhe weggeworfen? Hatte er Ersatz, oder wollte er barfuß laufen?«

Und dann beginne ich einfach mit einer Geschichte über Läufer, die ohne Schuhe oder mit außergewöhnlichem Schuhwerk liefen. Der berühmteste Fall: während der Olympiade in Rom 1960, wo der Äthiopier Abebe Bikila barfuß über die Ziellinie lief und das Rennen gewann. Längst gab es gute Sportschuhe, doch es war einfach Tradition in Ostafrika, ohne Schuhe zu laufen. Manche Sportexperten sehen im Barfußlaufen den wichtigsten Grund, warum ostafrikanische Läufer die Weltspitze bilden. Sie laufen in ihrer ganzen Jugend ohne Schuhe und bilden so kräftige Füße aus.

Wollte unser unbekannter Läufer an dieses Ereignis vor über fünfzig Jahren erinnern? Oder tat er es aus Protest gegen die großen Marken, die nur ganz wenige Läufer unter Vertrag nehmen und somit kaum jemandem eine Perspektive als Profiläufer bieten? Aber warum dann das Blut? Diesen Aspekt bringe ich ganz zum Schluss, um die Spannung zu steigern und den Leser heiß auf die Fortsetzung zu machen.

Der Chef ist nicht wirklich zufrieden, aber ich habe meine Aufgabe nach allen Regeln der Kunst erledigt. Also wird die Geschichte unter dem Titel »Ausgetreten und abgestoßen – die andere Seite des Marathons« gedruckt – ohne dass einer von uns eine Ahnung hat, wie die ganze Sache weitergehen wird.

30. Mai, 9.30 Uhr, Innenstadt

Ich stehe vor dem Laden »Sneak it!«, dem angeblich »besten Sneakers-Shop in Town«. Allerdings erheben zwei weitere Läden den gleichen Anspruch, wie ich gestern im Internet erfahren habe.

Ich habe meinen Coffee-to-go schon längst geleert, als endlich ein sehr junger Mann ankommt und die Eingangstür aufschließt. Ich folge ihm in den Laden, und als er mich anschaut, sage ich: »Äh, ich hab mich beim Geschäftsführer per E-Mail angekündigt.«

»Ich weiß. Ich bin der Geschäftsführer!«

Ich schaue ihn noch einmal an und frage mich: Ob der wohl nebenan in der Kneipe schon ein Bier kriegen würde?

»Entschuldigung. Ich wusste nicht, dass du, äh, Sie …«

»Macht nichts. Denken alle, ich wär der Praktikant. Aber mir gehört der Laden. Und ich weiß so ziemlich alles über Sneakers. Frag mich was! Und bleib ruhig beim Du. Ich bin Tom.«

Dabei zeigt er mit der rechten Hand einmal durch den Laden. Der ist sehr spartanisch eingerichtet: Auf weißen Regalen und auf gläsernen Regalbrettern an den weißen Wänden stehen endlos viele Sneakers-Paare, die für mich als Laien kaum voneinander zu unterscheiden sind. Aber ich sollte mir lieber eine Frage überlegen.

»Wie viele verschiedene Sneakers-Sorten gibt es denn?«

»Ah, gleich die Hunderttausend-Euro-Frage. Genau weiß das keiner. Es gibt leider kein zentrales Sammelverzeichnis. Also muss man das durchkalkulieren. Es gibt die über den Handel lieferbaren Sneakers. Die stammen von den rund zwanzig Markenfirmen, die in eigenen Labors ständig neue Modelle entwickeln. Ein Label hat fünfzehn bis ungefähr fünfzig verschiedene Typen im Programm. Wenn man das hochrechnet, kommt man auf dreihundert bis tausend Sneakers-Arten. Wir haben hier im Laden 623 davon vorrätig – das Beste, was der Markt zu bieten hat. Außerdem gibt es noch Sondereditionen. Die werden meistens jedoch nur in ausgewählten Shops verkauft. Zu den aktuellen Marken-Sneakers kommen noch die ausgelaufenen Modelle, dann die No-Name- und Nachmacher-Produkte – da hat keiner den Überblick. In rund hundert Jahren, die es Sneakers gibt, kommt eine ganz schöne Latte zusammen.«

»Und wie viele Sneakers passen auf diese Latte?«

»Puuuh – das ist eher eine Glaubensfrage. 5000, 10 000, 15 000? Wenn man dann noch dazurechnet, was die Chinesen alles so an unausgegorenen Prototypen auf den Markt schmeißen. Der Markt für Sneakers ist riesig. Deutschland ist ja nur Mittelklasse, was den Verkauf angeht. Wir kaufen im Schnitt 1,5 Paare im Jahr. Bei den US-Amerikanern sind es zwei- bis dreimal mehr. Außerdem ist die Bevölkerung dreimal größer als die deutsche – also setzen sie dort zehnmal mehr Sneakers ab.«

»Aber die Sneakers stammen ja auch aus den USA.«

»Natürlich tun die Amerikaner so, als hätten sie die Sneakers erfunden. Stimmt aber nicht. Der Nike-Gründer Phil Knight hat seine Karriere damit begonnen, japanische Sneakers in den USA einzuführen. Zunächst kartonweise. Sind also die Japaner die Erfinder? Nein. Der Anfang liegt in Deutschland. Du bist doch Journalist. Guck mal nach der Geschichte von Adidas und Puma – oder von Adi und Rudi Dassler. Ganz spannender Stoff!«

Dann zeige ich dem Sneakers-Experten unsere geheimnisvollen Marathontreter. Der befühlt sie, streckt den rechten Arm aus, um sie aus der Distanz zu betrachten, dann riecht er daran, fummelt im Innenschuh herum, sucht nach einem Etikett …

»Kein Etikett, kein kleinstes Schildchen«, kommentiere ich.

»Wäre ja auch zu einfach!«

Dann versucht Tom die Obersohle herauszunehmen, beriecht noch einmal intensiv den Innenraum, befühlt noch einmal das Obermaterial und stellt den Schuh schließlich in eines der Regale, auf dem oben steht: »Bio – Fair«.

»Schwierig.«

»Das dachte ich mir. Geht es ein wenig genauer?«

»Schwierig, weil zwei Dinge auffallen: Wenn mich nicht alles täuscht, ist das Deckmaterial eine Art Baumwoll-

gemisch. Es gibt sehr wenig Sneakers mit Baumwolle. Die sind fast alle aus Synthetikstoffen, aus Mesh-Material und anderem. Baumwolle nimmt Feuchtigkeit auf und dehnt sich aus. Das kann gerade bei Langläufern zu blöden Hautreaktionen führen. Aber die Sohle ist voll im Trend. Die ist luftgepolstert – darauf würde ich meinen Arsch verwetten.« Er holt demonstrativ Luft. »Also wir haben hier: ganz modern und etwas antiquiert. Das ist eine merkwürdige Kombination.«

»Und wenn du einen Herkunftsort tippen müsstest?«

»China!«

»Warum?«

»Einfache Wahrscheinlichkeitsrechnung. Die große Mehrzahl der Sneakers wird in China hergestellt.«

Ich hätte gern noch mehr Sneakers-Wissen von ihm abgestaubt, aber mir läuft die Zeit davon. Und deshalb danke ich ihm, verabschiede mich und verspreche, mich noch einmal zu melden.

»Mach das aber wirklich«, ruft er mir hinterher. »Das ist ein echt cooler Fall!«

11 Uhr, Redaktion des *Mittagskuriers*

Ich habe etliche Antworten in meinem Alibaba-Account. Aber sie klingen fast alle gleich: »We well produce this shoe, no problem!!« – »Very fine, very cheap, high quality! No problem!« Sie meinen also, so einen Schuh können sie herstellen, kein Problem! Sehr schön, sehr billig, hohe Qualität! Kein Problem!

Einer hat sogar eine Bilddatei angefügt. Es erscheint ein Foto von einem Laufschuh. Das könnte unserer sein, doch die Aufnahme ist zu klein. Beim Vergrößern wird sie unscharf, und irgendwie lässt sich nicht beurteilen, ob das die Aufnahme von einem Objekt ist, das tatsächlich beim Absender existiert. Oder ob das Bild irgendwie zusammenmontiert wurde – also, ob sie einfach die Abbildung von unserem Schuh genommen und per Bildbearbeitung am Computer mit einem anderen Hintergrund versehen haben.

12 Uhr, Redaktionskonferenz

Ausgerechnet auf meine Sneakers-Geschichte hat sich unser gefürchteter Leserbriefschreiber Dr. W. Weitmannsthal gemeldet. Der Typ ist eine unserer größten Nervensägen. Er zählt genau, wie oft wir über die CDU und wie oft wir über die SPD berichten, um dann zu schreiben: »Typisch *Mittagskurier* …«

Und heute:

Nennt man so was heutzutage Recherche? Typisch *Mittagskurier*. Ein Thema anreißen, den Lesern schmackhaft machen und sie dann im Regen stehen lassen! Bestimmt seid ihr auch wieder zu feige, diesen Leserbrief abzudrucken! Und ich gebe noch eins drauf: Wenn ihr das wirklich rauskriegt, was ja nicht der Fall sein wird, dann laufe ich beim nächsten Marathon nackt mit und hänge mir ein Schild mit dem Logo des *Mittagskuriers* vor Bauch und Unterbau!

Gezeichnet

Dr. Wilhelm Weitmannsthal

Wir alle können im Gesicht des Chefs mitverfolgen, was dieser Brief bei ihm auslöst: Er wird bei seiner Ehre gepackt!

»Wir kriegen das raus, oder ich räume meinen Sessel! Wenn es noch ein zweites Paar von diesen Sneakers gibt, dann werden wir das in unserer Eingangshalle ausstellen. Wir – wir sind der *Mittagkurier*! Wir stehen für siebzig Jahre journalistische Kompetenz und Erfahrung!«

Und dabei sieht der Chef mich die ganze Zeit an. Obwohl auch der Wirtschafts- und China-Experte Kleinschmidt vom *Impuls-Geber* zur Redaktionskonferenz erschienen ist. Deshalb binde ich ihn gleich mit in die Diskussion ein: »Ich habe meine Anfrage über Alibaba losgeschickt. Und jetzt sagen mir etliche chinesische Schuhproduzenten, dass sie genau solche Schuhe herstellen würden! Ich werde da nicht schlau draus!«

Der China-Experte breitet die Arme aus: »So funktioniert das nun mal: Jemand fragt nach einem Gegenstand. Ein anderer antwortet: Ja, den kann ich produzieren. Und dann wird über die Details und den Preis verhandelt.«

»Wie sollen wir die alle ausfindig machen? In diesem Riesenland?«

»Tja, heute ist euer Glückstag.« Kleinschmidt schaut triumphierend in die Runde. »Denn ich kann helfen!«

»Jaaah?!«

»Ja. Ich nehme den rechten Zeigefinger, kreise über China und, peng, lande rechts oben, ein Stück von Hongkong entfernt, an der Pazifikküste. Da ist Wenzhou.«

»Wenzhou?«

»Ja, Wenzhou. Noch nie davon gehört? Die Stadt, nein, die Metropole hat fast 10 Millionen Einwohner. Und dort werden fast alle Schuhe in China hergestellt. Ach, was sage ich, weltweit. Ja, Gott sei Dank ist China wie ein orientalischer Basar aufgebaut. Ihr wisst ja, im Basar gibt es die Gassen der Schmiede und die Gassen der Kesselflicker. Und in China gibt es Provinzen, in denen fast ausschließlich bestimmte Produkte hergestellt werden: Regenschirme, Weihnachtsdeko, Feuerzeuge und so weiter. Und Wenzhou ist die Schuh-Provinz.«

Kapitel 3

WELCOME TO 温州 (WENZHOU). EINE STADT VOLLER EXOTISCHER ZEICHEN UND FREUNDLICHER TÄUSCHER

30. Mai, 16 Uhr, zusätzliche Redaktionskonferenz des *Mittagskuriers*

»Sämtliche Schuhe kommen aus dieser Provinz?«, versichert sich der Chefredakteur noch einmal bei dem China-Experten. Der nickt.

»Ja, dann kann man doch dorthin reisen und die Fabrik ausfindig machen, wo unsere Sneakers hergestellt wurden«, schlussfolgert der Chef.

»Schicken wir unseren Korrespondenten aus Peking dorthin?«

Der Chef überlegt kurz.

»Nein, das macht Koschinski. Der kennt sich auch in der Welt aus.«

»Aber China ist ganz anders«, sagt der Experte. »Trotz des ganzen Handels mit der Welt. China schottet sich ab und ist von Außenstehenden nur schwer zu durchschauen.«

»Umso spannender wird die Geschichte«, antwortet der Chef und sieht mich an. »Du fliegst jetzt nach China! Du bist unser Reporter! Du fährst nach Wenz-soundso.«

»Wenzhaaauuu wird es ausgesprochen.«

»Da fliegst du hin und bringst uns ein nagelneues Paar von diesen Sneakers und eine gute Story, wie du sie ausfindig gemacht hast.«

»Und wenn ich sie nicht finde, nur mal angenommen?«, kontere ich.

»Dann bringst du uns eine saugute Story, warum du die Sneakers nicht hast finden können – obwohl du dein Leben eingesetzt hast!«

»Wann soll ich fliegen?«

»Am besten gestern. Spätestens morgen.«

Nach einem längeren Gespräch mit unserem Reisebüro kommt die Sekretärin leicht verwirrt zurück in unsere Runde.

»Hinfliegen geht leicht. Es gibt mehrere Verbindungen am Tag – die meisten über Shanghai oder Hongkong.«

»Aber?«

»Aber so einfach ist das nicht! Ausländer dürfen nur mit einem vorher beantragten Visum nach China einreisen. Und die Beantragung dauert selbst mit Expressaufschlag einige Tage!«

Ein enttäuschtes Stöhnen macht die Runde.

»Aber …!«

»Ein gutes Aber?«

»Ja! Es gibt eine kleine Lücke: Wer über bestimmte Flughäfen wie Hongkong oder Shanghai einreist, hat bis zu 144 Stunden visumsfreie Transitzeit, wenn er von dort zu einem dritten Ort wie beispielsweise Singapur weiterfliegt.«

»144 Stunden«, rechnet der Chef laut vor. »Das sind genau … äh fünf Tage sind 120 Stunden, dann sind noch 24 übrig … sechs ganze Tage! Das sollte ja wohl dicke reichen, um ein Paar Sneakers aufzutreiben. Wir schicken dann noch den China-Korrespondenten rüber, sobald er sich von der Berichterstattung über die Sitzung des Zentralkomitees der Chinesischen KP in Peking freimachen kann. Und zack! Haben wir eine exklusive Geschichte über den Hersteller unserer Sneakers. Und der Hersteller führt uns zu dem Besitzer, dem ehemaligen Besitzer unseres Paares.« Dabei wirft er einen fast zärtlichen Blick auf seinen Fund.

»So haben wir eine ganze Serie von exklusiven Reportagen! Wir vom *Mittagskurier*! Bis dahin muss ich nur die Pressemeute mit einer Ausweichgeschichte hinhalten. Die haben alle Blut geleckt – das kann man in diesem Fall sogar wörtlich nehmen.«

Also wurden in der Ausgabe des folgenden Tages sowohl Dr. Weitmannthals Lesermails abgedruckt wie auch eine redaktionelle Stellungnahme: Wir bleiben dran …!

Mein Reiseplan sieht schließlich so aus: Mit dem ICE direkt nach Frankfurt-Airport, mit China Air nach Shanghai und von dort weiter nach Wenzhou: insgesamt 13 Stunden und 55 Minuten Flugzeit.

Da ich am Bahnhof Frankfurt-Airport nur zweieinhalb Stunden vor Abflug ankomme, muss ich die endlosen Gänge zwischen Bahnhof und Flughafen, zwischen den Flughallen und vom Einchecken bis zur Sicherheitskontrolle alle im Dauerlauf zurücklegen. Aber darum ging es ja schließlich – sagte ich mir immer wieder – ums Laufen!

31. Mai, 15.10 Uhr (MEZ – Mitteleuropäische Zeit) irgendwo über Hessen

Ich habe es in meinen Flieger geschafft – ein alter Jumbojet.

Mein Platz liegt in einer Mittelreihe, direkt vor einer Wand. Na, wenigstens keine Leute vor mir, die herumgrölen.

Doch rundherum höre ich diesen fremden Singsang. Daran würde auch ein Blinder erkennen, wo es hingeht: Richtung China. Ich versuche mich zu beruhigen: Ich habe die Adresse des Hotels, in dem ein Zimmer für mich gebucht ist, aus dem Internet ausgedruckt, auf Englisch und sogar auf Chinesisch. Außerdem habe ich die Adressen von vier Schuhfabrikanten und der deutsch-chinesischen Handelskammer, ebenfalls auf Englisch und Chinesisch. Was soll da noch passieren?

Wir starten um 14.40 Uhr und werden nach rund zehn Stunden Shanghai erreichen, also um Mitternacht mitteleuropäischer Zeit. Doch da die Zeitzone von Shanghai plus sieben Stunden beträgt, wird es dort bereits morgens um 7.40 Uhr sein. Also reise ich praktischerweise über die verkürzte Nacht. Doch ich kann nicht einschlafen, sondern quäle mich in einer Endlosschleife mit der Frage: Wie findet man in einem Moloch, in dem mehrere Tausend Fabriken jedes Jahr über drei Milliarden Paar Schuhe herstellen, ein spezielles Paar Sneakers?

Normalerweise ist es für einen Journalisten nicht schwer, in einer ihm unbekannten Region oder Stadt zu recherchieren. Denn es gibt dort schon einige andere Journalisten. Selbst auf einer abgelegenen Insel im

Atlantik findet sich in der Regel mindestens ein Lokalreporter, der seine Inselgenossen mit Nachrichten, Klatsch und natürlich den (meist falschen) Wetteraussichten versorgt.

Doch in China ist das anders. Die Journalisten der einheimischen Medien scheiden aus. Denn sie sind alle staatlich kontrolliert. Außerdem kann kaum ein Chinese – wenn er nicht gerade in der Wirtschaft beschäftigt ist – richtig Englisch sprechen oder gar schreiben.

Bleiben nur die Auslandskorrespondenten der restlichen Welt. Doch niemand von ihnen arbeitet in Wenzhou, die sitzen fast alle in Peking, Shanghai oder Hongkong.

Auch unser Korrespondent, den wir uns mit anderen Medien teilen, hat sein Büro natürlich in Peking. Und dort ist er gerade unabkömmlich, denn es tagt das Zentralkomitee der Kommunistischen Partei Chinas. Eigentlich eine stinklangweilige Angelegenheit. Doch dieses Mal wird ein Signal des Parteivorsitzenden und Staatspräsidenten erwartet. Denn niemand kann mehr darüber hinwegsehen, dass China rasant seine Umwelt vergiftet. Gerade in der Hauptstadt, der Vorzeigestadt Peking, herrscht an über hundert Tagen im Jahr dicker Smog, und die Menschen gehen nur noch selten und mit Mundschutz auf die Straße.

Also, keine Journalisten vor Ort, aber vielleicht Kultureinrichtungen? Nein, es gibt nicht einmal ein Goethe-Institut in Wenzhou. Und das in einer Metropole mit mehr als neun Millionen Menschen!

Ich schließe die Augen und versuche mein Wissen über China aufzurufen: Das Land ist groß, es erstreckt sich vom Himalajagebirge bis zum Chinesischen Meer quer über den Großteil Asiens. Ein bisschen weiß ich auch von der Geschichte. Der Name »China« leitet sich von Qin – sprich »Tschin« – ab, dem ersten Kaiser von China. Aber die Chinesen selber verwenden den Namen gar nicht – ich weiß nur nicht mehr, warum und wie sie ihr Land stattdessen nennen …

Ein paar Minuten bin ich dann wohl doch weggedöst, denn ich schrecke hoch, als die Maschine sich neigt, um eine harte Kurve zu fliegen.

Und da unten sehe ich etwas Unglaubliches: riesige gewölbte Glashallen, verbunden durch scheinbar endlose Glastunnel – daneben wirken die Flieger wie kleine Spielzeuge. Das muss der neue, hochmoderne Pandong-Airport von Shanghai sein. Manchmal wirken Dinge nur aus der Entfernung groß. Aber hier ist es genau umgekehrt.

Von einem Grenzbeamten erhalte ich mein Transitvisum. Ich muss spätestens am 7. Juni um 8 Uhr weiterreisen, habe also genau sechs Tage.

Als ich über die Gangway eine von mehreren Ankunfts- und Abflughallen betrete, komme ich mir winzig vor. Das gewölbte Hallendach scheint eine Art künstlichen Himmel zu bilden – von dort ragen lange weiße Stangen herunter, an denen die Lampen und Hinweisschilder befestigt sind. Die Menschen, die durch die Hallen laufen, wirken wie Playmobilfiguren.

Doch mehr Zeit zum Staunen bleibt mir nicht, ich habe keine zwei Stunden bis zum Abflug meiner Maschine nach Wenzhou. Dazu muss ich in den nationalen Teil des Airports gelangen. Immerhin, die großen blauen Anzeigetafeln sind sozusagen dreisprachig: Neben den chinesischen Schriftzeichen stehen nicht nur die englischen Bezeichnungen, sondern auch Piktogramme, also vereinfachende Bildzeichen, die sich gut verstehen lassen.

Als ich endlich meinen Abflugsteig erreiche, ist das Boarding schon fast abgeschlossen. Ich besteige den Air-China-Flieger, der mich in einer Stunde und zwanzig Minuten zum Longwan-Airport von Wenzhou bringen soll.

Es gibt also keine Journalistenkollegen vor Ort, und deshalb sieht mein Plan zunächst so aus:

Erstens habe ich mich über Alibaba mit den vier Schuhfabriken verabredet, die behaupten, sie hätten meine Sneakers oder könnten sie herstellen.

Zweitens habe ich einen Termin mit einem Herrn Schmidt-Chen von der deutsch-chinesischen Handelskammer. Er will mich ein wenig in Wenzhou herumführen, auch eine Schuhfabrik soll dabei sein.

Drittens werde ich einfach auf eigene Faust losziehen, bis unser Korrespondent kommt. Das habe ich schon oft gemacht und dabei ganz erstaunliche Ergebnisse erzielt. Erlebnisse und Begegnungen, die sich später wunderbar in einer Reportage verwenden lassen.

Viertens will mir die Redaktion noch einen Dolmetscher besorgen, falls ich nicht weiterkomme.

Aber wozu einen Übersetzer? China treibt doch Handel mit der ganzen Welt, und die Handelswelt spricht Englisch. Da muss ich doch wohl in der Schuhproduktions-Weltstadt mit meinem Englisch weiterkommen. Oder … oder ich esse eines dieser unsäglichen chinesischen Gerichte, die aus Spinnen, verfaulten Eiern oder Hundefleisch, bestehen. Ja, viele Chinesen essen gern Hundefleisch, und das vom Bernhardiner soll besonders gut schmecken …

So treiben meine Gedanken dahin. Dann verliert das Flugzeug an Höhe und setzt zu einer sanften Kurve an.

Durch das Kabinenfenster sehe ich ein Panorama. Es sieht genauso aus wie das Werbevideo der Stadt Wenzhou, das ich mir im Internet angeschaut habe. Wenzhou wird von einer intakten, malerischen Landschaft umschlossen. Vorne raus das Meer mit einer großartigen Inselkette, die Stadt selbst liegt mit ihrem Hafen an einem verzweigten Flussdelta. Und im Hintergrund wird Wenzhou von Bergketten eingerahmt. Wenn der Rest des Werbevideos auch wahr ist, dann sind die Menschen in Wenzhou sehr freundlich und aufgeschlossen und sprechen alle Englisch …

1. Juni, Internationaler Flughafen Wenzhou

Die Ankunftshalle lässt sich kaum von anderen Ankunftshallen der großen Flughäfen weltweit unterscheiden.

Bis auf zwei Dinge: Hier laufen vor allem asiatisch aussehende Men-

schen herum, und die Anzeigetafeln und Schilder sind nicht, wie ich es von Shanghai her erwartet habe, mehrsprachig. Nein, sie sind fast alle … nein, sie sind ausschließlich auf Chinesisch!!!

出租车

到来

餐厅

国际航班

厕所

Fassungslos schaue ich mich um. Das ist kein guter Start.

Ich fühle mich, als ob ich zwei Valium mit einen halben Kanne Espresso heruntergespült hätte: wach und gleichzeitig wie in Watte gepackt! Total aufgekratzt und todmüde zugleich! Na ja, für mich ist es eigentlich jetzt mitten in der Nacht! Doch die Ortszeit beträgt 10.30 Uhr.

Ich bemühe mich, trotz aller Hindernisse meinen Verstand zu benutzen: Alle strömen zum Tor, über dem 产量 steht. Ja, tatsächlich der Ausgang.

Ausländer ohne Sprachkenntnisse sind hier aufgeschmissen. Und deshalb werden sie gleich in der Ankunftshalle von aufmerksamen Chinesen in Empfang genommen. Überall stehen Frauen und Männer, die Schilder hochhalten: meist mit europäischen Nachnamen, aber auch mit Namen von Firmen und Reiseveranstaltern. Ich bleibe stehen und beobachte die Szene. Wer als Ausländer diesen Schilderwald durchquert und keinen Begleiter gefunden hat, der wird von einer ganzen Horde von Männern belagert.

Später erfahre ich, dass sie so eine Art Mittelsmänner sind. Weil sie ein paar Brocken Englisch können, vermitteln sie eine Taxifahrt, ein Hotel oder was auch immer gewünscht wird – dazu nicken sie ständig: »No ploblem«.

Und da ich nicht energisch genug durch die Ankunftshalle schreite, werde ich nun von diesen Mittelsmännern umlagert:

»Nit Hodel?«

»Taxi?«

»Touris-Guide?«

Ich sage zu einem, der mir halbwegs zurückhaltend erscheint: »Taxi in town!«

Und sofort führt er mich ab.

Es geht um etliche Ecken, bis ich schließlich auf der Rückbank eines Fahrzeugs lande. Aber ist das überhaupt ein Taxi?

Ich gebe dem Fahrer das Kärtchen mit der Adresse des Hotels, das die Redaktionssekretärin für mich ausgedruckt hat. Wir biegen zweimal ab und sind auf einer sechsspurigen Autobahn. Da ich ein alter Reisefreak bin, passe ich genau auf, dass der Taxifahrer mit mir nicht im Kreis fährt, um die Strecke zu verlängern und sein Fahrgeld zu erhöhen.

Eine halbe Stunde fahren wir auf der Autobahn. Und deshalb wiederhole ich zunehmend beunruhigt: »City?«, »Center?« oder »Town?«. Ich muss unbedingt das chinesische Wort für »Innenstadt/Stadtzentrum« herausbekommen.

Der Fahrer nickt und fährt stur weiter geradeaus. Im Werbevideo sah alles so schön aus: Wenzhou als Wiege der chinesischen Zivilisation. Hier gibt es schon seit Jahrtausenden tüchtige Handwerker und eifrige Händler, historische Bauwerke, die heute umschlossen werden von einer jungen Stadt mit einer dynamischen Wirtschaft. Tatsächlich fahren wir an einer Hochhaussiedlung nach der anderen vorbei. Am Ende müssen es vierzig oder vielleicht auch fünfzig gewesen sein. Am auffälligsten: Die wenigsten sahen bewohnt aus.

Endlich erreichen wir unser Ziel.

Untergebracht bin ich in einem großen Hotel, im Wenzhou International Hotel – einem von vielen Wolkenkratzern hier. Viel wichtiger für mich: Das Hotel soll in der Nähe des historischen Stadtzentrums liegen.

Es wurde von dem Redaktionssekretariat gebucht, auf Empfehlung des China-Experten. Hier sollen angeblich besonders viele deutsche und englischsprachige Geschäftsleute absteigen. Vielleicht kann ich hier abends an der Hotelbar ein paar brauchbare Insidertipps bekommen.

Ich lasse mich auf mein Zimmer bringen, und bevor ich versuche mich auszuruhen, schaue ich noch einmal schnell ins Internet: Mit China meinen wir in der Regel die Kommunistische Volksrepublik China, zu der auch Tibet und die Innere Mongolei gehören. Das Land ist mit 9,5 Millionen Quadratkilometern fast so groß wie Europa (10,2 Millionen Quadratkilometer). China hat aber deutlich mehr Einwohner als Europa, die USA und Russland zusammen: 1,4 Milliarden sind es zurzeit.

Das allein erklärt allerdings noch nicht das riesige Wirtschaftswachstum, das hier in den letzten fünfundzwanzig Jahren erzielt wurde …

Mehr finde ich nicht heraus, denn ich bin wie gerädert. Doch trotz der Müdigkeit kann ich nicht richtig schlafen. Ich lege mich ins Bett, stelle den Fernseher an, die chinesischen Sender sind alle laut und hektisch. Der BBC-World-Channel dagegen hat ruhige Bilder, und diese »very britischen« Stimmen beruhigen mich – und dann kann ich endlich etwas wegdämmern.

Einige Stunden später stehe ich in der Hotellobby.

Die Leute an der Hotelrezeption haben mir geraten, ständig einige Visitenkarten mit der Adresse des Hotels auf Chinesisch bei mir zu tragen. So kann mich jeder Taxifahrer oder selbst ernannte Stadtführer zurückbringen.

Noch an diesem Nachmittag will ich die ersten beiden Schuhfabriken besuchen!

Der Hotel-Concierge überreicht dem Taxifahrer die Adresse, sagt »All light!« und kassiert sein Trinkgeld.

Und siehe da, es ist wieder alles anders, als ich dachte. Ich lande nicht in einer Schuhfabrik, sondern in einer Geschäftsstraße, wo sich Verkauf-Showrooms aneinanderreihen. In einem werde ich bereits erwartet, und es beginnt die Begrüßungszeremonie. So ist das in China, aber auch in anderen asiatischen Ländern üblich. Die Damen und Herren, die mich empfangen, lächeln angestrengt und schauen mich dabei immer nur kurz an. Und wieder wird das Lächeln erneuert.

»Ni-hao! Ni-hao! Ni-hao!«

Auch das weiß ich aus meinen Unterlagen: »Ni-hao« heißt »Guten Tag!« oder »Hallo«. Die zweite Silbe muss dabei so hinten aus der Kehle kommen: Ni-Haaaaauuuuhhhuuu. Dabei faltet man die Hände vor der Brust und verneigt sich vor seinem Gegenüber. So weit, so gut!

Nun tauschen wir erst einmal die Visitenkarten aus. Meine ist nur auf Deutsch und Englisch. Mein Gegenüber lächelt und dreht die Karte mehrmals um. Zwischen seinem Lächeln blitzt einen kurzen Moment Unverständnis auf.

Also mache ich weiter. »Wenzhou is a nice town!«

Lächeln, Gegenlächeln.

»Wenzhou is a big town! With much factories.«

Lächeln, Gegenlächeln.

Und so arbeite ich mich ganz langsam vor.

Nach einer halben Stunde – so kommt es mir jedenfalls vor – bekomme ich dann endlich die ersten Schuhe aus der Nähe zu sehen.

Natürlich präsentieren sie mir zuerst ihre edelsten Modelle: Herrenschuhe aus Leder, die so aussehen, als wären sie vom britischen Hofschuster für Prinz Charles angefertigt worden. Sehr eindrucksvoll, aber ich suche Sneakers!

»Very fine!«, sage ich und warte.

Dann – nach etlichen Herrenhalbschuhen, Sandalen und Stiefeln, Damenschuhen und Stiefeletten – kommen endlich die Sneakers-Modelle. Einige dieser Sportschuhe sehen aus wie billige Versionen vom

Discounter: mit einer einfachen dicken Sohle, auf die ein einfarbiger Schaft aufgenäht oder nur geklebt wurde. Da fehlt etwas, spüre ich, ohne sagen zu können, was es ist. Klarer wird es mir, als meine Geschäftspartner eine neue Kollektion vorlegen: Bei diesen haben die Sohlen Linien und Strukturen, die erkennen lassen, dass sie aus mehreren Lagen bestehen. Ebenso der Schaft: Er besteht aus mehreren Materialen, die aufwendig vernäht sind. Nur das Logo – ein einfacher Kreis – wirkt billig. Und dann verstehe ich plötzlich: Das sind Nachahmungen bekannter Markenschuhe. Die blauen Sneakers könnten ein Adidas-Sportschuh sein, die schwarz-weißen sehen irgendwie wie ein Nike-Modell aus.

»Where do you produce the shoes?«

Erst versuchen sie sich herauszureden: »Yes, we ploduce this shoe!«

»Where? Where is the factory? Can you show me!«

»Aaaah, factoly! Tomollow.«

So geht es eine ganze Zeit lang weiter. Bis ich mich erhebe und andeute, dass ich mich verabschieden will.

Meine Gesprächspartner erheben sich auch und verneigen sich.

»Wia mai-mai?«

Da antworte ich, ohne zu wissen, was es genau heißt: »Ja, mai-mai.«

Nach drei Stunden ist endlich alles überstanden. Ich lasse mich in ein Taxi verfrachten und gebe dem Taxifahrer die Adresse meines Hotels.

Eigentlich will ich am Abend noch in die Hotelbar, doch nach dem Abendessen bin ich so groggy, dass ich mich gerade noch in mein Zimmer schleppen und ausziehen kann. Ich bekomme nicht einmal mehr das Ende der ersten Meldung des BBC-World-Channels mit.

2. Juni, Innenstadt von Wenzhou

Heute Vormittag besuche ich die zweite sogenannte Schuhfabrik. Auch sie liegt in einer Geschäftsstraße und entpuppt sich ebenfalls als reiner Verkaufs-Showroom! Um es kurz zu machen: Bei meinem zweiten Termin wiederholt sich die ganze Geschichte. So lande ich früher wieder im Hotel, als mir lieb ist.

Ich mache mich frisch, aber bevor ich in die Hotelbar gehe, will ich noch ein paar Hausaufgaben machen.

Also informiere ich mich im Internet über Wenzhou. Allerdings macht Googeln in China nicht so viel Spaß. Denn etliche Begriffe (z. B. Dissidenten, Parteikritik) sind von der staatlichen Zensurbehörde gesperrt, und auch der Bildersuchdienst wird extrem verlangsamt. Manche Dienste wie Facebook, Twitter und Youtube werden sogar vollständig blockiert. Diese Sperren haben aber nicht nur politische Gründe: China will die eigenen Anbieter wie die Suchmaschine Baidu und die Youtube-Konkurrenz Youkou fördern.

Bei der Suche stößt man immer wieder auf Berichte, wonach Wenzhou zwischen drei und neun Millionen Einwohner hat. Tatsächlich hat der Verwaltungsbezirk Wenzhou zurzeit rund neun Millionen Einwohner. Er ist mit 12 000 Quadratkilometern aber auch nur etwas kleiner als Schleswig-Holstein. Die eigentliche Stadt dagegen erstreckt sich auf einer Fläche von 1188 Quadratkilometern – zum Vergleich: Berlin hat 892 Quadratkilometer. Während Berlin 3,5 Millionen Einwohner hat, zählte die City von Wenzhou laut Volkszählung im Jahr 2009 gerade einmal 900 000 Einwohner, mit stark zunehmender Tendenz allerdings! Wenn einmal die ganzen Satellitenstädte bewohnt sind, dann steigt Wenzhou vielleicht auf in die Liga der Megastädte.

Punkten kann die Hafenstadt dagegen schon heute mit ihrer Wirtschaftskraft: In Wenzhou werden vor allem Konsumgüter und kleine Elektronikartikel hergestellt. Und zwar – das ist das Besondere – in zahlreichen kleinen bis mittelgroßen Fabriken unter meist einfachen Bedingungen. Auf diese Art und Weise werden in China die meisten Schuhe, aber auch Brillen, Rasierer, Feuerzeuge, Stifte, Schlüssel und Schlösser produziert. Dadurch ist man, jedenfalls in diesen Bereichen, Weltmarktführer geworden.

Chinas Wirtschaftszentren – organisiert wie im Basar!
In den letzten rund dreißig Jahren wurde China zur Werkbank der Welt – hier werden die meisten Textilien, Schuhe, aber auch Feuerzeuge und Spielwaren hergestellt.
Dabei haben sich Schwerpunkte wie auf einem orientalischen Basar gebildet, das heißt, bestimmte Produkte stammen überwiegend aus bestimmten Regionen.
So ist Wenzhou nicht nur die Welthauptstadt der Schuhproduktion – pro Jahr werden dort ungefähr 1,5 Milliarden Paar Schuhe hergestellt –, sondern hier werden auch die meisten Feuerzeuge (70 Prozent der Weltproduktion) und ein Großteil der Brillenfassungen gefertigt.
Textilien kommen vor allem aus der südchinesischen Provinz Guangdong. In den ungefähr 4000 Fabriken rund um die Stadt Xintang geht es nur um ein Produkt: Jeans in jeder Form und Farbe. 260 Millionen davon nähen, färben, bleichen und waschen rund 700 000 Arbeiter hier jedes Jahr.
Und nirgendwo in der Welt werden so viele Spielzeuge und Dekorationsartikel wie Weihnachtsschmuck hergestellt wie in der südchinesischen Stadt Shenzhen.
Im Pekinger Stadtteil Zhongguancun schließlich entsteht auf Beschluss des Zentralkomitees der KP Chinas ein chinesisches Silicon Valley, ein innovatives Zentrum der Computerindustrie. Ob mit viel Geld und einem Parteibeschluss eine kreative Digitalwirtschaft angekurbelt werden kann, wird sich allerdings erst in den nächsten Jahren zeigen.

Nach diesem Exkurs gehe ich in die Hotelbar. Es ist erst später Nachmittag, eigentlich noch Kaffeekränzchenzeit, aber das merkt man hier nicht, denn das Licht ist gedämpft, alles schimmert gelblich. Und es ist zu meiner Überraschung schon ziemlich voll.

Die Hotelbars in fremden Ländern sind häufig eine Art Informationszentrale. Und hier?

Ich stelle mich an den Tresen und kippe das erste kalte Pils in einem Zug herunter. Dann stelle ich mich meinem Nachbarn vor – als Händler, der einen Sneakers-Laden eröffnen will. Und nach dem dritten Bier erzähle ich ihm meine bisherigen Abenteuer.

»Auf Alibaba eine Zusage? Wie toll ist das denn!«, sagt mein Nachbar und prostet mir zu. »Haben Sie denn noch nie davon gehört, dass ein chinesischer Geschäftsmann niemals Nein sagt?«

»Auf keinen Fall wird ein Chinese sagen: ›Nein, das geht nicht!‹«, mischt sich der Nachbar von meinem Nachbarn ein. »Man darf in diesem Land niemals sein Gesicht verlieren. Und deshalb lügt ein Chinese lieber, als dass er Nein sagt. Das wäre eine Erniedrigung für ihn.«

»Chinesen lächeln immer und sagen: ›Ja, natürlich, das geht alles. Morgen zeigen wir Ihnen das und das … Nächste Woche liefern wir alles …‹«

Ich bestelle mir noch ein Bier.

»Lassen Sie mich raten«, fährt der Nachbar meines Nachbarn fort, »zum Schluss haben sie wieder gelächelt und gesagt: ›Mai-mai‹?«

»Ja, genau.«

»Wissen Sie denn, was das heißt?«

»Nicht so richtig.«

»Mai heißt immer etwas anderes. Mai heißt kaufen, wenn die Betonung von unten nach oben geht. Mai heißt verkaufen, wenn die Betonung von oben nach unten geht. Und ein Geschäft machen heißt logischerweise …«

Er sieht mich an.

»Mai-mai?«

»Hey, der Mann kann ja Chinesisch!«

Alle Umstehenden lachen.

»Ach ja, mal kurz nach Wenzhou fliegen und schauen, wo die Schuhe gemacht werden. Als ob die Chinesen uns Langnasen hinter ihre Kulissen gucken lassen.«

»Aber selber wollen sie alles wissen«, kommentiert jemand aus der zweiten Reihe, die sich inzwischen hinter uns gebildet hat. »Alles wird überwacht! Allein 50 000 Kommissare überwachen das Internet. Deshalb: Keine vertraulichen E-Mails oder SMS schicken!«

»Lieber telefonieren.«

»In genuscheltem Deutsch oder noch besser im Dialekt: Sächsisch oder Bayrisch verstehen die nicht.«

Und später dann – ich bin beim fünften oder sechsten Bier – erzählen mir meine Leidensgenossen immer gruseligere Sachen:

»Nach außen gibt sich die Führung des Landes weltoffen, aber sie herrscht diktatorisch.«

»Wie merkt man das?«, frage ich nach.

»Für vieles gibt es drakonische Strafen – ganz plötzlich. Lange Zeit hat sich die Regierung um die Verschmutzung der Umwelt überhaupt nicht gekümmert. Hauptsache, die Wirtschaft wächst. Aber seit über Peking ständig eine dicke Smogwolke hängt, werden Umweltsünder wie Staatsfeinde behandelt.«

»Wenn sie wollen, verhängen sie sogar die Todesstrafe für schwere Umweltsünden. Das machen sie nämlich nicht nur bei Drogenhändlern, auch Wirtschaftskriminelle werden zum Tode verurteilt. Und kein Land vollstreckt so viele Todesstrafen wie China …«

In dieser Nacht habe ich einen ganz blöden Traum, der aber sehr realistisch wirkt: Ich soll etwas über einen Schauspieler in seiner Garderobe herausfinden und über seine überdimensionierten Schuhe, die er auf der Bühne trägt. Doch alle spielen weiter ihre Rollen und versperren mir den Weg: »Hinter die Kulissen gucken ist verboten! Bei Todesstrafe!«

»Aber ich bin doch Journalist!«

»Journalist ohne staatliche Erlaubnis und Aufsichtsperson? Solche Leute kommen in Arbeitslager – irgendwo im Himalaja oder in der Wüste Gobi!«

Schweißgebadet wache ich auf.

3. Juni, Innenstadt von Wenzhou

Mein dritter Tag in der chinesischen Schuhmetropole.

Heute steht endlich das Highlight auf dem Programm: Die Schuhfabrik, die mir das Bild geschickt hat, auf dem angeblich unsere Sneakers zu sehen sind.

Trotz meines Albtraums habe ich einigermaßen gut geschlafen und stopfe mich beim Frühstück einfach mit Nudeln und Teigtaschen, eine Art gefüllte Brötchen, voll. Mit einer Kanne Kaffee spüle ich alles hinunter. Auf geht's!

Doch es erwartet mich wieder nur ein Verkaufsraum und der gleiche Ablauf. Ich habe sogar anfangs den Eindruck, es sind die gleichen Geschäftsleute wie gestern, die mir da gegenüberstehen. Nur haben sie sich umgezogen und sind in einen anderen Showroom gewechselt. Aber vielleicht liegt es auch daran, dass alle Chinesen irgendwie gleich aussehen.

Eine Stunde vergeht mit Begrüßung und dem Austausch von Freundlichkeiten. Ausgerechnet die Firma, die mir das Sneakers-Bild geschickt hat, kann mir den angeblich von ihnen gefertigten Schuh nicht zeigen.

»Molgen Schuh da!«

»Wo sind die Sneakers, verdammt noch mal?« Meine Stimme wird etwas lauter, und meine Wortwahl ist auch nicht mehr sehr höflich. Wie gut, dass keiner hier Deutsch spricht.

Ich drohe mein Gesicht zu verlieren. Aber das ist mir jetzt egal. Ich bin nicht um die halbe Welt gereist, um mich jetzt hier veräppeln zu lassen. Wütend und enttäuscht lasse ich mich ins Hotel zurückbringen, gehe auf mein Zimmer und schreibe in mein Notizbuch:

Erkenntnisse, die ich mit nach Hause nehmen werde!

1. Erkenntnis: Die Chinesen sind gar nicht so freundlich, wie man häufig denkt. Und schon gar nicht so sauber und ordentlich, wie es immer dargestellt wird!

Die Chinesen gelten eigentlich als sehr kultiviert, also zurückhaltend und immer freundlich lächelnd. Doch die Realität sieht anders aus. Die Chinesen in Wenzhou sind sehr ruppig. Sie gucken die ganze Zeit böse und stoßen einen überall an, auf der Rolltreppe, an Eingängen. Vor allem jedoch: Sie spucken überall hin, nicht nur im Freien, auch im Flughafen auf den polierten Boden, selbst im Flugzeug oder im Hotel auf die Teppichläufer. Eklig.

Nachmittags bei meinem vierten »Schuhfabrik«-Besuch läuft natürlich alles nach dem bereits bekannten Schema ab.

Nach diesem frustrierenden Erlebnis verzichte ich darauf, gleich wieder ins Hotel gebracht zu werden, sondern will zu Fuß ein wenig die Gegend erkunden.

Ich lasse mich von den anderen Fußgängern treiben und lande in einer Einkaufsstraße, die sich als richtige Basarstraße entpuppt. Und plötzlich ist Wenzhou genauso, wie man sich China vorstellt: Die engen Geschäfte quellen über vor bunten Waren, die auf Tischen oder auf dem Boden liegen oder an den Hauswänden bis rauf zum ersten Stock ausgehängt sind. Dazwischen chinesische Schriftzüge in den schrillsten Farben. Und alles untermalt vom Singsang der fremden Laute und Musikfetzen, die aus den Eingängen dringen.

Dazu ein Meer an Gerüchen: meistens von Kohl und Urin, darin jede Schattierung von Schweiß, hin und wieder abgelöst von starken Gerüchen nach Frittiertem und diesen typisch asiatischen Gewürzmischungen.

Vor einem Laden türmen sich Käfige, Körbe und Aquarien voller

Tiere: verschiedene Fisch- und Krebsarten, aber auch Schildkröten, jede erdenkliche Art von Geflügel ... Dabei wird mir klar: Dies ist keine Zoohandlung, sondern ein Delikatessengeschäft. Chinesen sind dafür bekannt, dass sie so ziemlich alle tierischen Lebewesen schmackhaft zubereiten. Auch junger Hund gilt als Delikatesse. Die Leute lassen sich die Tiere vor Ort für das Kochen daheim zerlegen. Oder der Kauf wird gleich nebenan in einen der riesigen Woks geworfen und dort kurz gegart.

Nicht hier, aber in einem anderen typischen Straßenrestaurant lasse ich mich nieder. Ich bestelle einfach, indem ich auf einige Berge von Teigtaschen zeige. Egal was drin ist. Der Inhalt einer der Teigtaschen kommt mir tatsächlich merkwürdig vor, das Fleisch ist nicht so sehnig wie vom Rind und schmeckt auch nicht wie Lamm. Es ist so zart wie Schwein oder Geflügelbrust, hat jedoch einen intensiven Eigengeschmack, der wie ... Sosehr ich mich auch wehre, vor meinem geistigen Auge taucht das Bild eines Bernhardinerwelpen auf! Plötzlich bin ich nicht mehr hungrig.

Und dann sehe ich etwas scheinbar typisch Chinesisches in der Fußgängerzone, keine zehn Meter von mir entfernt. Ein älterer Mann nimmt einen kleinen Jungen und hält ihn einfach mit dem Hinterteil über einen Abfallkorb, ohne dass der Junge seine Hose heruntergezogen hätte. Er macht da einfach sein großes Geschäft – die Hose ist hinten aufgeschnitten! Dieser Hosentyp ist bestimmt ein Verkaufsschlager in China und wäre das bei uns vielleicht auch. Mir ist der Hunger sowieso schon vergangen!

Ich zahle und laufe weiter – und prompt verlaufe ich mich.

Dabei war ich der festen Überzeugung, den Weg von der Einkaufsstraße zum Hotel zu kennen. Die Strecke bin ich ja schon viermal mit dem Taxi hin- und hergefahren.

Doch Laufen ist nicht Fahren. Es gibt einzelne Stadtzentren, dazwischen liegen Brachen. Und da Wenzhou auf morastigem Boden errichtet wurde, durchziehen viele Kanäle die Stadt. Immer wieder landet ein

Fremder in Sackgassen oder vor Kanälen, die keine Brücken haben. Das ist keine Stadt für neugierige Entdecker, leider!

Zuerst lande ich in einer Sackgassenstraße, die an einem Kanal endet. Dann stehe ich am Rande einer Autobahnauffahrt, die in den nächsten Distrikt führt. Als ich enttäuscht umdrehe und zurückgehe, werde ich von einem Mann angesprochen: »Guten Abend, Sil!«

Ich brauche einen Moment, um zu kapieren, dass er mich auf Deutsch angesprochen hat. Und wie an der Uniform unschwer zu erkennen ist: Er arbeitet als Hotelboy in meinem Hotel, das wir, nachdem wir zweimal abgebogen sind, aus der Ferne erkennen können. »Sie sehen – dott!«

In seiner Freizeit besucht er Deutsch- und Englischkurse, weil er später einmal Hotelmanager werden will – natürlich im »Wenzhou International«. Er heißt Li, und ich verabrede mit ihm, dass er mir morgen Nachmittag die Stadt zeigen soll. Und Li erzählt mir noch – ich kann mein Glück kaum fassen –, dass seine Cousine in einer Schuhfabrik arbeitet, einer richtig großen!

Auf dem Zimmer hole ich meinen Block hervor. Unter der Eintragung »1. Erkenntnis: Die Chinesen sind gar nicht so freundlich, wie man häufig denkt« ergänze ich: »Es gibt auch erfreuliche Ausnahmen!« Außerdem glaube ich langsam nicht mehr, dass alle Chinesen gleich aussehen.

Alle Chinesen sehen gleich aus – Europäer aber auch

Während die Chinesen gern behaupten, alle Europäer – die »Langnasen« – sähen sich ähnlich, hegen wir das gleiche Vorurteil gegenüber den Chinesen – den »Schlitzaugen«.

Forscher sind diesem Phänomen auf den Grund gegangen: Es hat nichts mit Arroganz oder Rassismus zu tun. Gesichter, die wir nicht regelmäßig sehen, können wir weniger gut unterscheiden. »Cross Race«-Effekt nennt das die Wissenschaft.

Zuerst denkt der Fremde in China: Die sehen alle gleich aus. Doch je genauer er hinschaut, desto mehr individuelle Unterschiede sind zu erkennen: Der eine hat ein dickes Gesicht, die andere große Mandelaugen, der eine einen kleinen Mund oder längere Haare, die andere viel größere Ohren. Schließlich lernt der Fremde, die individuellen Gesichter als ganze auseinanderzuhalten.

Und dann gibt es Chinesen, die sehen gar nicht aus wie Chinesen. Denn rund 10 Prozent der Bevölkerung gehören nicht zum eigentlichen Volk der Chinesen, den Han, sondern zu einer der vielen Minderheiten. Chinesen unterscheiden deshalb zwischen den »Menschen aus den mittleren Reichen« (Zhongguórén) und den »Menschen des Han-Volkes« (Hànzúrén).

Mit den »Menschen aus den mittleren Reichen« sind alle gemeint, die in der heutigen Volksrepublik China leben und keine richtigen Ausländer sind – also alle Staatsbürger Chinas. Als »Menschen des Han-Volkes« dagegen werden alle bezeichnet, die zu keiner Minderheit gehören, sondern sich zum eigentlichen Volk der Chinesen zählen. Das sind heute über 90 Prozent der Menschen, die in China leben. Man sagt korrekterweise aber nicht »Han-Volk«, sondern »ethnische Chinesen«.

Kapitel 4

VERLOREN IN DER WELT-SCHUH-HAUPTSTADT! STATT DER SNEAKERS FINDE ICH EINEN NEUEN FREUND

Zu meiner Schande muss ich gestehen, dass ich bisher nicht darauf geachtet habe, was die Menschen in Wenzhou an den Füßen tragen. Zu sehr habe ich auf Gesichter, Kleidung und Hinweistafeln geschaut.

Aber nun blicke ich nach unten: Nur noch wenige, vor allem ältere Chinesen tragen Sandalen oder Holzschuhe und einen einfachen Arbeitsanzug, den sogenannten Mao-Look. Als nach dem Zweiten Weltkrieg die Kommunisten die Macht ergriffen, verordnete deren Führer Mao Zedong allen Chinesen ein gleiches und einfaches Leben. Niemand sollte sich mit seiner Kleidung von anderen abheben, alle liefen mit grauem Arbeitsanzug herum – auch Mao. Die meisten jüngeren Chinesen hier in Wenzhou haben westliche Kleidung und dazu moderne Schuhe. Viele tragen Sneakers. Ich erkenne auf Anhieb einige Modelle von Adidas, Puma und Nike – ich bin ja inzwischen Fachmann.

4. Juni, Innenstadt von Wenzhou

Mein vierter Tag in Wenzhou.

Heute kann ich endlich eine Schuhfabrik besichtigen – dank der Vermittlung des Vertreters der deutsch-chinesischen Handelskammer, Herrn Schmidt-Chen.

Herr Schmidt-Chen – ein Chinese, der mit einer Deutschen verheiratet ist – spricht sehr gut Deutsch und will mich bei der Besichtigung begleiten: »Wir müssen aber um Punkt 7 Uhr früh dort sein!«

Irgendwie dachte ich, dass sich die Schuhfabriken alle in einem Stadtteil von Wenzhou befänden. Wie eben auf einem orientalischen Markt oder Basar. Doch hier ist alles völlig unkontrolliert gewachsen.

Und jetzt weiß ich auch, warum wir um 7 Uhr kommen sollten.

Der Arbeitstag in der Schuhfabrik Zhang beginnt mit einem Morgenappell wie beim Militär. Wenn man den asphaltierten Innenhof näher betrachtet, fallen einem die vielen kleinen Markierungen auf: Jeder Mitarbeiter hat hier seinen festen Platz. Und deshalb brauchen sich die Hunderte von Männern und Frauen nicht umständlich auszurichten, sondern stehen pünktlich und ordentlich stramm – wie die Zinnsoldaten in Reih und Glied.

Und dann müssen wir gemeinsam die Ansprache des Firmenchefs ertragen. Da ich nichts verstehe, achte ich nur auf den Klang seiner Worte: Sie hören sich sehr abgehackt und streng an – wie unfreundliche Zurechtweisungen.

Mein Übersetzer erklärt mir kurze Zeit später, Herr Zhang habe davon gesprochen, wie groß die Verantwortung ist, die er für seine Firma trägt. Und wie groß die Verantwortung jedes einzelnen Mitarbeiters ist, das Ansehen ihrer Schuhfirma in der Welt durch die Qualität ihrer Arbeit zu bewahren. Außerdem werde die Herausforderung immer größer: Die Konkurrenz auf dem Weltmarkt wachse jeden Tag. Und deshalb müssten alle Mitarbeiter noch härter und länger arbeiten. Ohne dass die Qualität darunter leidet.

Nach diesen Ermahnungen machen die Mitarbeiter noch eine Art rhythmische Gymnastik, zu der sie die Hymne der Firma singen: Sie handelt davon, wie glücklich alle darüber sind, einen wichtigen Beitrag zu leisten

für Wenzhou,
für das Vaterland und
für alle Menschen auf der Welt, die auf bequemem und sicherem Schuhwerk herumlaufen wollen.

Während die Mitarbeiter im Laufschritt zu ihren Arbeitsplätzen eilen, bittet uns der Chef auf einen Tee in sein Büro.

Nach der üblichen Begrüßungszeremonie erzählt uns Herr Zhang, Chef und Inhaber der Fabrik, die Firmengeschichte aus seiner Sicht: Zu Beginn war er ein einfacher armer Schuster, der das Handwerk und das Werkzeug von seinem Vater übernommen hatte. Er war so arm, dass er die Schuhe daheim in der Küche anfertigte. Doch dann entschloss er sich, erfolgreich zu werden, schuftete Tag und Nacht und stellte die besten Schuhe von Wenzhou her. Mit dem Gewinn konnte er einen Laden anmieten, und er arbeitete weiter wie ein Besessener. Wie jeder Unternehmer macht er ausschließlich »seinen« Fleiß und »seine« Sparsamkeit für den Erfolg verantwortlich. Arbeiter waren auch daran beteiligt, aber meistens machten sie ihm mehr Ärger, als dass sie ihm halfen. Und deshalb – deutet er an – ist es auch gerecht, dass er alles besitzt und die anderen nichts. Kommunismus hin oder her!

Und dann erläutert Herr Zhang noch einmal, was er bereits seinen Arbeiterinnen und Arbeitern mitgeteilt hat – in der Langfassung: Welche Verantwortung eine Schuhfabrik für die Menschheit habe. Aber dass auch die Arbeiter Verantwortung übernehmen müssten. Und welche herrlichen Schuhe dabei entstünden …

Dann endlich geht es in die Fabrikanlagen, genauer gesagt, in eine von etlichen Fabrikhallen. Hier wirkt alles mustergültig: Zunächst sehen wir Arbeiter, die die Hauptsohle zurechtschneiden. Erst werden große Streifen von riesigen Rollen abgetrennt, dann mithilfe von Formen die einzelnen Sohlen ausgestanzt. Dahinter sitzen in Reih und Glied gut hundert Fabrikarbeiter an ihren speziellen Nähmaschinen.

Ein Vorarbeiter erklärt uns die Arbeitsabläufe: In dieser Halle werden die Schafte zusammengenäht und eine Reihe weiter hinten an die Sohlen angenäht. Dazu sind Nähmaschinen mit langen, starken Spezialnadeln nötig. Und erfahrene Arbeiterinnen und Arbeiter.

Alles sieht okay aus: Die Arbeiter wirken nicht gestresst, sie sitzen schön verteilt, nicht zu beengt, die Halle ist hoch, gut belüftet und angenehm temperiert. Ob das wohl im ganzen Werk so ist?

Als ich beim Weitergehen einmal rechts statt links abbiege, werden meine Begleiter sofort nervös. Und jemand versperrt mir freundlich grinsend den Weg.

»Long Way!«

»Dort gibt es nichts zu sehen«, erklärt mir der Übersetzer. »Nur Lager!«

Wir werden also nur durch die Vorzeigebereiche geführt. Ich habe während des Studiums häufiger in Fabriken mein Bafög aufgebessert, und daher weiß ich: Wo hart gearbeitet wird, fliegen die Fetzen. Da entsteht einfach irgendeine Art von Unordnung. Irgendetwas fehlt hier!, sagt mir mein Bauchgefühl.

Folgsam absolvieren wir auch noch den Rest des Besichtigungsprogramms.

Zum Schluss werde ich von einer Arbeiterdelegation verabschiedet, die mir einen Karton mit Turnschuhen überreicht. Doch kaum sitzen

wir wieder im Auto, löchere ich Herrn Schmidt-Chen so lange, bis er schließlich zugibt: Über 4000 Schuhfabriken gibt es in Wenzhou – oder was sich eben »Schuhfabrik« nennt.

Manche von ihnen sind tatsächlich in neu errichteten Gebäuden untergebracht. Das sind die Fabriken, welche die ausländischen Geschäftspartner zu sehen bekommen. Die meisten jedoch sind einfach nur Firmen, die in irgendeine Hinterhofwerkstatt eingezogen sind.

»So eine Fabrik würde ich auch gern sehen«, sage ich.

»Oh, das ist schwierig!«, antwortet er.

»Dann muss ich noch einmal auf eigene Faust los …«

Er beugt sich zum Fahrer und flüstert ihm etwas zu. Daraufhin biegt unser Wagen abrupt nach links ab und fährt durch kleine Straßen zu einer Art Hinterhof.

Herr Schmidt-Chen betritt zunächst allein das Gebäude. Ich schaue mich um. Hier sieht es aus wie bei uns auf einem Recyclinghof: Altes Eisen, Holzplatten und jede Menge Plastik und Gummi liegen herum. Sind das Rohstoffe, oder ist das Abfall?

Schmidt-Chen kommt zurück, freudig nickend. Wir können den kleinen Betrieb besichtigen. Aber in den meisten Räumen wird nicht gearbeitet. Ich sehe einige Maschinen, Spezialnähmaschinen und einen Raum mit Fässern, dort werden die Klebstoffe gelagert, sagt man mir. Aber gearbeitet wird nur am Zuschneiden der Sohlen, dem Nähen des Schafts und dem Aufnähen eines Logos.

Die Schuhe tragen einen lustigen Namen: Abibas! Sie sehen genauso aus wie Adidas-Schuhe.

Als ich wieder im Hotel bin, dusche ich und trage danach einige Fakten in meinem Notizbuch ein. Doch heute riecht es so komisch in meinem Zimmer: nach Tankstelle, Werkstatt oder so.

Die Ursache ist schnell gefunden: Der Gestank kommt von meinen neuen Sneakers. Sie riechen extrem nach Klebstoff und Lösungsmittel. Jetzt weiß ich auch, was ich nicht gesehen habe! Die Klebeabteilung!

Dann schreibe ich:

Erkenntnisse, die ich mit nach Hause nehmen werde!

2. Erkenntnis: Eine chinesische Schuhfirma hat nicht unbedingt eine eigene Fabrik!

Ich kann gar nicht unterscheiden, wer wirklich die Schuhe ausstellt, die er selbst in eigenen Fabriken herstellen lässt, und wer einfach nur ein Händler oder ein Weiterverkäufer ist. Viele Geschäfte haben gar keine eigenen Fabrikgebäude mit Maschinen und einem Heer von Arbeitern. Und andere Schuhfabriken verdienen gar nicht den Namen »Fabrik«, weil sie so klein sind. Es sind einfach nur kleine Hinterhofwerkstätten, die auf Handarbeit spezialisiert sind.

Diesen Abend trinke ich in der Hotelbar nur Coca-Cola. Prompt fragt mich mein rechter Nachbar: »Wissen Sie, wie Coca-Cola auf Chinesisch heißt?«

»Coca-Cola vielleicht?«

»Nein, Kekou Kele.«

»Echt?«

»Ja. Anfangs haben die Leute von Coca-Cola nur auf die Laute geachtet und ihr Getränk ›Kouke Koula‹ genannt.«

»Klingt doch gut.«

»Ja, aber diese Lautfolge heißt auf Chinesisch so ungefähr: Beiß in die wächserne Kaulquappe. Würden Sie das trinken wollen?«

»Nein!«

»Auch die Chinesen nicht, obwohl die ja so manches zu sich nehmen, was wir nicht mögen. Und so hat man den Namen zu ›Kekou Kele‹ geändert, das hat die Bedeutung: Schmeckt gut, macht Freude! Ja, man muss hier bei Produktnamen auf die Bedeutung achten. Was machen Sie hier?«

Nachdem ich ihm geantwortet habe, erzählt mein Barnachbar von sich. Es stellt sich heraus, dass er seit fast zwanzig Jahren Qualitätsmanager für eine Kaufhauskette in England ist, die hier Schuhe und andere Lederwaren herstellen lässt.

Ich habe tausend Fragen an ihn und beginne gleich mit einer richtig harten: »Die vielen Sneakers von Adidas, Puma und Nike, die ich hier in den Straßen an chinesischen Füßen gesehen habe – sind das Originale?«

»Nein«, antwortet mir mein neuer Kollege. »Natürlich nicht! Die Chinesen geben doch nicht 80 bis 100 Euro für ein Paar Sneakers aus, die sie auch für 10 bis 20 Euro kriegen können. Zumal es häufig die gleichen Produkte aus den gleichen Fabriken sind.«

»Wie?«

»Die Chinesen sind richtig gut – im Nachmachen. Für die meisten Produkte haben sie keine eigenen Entwicklungslabors, das ist ihnen zu teuer. Sie sind ja die Copy-Experten. Sie bauen nach, aber eben mit einigen Fehlern.«

»Wie muss man sich das praktisch vorstellen?«

»In einem Teil der Fabrik fertigen sie für eine Weltmarke, und im anderen, völlig davon abgetrennten Bereich produzieren sie eins zu eins das Nachahmerprodukt. Das machen sie nicht nur mit Schuhen. Einer mittelständischen Firma für Bohranlagen und Pumpen aus Deutschland ist es so ergangen: Die Chinesen haben eine genaue Kopie der Firma einige Kilometer weiter entfernt errichtet. Ausländische Firmen werden hier über den Tisch gezogen, weshalb sich viele wieder verabschiedet haben aus China. Aber inzwischen haben die Chinesen ausreichendes Know-how, um eigene Produkte zu entwickeln.«

»Auch eigene Sneakers?«

»Perfekte Sneakers baut nur der, der neue Modelle selbst entwickelt, sie einläuft und testet. Das kostet. Aber irgendwann kommt einer der reich gewordenen Chinesen und sagt: Okay, hier sind 20 Millionen Dollar. Jetzt entwickeln wir unsere eigenen Sneakers für unsere Athleten und alle, die sich dafür halten. So wird's kommen.«

»Ach, Schuhe kaufen und verkaufen in Wenzhou kann doch jeder Depp!«, mischt sich nun mein linker Barnachbar ein. »Man braucht etwas Neues, eine Marktlücke.«

Da ich mich eigentlich weiter mit meinem rechten Nachbarn unterhalten will, tue ich so, als ob ich nicht verstanden hätte. Doch der linke gibt nicht auf.

»Ich will Ihnen mal einen Tipp geben: Deos für China – das wäre ein Geschäft. Das ist Ihnen doch sicher auch schon aufgefallen. 1,4 Milliarden Chinesen brauchen dringend ein Deodorant. Das Problem ist nur: Sie wissen es noch nicht. Man muss ihnen erst einmal beibringen, dass sie ein Deo brauchen. Chinesen kriegen sonst alles mit: Sie hören alles, sie sehen alles. Nur scheinbar riechen sie nicht alles. Vor allem nicht ihren eigenen Körpergeruch.«

5. Juni, Wenzhou

Mein fünfter Tag in Wenzhou.

Wieder bin ich von einem Albtraum aufgewacht. Es ist 6 Uhr morgens, und ich fühle mich wie Bill Murray in dem Film *Lost in Translation*. Nur befinde ich mich nicht in Tokio, sondern in einer chinesischen Boom-Metropole des 21. Jahrhunderts. Ich kann nicht wieder einschlafen, also stehe ich auf und streife ebenfalls wie Bill Murray durch die frühen Straßen der Stadt. Es herrscht schon reges Leben in Wenzhou: Müllmänner fegen die Straßen und Plätze, während die meisten Leute auf dem Weg zur Arbeit sind. Ihr Frühstück nehmen sie direkt auf der Straße ein, alle tragen kleine Plastikbeutel mit sich herum, aus denen es dampft: Teigtaschen, die überall an Straßenständen zubereitet und verkauft werden.

In einem zubetonierten Park stehen alte Leute, vor allem Frauen, die gemeinsam Tai-Chi machen. Anmutig und wie in Zeitlupe drehen und biegen sie ihre Körper und führen die Arme in kreisförmigen Bewegungen um sich herum, sodass am Ende eine Art Figur entsteht: ein brüllender Löwe oder ein verdrehtes Kamel.

Mir fällt auf, dass es hier kaum Jogger gibt. In der Stadt, in der die meisten Sneakers der Welt produziert werden, praktizieren die Einwohner so gut wie keinen Laufsport! Haben sie denn wenigstens Sneakers? Ja, auch viele ältere Tai-Chi-Frauen tragen Sneakers jeglicher Art.

Da ich heute keine »Schuh-Termine« habe, bin ich gleich nach dem Frühstück mit meinem neuen Freund, dem Hotelboy Li, verabredet. Er will mir einige der Sehenswürdigkeiten der Stadt zeigen.

Bisher habe ich, ehrlich gesagt, den Eindruck, Wenzhou ist weder schön und noch besonders alt.

Ich treffe Li nicht in der Hotelhalle, sondern auf der anderen Straßenseite vor dem Eingang einer berühmten Coffeeshop-Kette, außer Sichtweite des Hotels. Li will nicht, dass seine Kollegen uns zusammen sehen, denn Umgang mit den Gästen ist dem Hotelpersonal streng verboten.

Li hat einen Pkw mit Fahrer besorgt, und schon geht es los. Zwei-, dreimal biegen wir ab und rollen langsam durch eine Straße mit vielen älteren Gebäuden, die mit Ornamenten geschmückt sind. »Das hier ist der kleine, alte Stadtkern, der von Geschäftsleuten im 19. Jahrhundert errichtet wurde«, erklärt Li. »Es gibt in Wenzhou auch einige alte buddhistische und taoistische Tempel, ja sogar christliche Kirchen und einen Bischofsitz.«

Wir sehen das Sportzentrum mit dem großen Stadion, einige Museen und die Oper, viele Hochhäuser und Einkaufsstraßen – alles scheint da zu sein, und trotzdem wirkt diese Stadt irgendwie unfertig. Immer wieder tun sich Lücken auf, ganz plötzlich hört die Bebauung auf: Mal steht man vor Brachen, mal vor Feldern oder Baugruben. Das kenne ich ja schon.

Immer wieder stelle ich Li Fragen nach seiner Familie und seinem Leben: Er stammt aus einem kleinen Bauerndorf, das, mehrere Stunden Busfahrt entfernt, Richtung Norden liegt. Er musste jeden Tag einen sehr weiten Weg zur Schule zurücklegen. Und obwohl er der Beste in seiner Klasse war, hatte er Pech und wurde für keines der von der Regierung geförderten Programme für ein Studium oder eine Sportausbildung ausgewählt. Nur durch Glück und Beziehungen im Dorf gelangte er an den Ausbildungsplatz im Hotel.

Als wir an einer Neubausiedlung vorbeikommen, bitte ich, dort hineinzufahren. Die Siedlung besteht aus fünf oder sechs lang gestreckten Wohnanlagen, jede hat zwölf Stockwerke. Hunderte von Wohnungen – die meisten sehen fertig aus – stehen leer.

»Warum werden so viele Wohnungen gebaut, wenn keiner dort einzieht?«, frage ich Li.

Nach längerem Überlegen sagt er: »Darauf kann ich keine gute Antwort finden. Viele, viele Menschen kommen aus ganz China nach Wenzhou, um hier in irgendeiner Fabrik zu arbeiten. Die Wohnungen werden für sie gebaut, doch die Arbeiter können sich keine teure Wohnung kaufen, sie schicken ihr ganzes Geld zu ihren Familien.«

Auch Li macht es so: Er wohnt in einer Art Jugendherberge und teilt sich mit sieben anderen Männern ein Zimmer voller Doppelstockbetten. Und er gibt einen Großteil seines Lohnes an seine Familie weiter. Seine Cousine Wei wohnt ebenfalls in dieser Herberge – in einem der Mädchenzimmer. Seine Unterkunft will er mir jedoch nicht zeigen. Er schämt sich zu sehr. Stattdessen laden er und Wei mich zum Essen ein.

Plötzlich mischt sich unser Fahrer ein: »Immer wieder stürzen ganze Gebäudekomplexe ein«, übersetzt Li. »Auch die Wohnung seines Schwagers war betroffen. Einmal war ein Erdbeben schuld, häufig jedoch wird schlechtes Baumaterial verwendet. Die Einwohner hier nennen solche Gebäude ›Tofubauten‹, weil die Wände so wabbelig sind wie die Tofuscheiben im Essen.«

Bevor wir zu unserem Restaurant fahren, besuchen wir noch den Höhepunkt unseres Sightseeing-Programms: eine grüne Oase. Die Jiangxin-Insel, die auch »Lover Island«, also »Liebesinsel«, genannt wird, liegt auf der Höhe von Wenzhous Stadtmitte lang gestreckt im Fluss. Wir setzen mit einem Fährschiff über und scheinen Schneewittchens Reich zu betreten. Umgeben vom modernen Wenzhou, ist hier alles alt. Selbst die beiden Leuchttürme, die jeweils an den Enden der Insel positioniert sind und eher wie Pagoden aussehen – also mehreckige Türme mit balkonartigen Anbauten und einem spitz zulaufendem Dach: Sie sollen über tausend Jahre alt sein. Es gibt also doch schöne Ecken in dieser Stadt.

Als wir fast eine Stunde später das Restaurant erreichen, das Li für unsere Begegnung mit seiner Cousine ausgesucht hat, weiß ich nicht so recht, was ich bestellen soll – und sage es Li.

»Das brauchst du auch nicht zu wissen. In China ist es üblich, dass für alle gemeinsam bestellt wird. Dann können alle von allem probieren.«

»Bestimmte Sachen mögen wir Europäer nicht«, beginne ich, und dann erzähle ich von meiner Befürchtung, vielleicht jungen Hund gegessen zu haben.

»Hund? Den bekommt man nicht so nebenbei auf den Teller. Das ist ein seltenes Gericht, und man kriegt es nur auf Bestellung. Hund ist außerdem viel zu teuer für eine einfache Garküche.«

Er übersetzt das Ganze für Wei, die dann erzählt: »Auch Vögel werden kaum noch gegessen. Das Zubereiten und Verzehren von Kleinvögeln wurde 2008 verboten, als die Welt bei den Olympischen Spielen zu Gast war.«

»Ja«, fügt Li nach der Übersetzung an, »heute wandern höchstens noch ein paar Spatzen in den Kochtopf. Unter Mao wurden Spatzen gejagt. Aber da wir gerade von merkwürdigen Essgewohnheiten sprechen. Was für uns Chinesen sehr barbarisch wirkt: Wenn ein Europäer oder Amerikaner in einem Restaurant zum scharfen Messer greift, um damit sein Fleisch zu bearbeiten. In China werden alle Speisen zu Häppchen verarbeitet. Das nennen wir Esskultur! Du brauchst nur ein paar Holzstäbchen zum Verzehr – keine Instrumente aus Metall.«

Was mir Lis Cousine Wei dann beim Nachtisch von ihrer Arbeit erzählt, ist meilenweit entfernt von dem, was ich gestern in der Schuhfabrik gesehen und gehört habe: Obwohl sie schon seit zwei Jahren in der Klebeabteilung arbeitet, hat sie sich nicht an die üblen Gerüche gewöhnt, die das Rohmaterial, die Lösungsmittel und Kleber verströmen. Sie wird stattdessen immer empfindlicher.

Kein einziger Mitarbeiter dort trägt einen Mundschutz, obwohl eine Tafel an der Wand dazu auffordert und vor den giftigen Dämpfen warnt. Besonders schlimm ist es, wenn die Behälter mit den Lösungsmitteln geöffnet werden, um neue Kleber anzurühren. Dann fallen häufig Arbeiterinnen in Ohnmacht und müssen in die nahe gelegene Klinik gebracht werden.

Aber auch das Kleben am Fließband ist nicht ohne: Dort müssen die Arbeiterinnen Schuhteile im Akkord zusammenkleben – zwei- bis dreitausend Schuhpaare an einem Tag. Sonst haben sie ihre Vorgabe nicht erfüllt und müssen länger bleiben.

Wei zeigt uns ihre Hände. An einigen Stellen hat sich die Haut gelöst. Zurzeit ist sie dafür eingeteilt, die Hauptsohlen mit Kleber einzusprühen, damit ihr Kollege den Schaft mit der angenähten Innensohle daran ankleben kann. Sie muss die Hauptsohlen unter eine Düse halten, aus der die Klebstoffe herausgespritzt kommen.

Als ich sie frage, wie groß die Klebeabteilung ist, antwortet sie: »Ziemlich groß. Das meiste an einem Sportschuh wird ja geklebt. Die einzelnen Stofflagen des Schaftes werden miteinander verklebt, die einzelnen Lagen der Sohlen ebenso, und dann wird die Sohle mit dem Schaft verklebt. Und zum Schluss werden noch einmal von außen mit einer Spritze die ›Nahtstellen‹ nachgeklebt.«

Jetzt bestätigt sich noch einmal, was ich in der Vorzeigefabrik nicht gesehen habe. Und wovor alle Angst hatten, dass ich es hätte sehen können!

Im Hotel schaue ich mir noch einmal die offiziellen Infos über Wenzhou an. Auch hier steht wieder, dass es rund 4000 Schuhfabriken in der Stadt geben soll.

Aus den Erlebnissen und Informationen, die ich inzwischen habe, lässt sich eines ableiten: Die Schuhfabrik von Zhang ist eine Ausnahme, eine echte Vorzeigefabrik. Und Wei und Li sind typische Beispiele für die Mehrheit der Arbeiter hier: Sie sind billige Wanderarbeiter. Diese Wanderarbeiter schicken den Großteil ihres Lohnes nach Hause – aufs Land. Und deshalb stehen die vielen neuen Wohnungen leer. Der schöne Plan von der wachsenden Metropole Wenzhou droht zu platzen.

6. Juni, Wenzhou

Mein sechster Tag in Wenzhou.

Mit dem ersten Flieger ist unser Korrespondent aus Peking gekommen. Und so sitzen wir jetzt hier beim Arbeitsfrühstück – der Korrespondent Joachim Kurz, der Vertreter der Handelskammer Herr Schmidt-Chen und ich.

»In der Fabrik habe ich eine Menge Raubkopien gesehen«, beginne ich. »Die wurden nicht einmal vor uns versteckt.«

Herr Schmidt-Chen antwortet: »Ja, leider gibt es solche Vorgänge noch hier und dort. Aber das bleibt nicht so. Unser Land ändert sich täglich. Am Anfang macht man Dinge nach. Das hat eure Nation doch auch gemacht. Die Deutschen haben Ende des 19. Jahrhunderts alles von den Engländern kopiert – und dann habt ihr sie auf vielen Gebieten überholt.«

Gemeinsam bombardieren wir den Vertreter der Handelskammer mit Fragen: Warum sind die Chinesen so abweisend Ausländern gegenüber? Warum gibt es noch so viel Korruption, obwohl drakonische Strafen dagegen verhängt werden? Warum hat in einer Marktwirtschaft immer noch die Kommunistische Partei das Sagen?

Er hört sich alles an, überlegt dann einen Moment und setzt zu einer längeren Rede an: »Warum dies? Warum das? Auf all das gibt es eine große Antwort: Weil wir das Reich der Mitte sind. Wir sind eine große

Kulturnation. Der Westen muss das endlich begreifen: Wir sind uns eigentlich selbst genug. Nicht nur, weil wir 1,4 Milliarden sind und in einem Reich leben, das so groß ist, dass ganz Europa darin Platz hat. Unsere Kultur ist die größte und älteste der Welt – das wird uns ab der Grundschule so gelehrt, bis wir es im Schlaf aufsagen können. Hier wurden die meisten wichtigen Erfindungen der Menschheit gemacht: Papier, Seide, Schießpulver, Nudeln, auch die Bürokratie, das Rad … Wir hätten auch Amerika schon vor Kolumbus entdecken können. General Zheng He eroberte mit der bis dahin größten Flotte den Indischen Ozean und war auf dem Sprung – doch der neue Kaiser ließ die Flotte vernichten, und das Reich der Mitte sollte fortan sich selbst genügen. Was war der Dank für unsere Bescheidenheit?«

Herr Schmidt-Chen sieht uns eine Weile abwartend an. Als wir nicht antworten, spricht er weiter. »Als die Europäer sich stark genug fühlten, versuchten sie China zu unterwerfen: Die Engländer begannen im 19. Jahrhundert einen Krieg, damit ihre Händler Opium, das sie in Indien anbauen ließen, in China verkaufen konnten. Damit alle Chinesen drogensüchtig wurden – so hatten die Engländer den Profit und mussten keine Angst mehr vor uns Chinesen haben. Auch ihr Deutschen und die Franzosen wollten einen Teil vom Fernen Osten abbekommen. Und als China fast am Boden lag, fühlten sich die Japaner stark genug. Sie kamen 1931 mit ihrer modernen Armee und richteten ein einziges Massaker in meiner Heimat an. So wurden wir Chinesen lange Zeit gedemütigt.«

Wieder schweigt Herr Schmidt-Chen und sieht uns dieses Mal fast vorwurfsvoll an. »Doch nach dem Ende des Zweiten Weltkrieges kamen Mao und seine Kommunisten. Eine kleine Gruppe, die auf ihrem langen Marsch immer größer wurde und schließlich alle Fremden und deren chinesische Verbündete aus dem Land warf. Es war sehr schwer, unser Land wieder aufzubauen, und es wurden auch einige Fehler gemacht. Aber als sich China entschloss, eine Nation der Industrie und des Fortschritts zu werden, dauerte es nur wenige Jahrzehnte, und wir hatten zu allen anderen Nationen aufgeholt. Und nun sind wir dabei, alle zu überholen. Weil wir so hart arbeiten können und weil wir alles haben, was für eine erfolgreiche Industrie gebraucht wird: Bodenschätze, Energie, Landwirtschaft, Flüsse, ein Heer von willigen Arbeitern – und eine weise Führung.«

Ich schaue den Korrespondenten an, und der nickt: Ja, das klingt wie aus dem Lehrbuch. Auf unsere Fragen werden wir hier keine Antworten bekommen. Da lohnt auch kein Nachhaken.

6. Juni, nachmittags im Zentrum von Wenzhou, Spaziergang mit dem Korrespondenten

Am Nachmittag gehe ich mit dem Korrespondenten durch die Haupteinkaufsstraße von Wenzhou. Hier sieht es aus wie im Westen: Ein großes Geschäft reiht sich an das nächste, lauter weltberühmte Markennamen.

»Nach einer Phase, in der fast ausschließlich westliche Produkte entweder für westliche Firmen hergestellt oder einfach kopiert wurden«, erklärt Joachim Kurz, »verfügen die Chinesen nun in vielen Bereichen selbst über das nötige Know-how und die entsprechenden Fachkräfte. Sie entwickeln auch eigene Produktlinien mit eigenem Design, etwa bei Schuhen. Aber inzwischen auch im Hightech-Bereich – etwa bei Automarken.«

»Zum Beispiel?«

»Great Wall Motors stellt den ganz passablen SUV *Haval H8* her, und der chinesische Kleinwagen *Geely Gleagle Panda* hat Bestnoten bei den harten US-Crashtests bekommen.«

Wir gehen in eine Seitengasse, hier sieht alles baufällig aus.

»Doch man darf sich von der Fassade nicht täuschen lassen«, sagt der Korrespondent. »Wenn ich in China eines gelernt habe, dann das: Vieles scheint Zauberei zu sein und ist doch nur Theater. Für einfache Arbeiten haben die Chinesen ein Heer an ungelernten Wanderarbeitern«, erläutert er. »200 bis 300 Millionen Menschen, die immer dort hinziehen, wo es was zu tun gibt. Deshalb braucht China auch keine Gastarbeiter aus anderen Ländern. Die Wanderarbeiter werden meist illegal beschäftigt und schlecht bezahlt. Für alle Facharbeiter und angelernte Kräfte, die fest in Firmen und Fabriken angestellt sind, gibt es dagegen klare Gesetze. So ist der Mindestlohn für solche Arbeiter in den letzten Jahren stark gestiegen, zurzeit beträgt er rund 260 Euro. Denn der wirtschaftliche Aufschwung lässt auch die Lebenshaltungskosten explodieren: Alles wird teurer. Damit können die Chinesen kaum noch im globalen Wettbewerb der Billigprodukte mithalten. In anderen asiatischen Ländern wie Bangladesch oder Kambodscha beträgt der Mindestlohn nur ein Drittel des chinesischen. Fremde Großkonzerne wie Textilketten lassen schon längst dort produzieren. Kein Wunder, dass nun auch chinesische Unternehmen nach neuen Standorten mit billigen Arbeitskräften suchen. Und hier kommen eure Sneakers wieder ins Spiel. Einige große Schuhunternehmen aus Wenzhou lassen inzwischen ebenfalls in Kambodscha und Vietnam, vor allem jedoch in Afrika produzieren.«

»In Afrika?«

»Ja, in Ägypten, Südafrika und Äthiopien.«

»In Äthiopien? Diesem unterentwickelten Land? Mit den vielen Hungersnöten?«

»Ja, Äthiopien ist eines der Hauptländer, mit denen China kooperiert. China engagiert sich sehr in Afrika. Darüber müsst ihr einmal recherchieren.«

Am Abend halte ich in meinem Notizbuch fest:

Erkenntnisse, die ich mit nach Hause nehmen werde!

3. Erkenntnis: Wenzhou ist noch gar nicht richtig fertig und doch schon am Ende! Wolkenkratzer, Siedlungen und ganze Stadtteile entstehen häufig innerhalb weniger Wochen, trotzdem ist vieles nicht zu Ende gebaut. Manche der Trabantenstädte sind wegen Pfusch beim Bauen einsturzgefährdet, und viele stehen vollkommen leer, weil sich die einfachen Arbeiter keine Wohnungen für umgerechnet 200 000 bis 300 000 Euro leisten können.

Aufstieg oder Untergang in Wenzhou und ganz China?

Laut offiziellen Berichten finden in Wenzhou fast 400 000 Menschen allein in der Produktion und im Verkauf von Schuhen eine Beschäftigung.

Doch unabhängige Beobachter gehen davon aus, dass der Höhepunkt dieser Erfolgsgeschichte längst überschritten ist, denn in China hat sich genau durch diese arbeitsintensive Produktion für den Weltmarkt ein gewisser Wohlstand entwickelt: Die Mittelschicht wächst, und es gibt immer mehr Millionäre und Milliardäre.

Der durchschnittliche Monatsverdienst in wohlhabenden Städten wie Wenzhou liegt zwischen 500 und 700 Euro, selbst der staatlich garantierte Mindestlohn liegt inzwischen bei 2400 Yuan (rund 260 Euro). Das ist vergleichsweise teuer, und die Billigproduktion für den Weltmarkt funktioniert in vielen Bereichen nicht mehr. Deshalb versuchen die Unternehmen, hochwertigere Produkte anstelle von Billigwaren herzustellen: Klasse statt Masse.

Denn nicht nur hohe Lohnkosten, auch massive Umweltprobleme zwingen das Reich zum Umdenken. So ist in der Stadt Xintang, dem weltweit größten Herstellungsort für Jeans, fast alles blau: Die Abwässer, die aus den Rohren kommen und direkt in den Fluss strömen, färben selbst den Müll an dessen Ufer blau. Das Verfahren für die beliebten Stonewashed-Jeans wäscht den großen Teil der Farbe mithilfe von Lavasteinen und einer ordentlichen Portion Bleichmittel aus den neuen Hosen heraus.

In anderen Regionen verseuchen Chemikalien und Pflanzenschutzmittel Böden und Flüsse. Außerdem verpesten die vielen Kohlekraftwerke, die den Großteil des Stroms liefern, die Luft, zusammen mit dem wachsenden Autoverkehr, sodass es in den meisten Großstädten Chinas häufig zu Smog kommt.

7. Juni, Wenzhou

Meine letzten Stunden in dieser Stadt – bis um 8 Uhr muss ich nach Singapur weiterfliegen, andernfalls würde ich als Ausländer ohne Aufenthaltsgenehmigung gelten und müsste die Grenze illegal überqueren.

Ich öffne beim sehr frühen Frühstück mein Notizbuch. Leider muss ich aus all den vorangegangenen Erkenntnissen die vierte Erkenntnis als Fazit ziehen:

Erkenntnisse, die ich mit nach Hause nehmen werde!

4. Erkenntnis: Fünf Tage habe ich mit Schuhhändlern und Schuhhandel-Scouts verbracht und einige der Schuhfabriken besichtigt, und ich kann sagen: Wenzhou ist zwar die Welthauptstadt der Schuhproduktion, aber es gibt keine heiße Fährte, woher unsere Sneakers stammen. Der Ort, an dem so viele Schuhe produziert werden wie nirgendwo sonst auf der Welt, ist eine Sackgasse.

7. Juni, frühmorgens auf dem Weg zum Internationalen Flughafen von Wenzhou

Zur Abreise begleitet mich Li.

»Übrigens, wir nennen euch Langnasen gar nicht Langnasen, sondern Lao-wai – alter Mensch von draußen.«

»Heh, warum das denn?«

»Weil Ausländer oft Bärte tragen, junge Chinesen dagegen nie. Höchstens alte und weise Chinesen.«

»Also sind wir alte, aber immerhin weise Männer.«

»Nein. Langnasen können nie so weise werden wie Chinesen.« Er lächelt verstohlen. »Ein Chinese weiß, dass man nicht einfach von Peking nach Wenzhou reisen kann, um dort innerhalb von ein paar Tagen eine schwierige Recherche durchzuführen. Die Langnasen verstehen einfach nicht, wie das bei uns in China läuft! Chinesen vertrauen nur ihrer eigenen Sippe! Man braucht Beziehungen, Kontakte oder eine ganze Menge

Zeit. Wenn man nach China reist, muss man die Kultur und die Sprache verstehen lernen. Nur so zeigt man Respekt vor uns. Ist das bei euch denn nicht so?«

»Viele Ausländer und Einwanderer machen es bei uns nicht so, obwohl sie in Deutschland leben wollen. Aber im Grunde wollen wir Deutschen das schon. Wer zu uns kommt, soll unsere Kultur und Sprache auch verstehen.«

Li nickt. »Wie bei uns.«

»Ja, aber ich finde die chinesische Lebensweise wirklich schwer zu durchschauen.«

»Wirklich? Du brauchst doch nur ein paar Grundlagen. Zeige Respekt vor den chinesischen Regeln: Sei immer, wirklich immer höflich! Komme nie sofort zur eigentlichen Sache, denn damit setzt du deinen Geschäftspartner unter Druck. Mache immer erst ein bisschen Smalltalk. Lächle, zeige nie deinen Ärger. Sage nie Nein. Und du solltest nicht mit Messer und Gabel essen. Wenn du das nächste Mal nach China kommst und diese Regeln einhältst und ein paar Brocken Chinesisch gelernt hast, dann wirst du ganz andere Erfahrungen machen. Das fängt schon mit der Begrüßung an.«

»Ich weiß«, falle ich ihm ins Wort. »Ni-hao!« Dazu verneige ich mich.

»Weißt du, was Ni-hao wirklich heißt?«

»Na, guten Tag!«

»Nein, es heißt: du – gut! Deshalb ist es besser zu sagen: Nin-hao. Das heißt ungefähr: Sie – gut. Eine Höflichkeitsform! Das ist der kleine, aber bedeutende Unterschied.«

Und dann erklärt Li mir auch noch die chinesischen Schriftzeichen, die mich bei der Ankunft so verwirrt haben:

机场 – Jīchǎng – Flughafen.

Und da: 到来 – Dàolái – Ankunft.

»Wenn du das nächste Mal kommst, musst du auf diese beiden Zeichen achten: 产 量. Das heißt Chǎnliàng – Ausgang! Und dann dort: 出租车 – Chūzū chē – Taxi. Aber jetzt willst du ja abfliegen. Also schauen wir nach Internationale Flüge: 国际航班 – Guójì hángbān. Und nach Abflug: 出发 – Chūfā.«

Da wir noch ein wenig Zeit haben, suchen wir uns ein Schnellrestaurant für einen kleinen Imbiss.

»Guck mal dort, weißt du, wie die Zeichen heißen?« Er deutet auf 餐厅.

Ich schüttle den Kopf.

»Cāntīng!«

»Ah, Kantine. Die haben wir auch in Deutschland.«

Und so essen wir noch gemeinsam ein paar gefüllte Teigtaschen, die selbst hier im Flughafen schmackhaft sind. Wir essen – und schweigen. Was wir denken, können wir nicht aussprechen, weder als Chinese noch als Deutscher: Wir werden uns vermutlich nie wiedersehen.

Ich muss noch einmal zur Toilette. »Toiletten? Cèsuǒ.«

Li schaut sich um und zeigt auf ein Schild: 厕所.

Dann wird es Zeit zum Abschied: Li verneigt sich und sagt: »Bái bái! Das ist auch Chinesisch und heißt: Bye-bye!«

Daraufhin umarme ich ihn – sehr unchinesisch.

Aber er lässt es sich gefallen.

Kapitel 5

WARUM NICHT WÄHREND DER RECHERCHE SELBER LAUFEN? VIELE GESCHICHTEN ÜBER DAS LAUFEN STIMMEN NICHT

9. Juni, 22 Uhr, in meinem Homeoffice

Gestern Nacht bin ich – nach einem 30-Stunden-Sightseeing-Stopp in Singapur – über Frankfurt wieder in meiner Heimatstadt gelandet. Zweimal innerhalb von sieben Tagen mussten mein Körper und mein Geist eine Zeitumstellung von neun Stunden verdauen. Damit bin ich noch nicht durch. Deshalb fühle ich mich momentan, als machte ich eine Dauerfahrt auf der Achterbahn.

Der Chef zeigt sich mitfühlend: Ich bekomme ein paar Tage frei und soll mich erholen. Aber natürlich erst nachdem ich eine Reportage in zwei Teilen über meine Erlebnisse in Wenzhou abgeliefert habe. Darin wollte ich eigentlich genau wiedergeben, was mir passiert ist. Doch der Chef hat mich zurechtgewiesen: »Du musst schon ein klein wenig übertreiben, um Spannung zu erzeugen. Oder du kriegst nur Platz für einen kleinen Bericht!« Und so irre ich in meiner Reportage gleich mehrmals allein und hilflos durch Wenzhou – der Herrschaft der Schriftzeichen ausgeliefert. Und finde die Turnschuh-Arbeiterin Wei durch das fleißige Ausspionieren einer Schuhfabrik. Na ja, dramatisieren nennen wir das.

Inzwischen lässt der Chefredakteur, um weitere Reisekosten zu sparen, die Sneakers nach allen Regeln der Kunst untersuchen: Das Schuhgewebe, die Sohle und die am Schuh angelagerten Fremdkörper werden von einem Institut für Materialforschung analysiert.

10. Juni, ungefähr gegen Mittag, in meinem Homeoffice

Nur langsam komme ich wieder in den alten Rhythmus, ich liege noch immer nachts stundenlang wach. Immerhin kann ich in dieser Zeit alle

Folgen von »Deutschland von oben« gucken – da duselt man einfach irgendwann weg.

Vor allem jedoch kann ich trotz der freien Tage nicht abschalten. Wie es so schön heißt: Als Reporter habe ich Blut geleckt. Ich will alles über das Laufen und über Sneakers erfahren. Das meiste, was darüber im Umlauf ist, sind nur Informationsbruchstücke: Quiz- oder Small-Talk-Wissen, einzelne Fakten, die wenig Sinn ergeben.

So etwas ärgert mich kolossal, denn es ist das Gegenteil von journalistischem Wissen. Bei einer Recherche zählt nämlich das Zusammenwirken von Fakten und Sinn. Und deshalb muss man Folgendes tun: Zuerst die einzelnen Fakten checken. Wer hat was gesagt? Gibt es andere, unabhängige Quellen, mit denen sich die Aussagen bestätigen lassen? Und dann muss man die Fakten in einen Zusammenhang bringen: Ergibt das Ganze einen Sinn?

Also werde ich kleine Beiträge unter dem Titel »Lauf- und Sneakers-Mythen« für unsere Online-Ausgabe verfassen.

14. Juni, 11.30 Uhr, in meinem Homeoffice

Ich weiß wieder ganz genau, wer ich bin, wo ich bin, und meine innere Uhr tickt auch wieder richtig. Nun muss ich mich endlich ein bisschen mehr bewegen. Denn es ist so: Wenn man keine zwanzig mehr ist, dann kann man nicht mehr den ganzen Tag nur vor dem PC sitzen und von Kaffee und Pizza leben. Man muss hin und wieder raus!

Und ich kann Arbeit und Bewegung miteinander verbinden. Denn ich spüre: Ich komme dem Rechercheziel nur näher, wenn ich selbst laufe, mich den Läufern und den Sportschuhen auch praktisch widme.

Bisher habe ich mich immer vor dem Langlauf gedrückt. Schon in der Schule habe ich Leichtathletik abgewählt, sobald es ging. Lieber habe ich an Geräten geturnt oder Tischtennis gespielt – geglänzt habe ich jedoch in keiner Sportart.

Gleich heute werde ich mit dem Joggen im nahe gelegenen Stadtwald beginnen. Dort gibt es einen Rundweg aus Trampelpfaden durchs Unterholz. Das ist eine schöne Strecke, denn dort begegnet man nur ein paar Hundebesitzern, die außerdem die ganze Zeit auf ihr Smartphone starren. Ich kann also relativ ungestört meine ersten Versuche starten.

Und so beginne ich zur Mittagszeit.

Ich laufe einfach langsam los …

Geht doch!

Gut, es zieht etwas im linken Fußgelenk …

Jetzt nicht gleich aufgeben, rede ich mir zu.

Wenig später zieht es in der Seite – kleine schmerzhafte Stiche.

Nur keine Panik!

Mein Atem wird immer ungleichmäßiger. Ja, man könnte sagen: Ich schnaufe wie ein Walross.

Nach vielleicht zwei Kilometern, gefühlten zehn, muss ich keuchend aufgeben. Okay, genug für heute.

Ob ich wohl auf diese Weise ein richtiger Jogger werde?

Doch dann holt mich der Chef schneller wieder zurück in die Redaktion, als mir lieb ist.

18. Juni, 11.30 Uhr, Redaktion

Was erwartet mich, als ich von meiner Recherchereise zurückkomme? Fragen wie: Bist du heil wieder zurück? Rate mal, wer dich vertreten hat?

Nein, mein Schreibtisch und mein E-Mail-Account quellen über vor lauter Unerledigtem. Und der Chef ist nicht gerade froh darüber, mich zu sehen, sondern äußerst empört, weil unser Leserbriefschreiber wieder zugeschlagen hat:

Ha, habe ich es nicht vorhergesagt: Eure Zeitung findet weder die Produktionsstätte der Schuhe noch den Läufer! Warum überlasst ihr das nicht richtigen Profis? Ich habe einen Freund, der einen Bekannten beim *Spiegel* hat. Da könnte ich ein gutes Wort für eure Geschichte einlegen.

Gezeichnet
Dr. Wilhelm Weitmannsthal

Der ehrenwerte Herr Dr. Weitmannsthal braucht jedoch gar kein gutes Wort für uns einzulegen. Die anderen Medien sind sowieso am Ball beziehungsweise an unseren Sneakers. Und machen Druck durch ihre ständigen Anrufe: »Wann können wir die Dinger sehen?« – »Habt ihr endlich die Hersteller-Quelle?«

Während wir auf die Untersuchungsergebnisse aus dem Labor warten, soll ich die Informationslücke mit Hintergrundgeschichten füllen.

Also verfahre ich nach der alten journalistischen Weisheit: Es gibt keine dummen Fragen, es gibt nur dumme Antworten. Sogenannte dumme Fragen können einen oft viel weiter führen als all die neunmalklugen Fragen oder die Erklärungen der Besserwisser, die, statt überhaupt mal zu fragen, gleich losschwadronieren …

Meine Liste sieht so aus:

– Warum stehen die Zentralen von Adidas und Puma dicht beieinander in einer fränkischen Kleinstadt namens Herzogenaurach?

– Warum werden keine Sneakers mehr in Deutschland hergestellt?

– Warum sind Menschen aus Ostafrika so gute Läufer?

– Warum und wie wurde der Mensch überhaupt zum Läufer?

– Warum gewann Abebe Bikila bei der Olympiade 1960 den Marathon barfuß?

Doch eine der wichtigsten Fragen ist die:

– Warum braucht der Mensch überhaupt Schuhe, Sportschuhe, Sneakers?

22. Juni, 21.30 Uhr, Redaktion des *Mittagskuriers*

Ich habe alles über Sneakers gelesen: zahllose Internetbeiträge, ein Buch über den Aufbau von Turnschuhen und eine Biografie über die Dassler-Brüder, die Gründer von Adidas und Puma. Ich versuche sämtliche Informationen gleichzeitig aufzunehmen, doch als Erstes zeichne ich für meine neue Zeitungsserie die Geschichte der Schuhe bis zur Geburtsstunde der Sneakers nach.

Lauf- und Sneakers-Mythen I
Wie die Leisetreter auf die Welt kamen

Mehrere Jahrtausende haben die Menschen ihre Füße vor Verletzungen und Kälte geschützt, indem sie sie mit Flechtwerk aus Pflanzen oder Leder umwickelten. Die ersten bekannten Lederschuhe stammen von den Babyloniern: Gamaschen, die um die Füße gewickelt wurden und wie Mokassins aussahen.

Griechen und Römer bevorzugten Sandalen: Eine dicke Sohle aus Leder wurde von geflochtenen Lederstriemen am Fuß fixiert. Seit dem frühen Mittelalter entwickelte dann die Zunft der Schuhmacher immer ausgefeiltere Formen von Schuhen und Stiefeln.

Nachdem 1856 erstmals eine Nähmaschine gebaut worden war, deren Nadel durch dickes Leder dringen konnte, wurden auch Schuhe in Serie hergestellt.

Wann und wo genau die ersten Sportschuhe gefertigt wurden, weiß kein Mensch mehr. Aber die beiden wichtigsten Bedingungen für deren Erfindung erfüllten sich in dieser Zeit: Erstens musste eine haltbare Sohle aus Gummi erfunden werden. Zweitens musste der Bedarf an solchen Schuhen entstehen.

Aus Kautschuk wird Gummi

Die Menschen in den westlichen Industrieländern kannten seit dem frühen 18. Jahrhundert Kautschuk aus den Regenwäldern Brasiliens. Es war das erste elastische Material, das der Menschheit zur Verfügung stand.

Doch Kautschuk hatte einen großen Nachteil: Dieses Naturgummi war instabil, das heißt, mit der Zeit wurde es spröde und zerbröselte. Deshalb arbeiteten Erfinder mit Hochdruck daran, es zu veredeln. Im Jahr 1838 gelang Charles Goodyear die Vulkanisation. Dazu hatte er eine Erfindung gekauft und weiterentwickelt: Die Kautschukmasse wird erhitzt und mit Schwefel versetzt. So entsteht eine stabile Gummiverbindung, die nun als leichte und flexible Schuhsohle benutzt werden konnte.

Der Bedarf an Kautschuk wuchs schnell, und deshalb wurden Gummibaumplantagen in praktisch allen tropischen Regionen dieser Welt angepflanzt.

Die meisten gibt es heute nicht mehr in Südamerika, sondern in Asien. Ich habe einmal in Indien eine solche Plantage besucht. Innerhalb von zwanzig Minuten war ich völlig durchgeschwitzt und von Moskitos zerstochen. Ohne selbst zu arbeiten – nur beim Zuschauen.

Die Arbeiter, vor allem jedoch Arbeiterinnen, ritzen diagonal verlaufende Kerben in die Baumrinden und bringen an deren Ende kleine Aufhaltevorrichtungen an.

Um seine Wunde zu schützen, sondert der Baum einen Saft ab, den die brasilianischen Ureinwohner »Tränen der Bäume« nannten. Von dreihundert bis fünfhundert Bäumen werden jeden Tag kleinste Mengen Kautschuk gesammelt. Auf diese Knochenarbeit stützt sich unsere elastische Welt!

Keine Sneakers ohne Gummi und kein Gummi ohne Kautschuk

Durch die Vulkanisation haltbarer gemacht, wurde Gummi zum »Gelenk« der Industrie: Überall, wo abgedichtet, abgefedert oder flexibel übertragen werden musste, kam Gummi zum Einsatz.

Inzwischen gibt es auch synthetisches Gummi, das aus Mineralölanteilen wie Plastikverbindungen hergestellt wird. Doch fast die Hälfte des in der Welt verarbeiteten Gummis stammt noch immer von Gummibaum-Plantagen. Davon gibt es heutzutage besonders viele in Asien: in Indien, Indonesien, Kambodscha und in China.

Gummi aus *Kautschuk* ist belastbarer als Kunstgummi. Und deshalb wird es immer noch für Einmalhandschuhe, Kondome, Reifen und für Sneakers gebraucht. Autoreifen bestehen überwiegend, Flugzeugreifen zu 100 Prozent aus *Kautschuk*-Gummi – mit etwas Kohlenstoff als Stabilisator versetzt. Und auch für Sohlen der Sneakers wird vor allem Kautschuk verwendet. Mit reinem Kautschuk erhält man eine weiße Sohle, mit Kohlenstoff versetzt eine schwarze, haltbarere.

Meine Arbeit wird unterbrochen, weil der Chef mir das erste Teilergebnis der Sneakers-Laboruntersuchung in einer E-Mail weiterleitet:

1. Spur: Erdpartikel aus Afrika

Zusammenfassung des Untersuchungsergebnisses
Auftrag Nr. 2113D17 – Zwischenergebnis, Teil 1
Allgemeinverständliche Zusammenfassung

Äußerliche Untersuchung
Zahlreiche Fremdkörper haben sich an der Sohle angelagert.
Darunter: Asphaltpartikel nicht bestimmbarer Herkunft. Außerdem Erdpartikel und Sandkörner, die auf Ost- und Nordafrika hinweisen: Erd- und Staubpartikel versetzt mit Pollen aus dem afrikanischen Hochland sowie Sandkörner, die sich einem ganz bestimmten Gebiet der libyschen Wüste zuordnen lassen. Es handelt sich um

durchsichtige abgeriebene Quarzkörner, ohne alle Vermengungen mit anderen Bestandteilen. Das deutet auf die libysche Wüste als Herkunftsort.

»Mein Gott, Afrika!«, rufe ich, obwohl ich allein bin.

Aber schön der Reihe nach. Erst einmal muss ich meine Studien über die Entstehung der Turnschuhe weiterführen, und danach kann ich mich auf die neuen Erkenntnisse stürzen.

Kein Turnschuh ohne Freizeitkultur

Wie die Dampfmaschine und die industrielle Fertigung kommt auch der Trend zum Sport aus Großbritannien, den USA und Kanada. Und deshalb ist die Wahrscheinlichkeit groß, dass die ersten Turnschuhe ungefähr gegen Mitte des 19. Jahrhunderts in einem dieser Länder entworfen und hergestellt wurden.

Denn dort wurden Unternehmer, Geschäftsleute und Beamte ohne jede körperliche Arbeit immer wohlhabender. Sie suchten nach Ausgleich und widmeten sich das erste Mal sportlichen Betätigungen – zum Beispiel Tennis. Dafür benötigten sie passende Schuhe. Bisher waren die Schuhe aus schwerem Leder. Doch nun wurden die neuen Materialien eingesetzt, die aus Übersee kamen: Stoff aus Baumwolle und eine Sohle aus Kautschuk – die ersten leichten Sportschuhe entstanden. Und je mehr moderne Technik die schweren Arbeiten übernahm, desto mehr Menschen begannen Sport zu betreiben.

Von den allerersten Sportschuhen sind keine Exemplare mehr erhalten, in Museen und Ausstellungen sind jedoch einige ziemlich alte Sneakers zu sehen: zum Beispiel ein Low-Top-Schuh der Goodyear Manufacturing Company von 1890 – ein schmaler Sportschuh mit dünner Sohle, kleiner Hacke und einer vorderen Schutzkappe aus dunklem Gummi. Aus der gleichen Zeit stammt ein brauner Athletenschuh eines unbekannten Herstellers, dessen Gummisohle ein Fischgrätmuster aufweist.

Und nur zehn Jahre später fertigte die Beacon Falls Rubber Company einen Basketballschuh mit hohem weißen Schaft aus Segeltuch und einer weißen Gummisohle. Das war schon ein echter Sneaker.

Kaum bin ich damit fertig und habe die Geschichte in unser Redaktionsnetz gestellt, ruft der Chef mich zu sich.

»Sehr schön, ich werde dazu noch eine kleine Einführung verfassen.«

Au nein, denke ich. Der bringt es fertig, mir die ganzen Überraschungen zu versauen, indem er sie alle in seiner »kleinen Einführung« vorwegnimmt.

»Gut, die Sneakers waren geboren und getauft. Aber sie waren noch lange keine Kultschuhe. Wie geschah das?«, fragt er mich.

»Na ja, soweit ich mich jetzt eingelesen habe, war es so: Die Sneakers entwickelten sich zum Kultschuh unabhängig voneinander in mindestens vier Ländern zu etwas unterschiedlichen Zeiten, in Finnland, Deutschland, Japan und in den USA. Und die Letzten tun natürlich heute so, als wären sie die Ersten gewesen!«

»Prima! Dann können wir die Fortsetzung der Serie in drei, vier Tagen erwarten?«

»Über die Japaner gibt es wenig Material. Und ich habe gerade erst begonnen, die Biografien über die Dassler-Brüder und den Nike-Gründer Phil Knight zu lesen.«

»Hast du nicht gesagt, du kannst im Augenblick ohnehin nicht schlafen? Da schafft man doch so eine Biografie in einer Nacht!«

Was bedeuten Schuhe überhaupt, oder was sollten sie uns bedeuten?
Einer der besten Lauf- und Schuhforscher der Welt, Petr Hlaváček (1950–2014), hatte eine sehr eigenwillige Ansicht zu dieser Frage: Seiner Meinung nach wäre die Menschheit ohne Schuhe besser dran. Dazu erklärte er in einem Interview: »Zum Gehen allein reichen auch die baren Füße – sie können sich nämlich den unterschiedlichen Bedingungen wunderbar anpassen.« Durch

Barfußlaufen werden nicht nur die Füße kräftig und die Fußsohlen fast ledern. Die Füße erkennen auch den jeweiligen Untergrund sehr schnell und stellen sich sofort darauf ein: Dadurch wird die Stellung der Knie angepasst, und sie übernehmen eine natürliche Federungsfunktion.
Schuhe haben vor allem zwei Funktionen, hat Hlavácek gelernt, als er mit den Ötzi-Schuhen durch die Alpen kletterte – also mit den Schuhen, die die Gletschermumie Ötzi trug, mit Ledersohlen und aus geflochtenen Stöcken: Sie halten die Füße warm und schützen vor Verletzungen bei der Überquerung von scharfem Gestein. Aber ansonsten?
»Schuhe sind nur Visitenkarten«, schlussfolgert er. »Wie reich bin ich? Wovon träume ich?« Und dies gilt in besonderem Maße für Sneakers: Wir wollen cool aussehen und an dem Erfolg der Stars teilhaben, die in den Sneakers-Modellen laufen, für sie werben oder ihnen sogar ihren Namen verleihen. Es sei denn, wir tragen nur bestimmte Schuhe aus politischer Verantwortung.

6. Juli, 11.30 Uhr, Redaktion des *Mittagskuriers*

Über eine Woche lang hat sich nichts Neues zu unseren Sneakers getan, außerdem war ich mit aktuellen Themen eingedeckt. Doch immerhin habe ich fast jeden Morgen meinen Lauf absolviert.

Heute komme ich noch in Joggingkleidung in die Redaktion. Und so bekommt auch der Chef Wind von meinem neuen Hobby.

»Sag mal«, beginnt er kumpelhaft, »trainierst du etwa das Laufen?«

»Ja, aber ich bin kein begnadeter Läufer.«

»Das ist egal. Laufen ist wie Radfahren, nein – noch einfacher. Jeder kann es. Man braucht nur die richtige Technik. Und ein wenig Kondition.«

»Wenn Sie es sagen!«

Und dann erklärt er mir mit vielen honigsüßen Worten, dass ich am Berlin-Marathon teilnehmen und so die Geschichte weiter »am Laufen« halten soll.

»Aber ich bin kein richtiger Läufer!«

»Umso interessanter wird die Geschichte. Du beschreibst genau das – wie du um deine Kondition und den richtigen Laufstil kämpfst. Allein das wäre allerdings nur etwas für ein Gesundheitsblatt. Aber mit dem Ziel, am Marathon teilzunehmen, wird es für alle Leser unserer Serie spannend. Der Berlin-Marathon ist doch immer Ende September. Du hast also noch drei Monate. Das passt doch wunderbar!«

»Das schaffe ich nie. Ich werde unterwegs tot umkippen.«

»Du brauchst ja nicht die ganze Strecke zu absolvieren. Zur Not reicht auch ein Halbmarathon oder die Zehn-Kilometer-Strecke. Wir brauchen nur ein Ziel! Und wir stellen dir die junge Online-Redakteurin Ann-Katrin als Coach zur Seite! Und damit fällt das Laufen in die Arbeitszeit. Ist das nicht klasse!?«

Ja, wäre es. Wenn wir wie Büroangestellte und Fabrikarbeiter nach der Stechuhr arbeiten würden. Tun wir aber nicht. Jeder von uns macht hier seine Überstunden, ohne darüber Buch zu führen. Die Zeitung und die Geschichten darin müssen eben fertig werden, jeden Tag, bis auf Sonntag!

»Ann-Katrin ist eine gute Läuferin, sie hat schon an einigen Marathonläufen teilgenommen und trainiert nun auf Triathlon«, so entlässt mich der Chef.

Und kaum sitze ich wieder vor meinem PC, kommt ein Anruf – von Ann-Katrin: »Also, laufen wir die nächsten Tage zusammen?«

»Na ja, etwas joggen. Aber für Mammutstrecken wie beim Marathon bin ich schon zu alt.«

»Zu alt? Die meisten Marathonläufer sind in deinem Alter und älter!«

»Tatsächlich?«

»Hundertprozentig! Also, machst du mit?«

»Na ja, ich werde es versuchen.«

8. Juli, in unserem Stadtwald

Während ich mit Ann-Katrin laufe, finde ich einfach keinen Rhythmus. Ich hechle wie ein Hund bei Sommerhitze und komme mir vor wie Frankensteins Monster. Meine Beine scheinen aus verschiedenen Körpern genommen und in mich eingepflanzt worden zu sein. Das linke Bein ist seit Laufbeginn verkrampft und hoppelt immer ein wenig nach. Dadurch kommen mir meine Bewegungen abgehackt vor. Wie schlimm muss das erst für einen Außenstehenden aussehen?

Hechel, hechel …

Ann-Katrin hüpft dagegen wie eine Gazelle – schwerelos. Irgendwie scheinen ihre Beine Sprungfedern oder Gummibänder zu besitzen.

Ich will ihr zumindest mit meinem Wissen imponieren: »Weißt du eigentlich, wieso die Marathonstrecke genau 42,195 Kilometer lang ist?«

»Ich glaube. Nicht, wie alle denken, wegen der Strecke Athen–Marathon. Sondern wegen einer englischen Prinzessin.«

»Fast richtig! Ich hole mal ein wenig aus, wenn es dich nicht stört.«

Sie nickt.

»Also Langstrecken-Wettkämpfe fanden schon seit dem frühen 19. Jahrhundert in England und den USA statt – die Sportler nannte man Pedestrianisten, also Fußläufer, und sie liefen zwischen dreißig und knapp fünfzig Kilometer auf den Straßen – von Meilenstein zu Meilenstein. Die Strecke bei den Olympischen Spielen 1896 bis zum Athener Stadion betrug nur 38 Kilometer, obwohl die eigentliche Distanz Marathon–Athen rund 40 Kilometer beträgt. Bei den Olympischen Spielen vier Jahre später in Paris legten die Marathonläufer 40,2 Kilometer zurück. Dann kam die Geschichte mit dem Buckingham-Palast. Als die Spiele 1908 in London stattfanden, wollte eine englische Prinzessin den Marathon-Start von ihrem Fenster aus verfolgen. Die Wettkampfkommission verlängerte den Kurs entsprechend, und damit war die Strecke auf exakt 42,195 Kilometer festgelegt. Aber auch diese Geschichte ist nicht ganz richtig, denn die Distanz wurde danach noch mehrmals korrigiert. Erst 1924 wurde sie endgültig festgelegt.«

Au Backe! Bin ich ein Idiot. Ich habe herumschwadroniert wie ein verliebter Teenager. Immerhin kann das pausenlose Reden mein Hecheln erklären.

Doch Ann-Katrin dreht sich beim Laufen zu mir um, läuft einfach rückwärts und antwortet: »Hört sich spannend an! Bring das doch in einer deiner Reportagen unter. Ich finde, das ist das Gute an deinen Beiträgen: Man merkt, dass du lange als Wissensreporter gearbeitet hast. Du bringst Sachen, die wirklich keiner weiß.«

Mann, das hätte ich aufnehmen sollen!

»Und? Laufen wir nächste Woche wieder zusammen?«, fragt sie zum Abschied.

»Na klar!«, antworte ich, ohne zu überlegen.

Doch für diese Anstrengung zahle ich einen hohen Preis.

In der Nacht schlafe ich sehr schlecht, wälze mich hin und her. Und habe am anderen Tag einen solchen Muskelkater, dass ich mich kaum bis zur Bushaltstelle und von dort in die Redaktion schleppen kann. Im Bus räumt ein Rentner freiwillig für mich den Behindertenplatz. Also, das geht doch zu weit!

Ich bin eben kein Läufer. Mit Anfang fünfzig und knapp achtzig Kilogramm Lebendgewicht läuft man eben nicht mehr so wie eine fünfundzwanzigjährige Gazelle mit fünfundvierzig Kilogramm.

Als ich an meinen Schreibtisch in der Redaktion komme, liegt dort die Kopie eines Aufsatzes für mich, an der ein Zettel hängt: »Gruß, Ann-Katrin«.

Ich finde erst auf dem Heimweg die Zeit, den Beitrag zu lesen: »Laufen nach der Chi-Methode«. Es geht darum, dem Körper beim Laufen keine Gewalt anzutun. Man soll sich gut aufwärmen, die Muskeln und Sehnen mit Gymnastik langsam beanspruchen. Dann mit einem Wechsel aus Laufen und Gehen starten und zunehmend längere Abschnitte laufen. Besonders wichtig dabei: Der ganze Körper muss eine gerade Linie bilden. Und diese gerade Linie wird nach vorn gekippt. Sodass im Grunde die Schwerkraft den Körper ein wenig nach vorne zieht.

10. Juli, abends, allein im Stadtwald

Ich gebe mir noch einen Tag Pause, und dann versuche ich es mit der Chi-Methode. Ganz langsam erst gehen, dann einige Hundert Meter laufen, dann wieder gehen.

Den nächsten Lauftermin mit Ann-Katrin verschiebe ich noch um ein paar Tage.

12. Juli, in meinem Homeoffice

Der Chef hat mich doch tatsächlich zwei Tage freigesetzt, damit ich endlich die Geschichte der Marken-Sneakers durchackern kann.

Ich sitze vor einem Berg von bedrucktem Papier. Andere Leute recherchieren nur an ihrem PC – wie können sie dabei den Überblick behalten? Für meine Arbeitsweise brauche ich Papier, ich muss wichtige Stellen unterstreichen, Kommentare vermerken und kleine Mappen zu einzelnen Themen erstellen.

Vor mir liegen neben einem Stapel von Ausdrucken aus Websites drei Biografien der Dassler-Brüder, zwei Verfilmungen ihres Lebens habe ich auf DVD, die offizielle Autobiografie von Nike-Gründer Phil Knight, dazu etliche Sachbücher über das Laufen und die richtigen Laufschuhe. Und jede Menge Bücher und Ausstellungskataloge zu Kult-Sneakers.

Wie soll ich all das in zwei Tagen sichten und die wichtigsten Fakten daraus zusammenführen? Eigentlich ist das unmöglich. Aber ich habe schon oft bewiesen, dass es doch irgendwie geht. Nicht darüber nachdenken, einfach machen.

15. Juli, irgendwann am späteren Abend

Mitten in meiner Lektüre erreicht mich eine Mail-Nachricht. Der Chef hat sie erhalten, während er mit seiner Frau im Drei-Sterne-Restaurant von irgendeinem Super-Chefkoch sitzt. Dort sind Smartphones eigentlich verboten. Aber als es in seinem Jackett rumpelt, hat er sein teures Trüffelgericht kalt werden lassen, um die Nachricht an mich weiterzuleiten:

2. Spur: Kautschuk und Kleber

Zusammenfassung des Untersuchungsergebnisses
Auftrag Nr. 2113D17 – Zwischenergebnis Teil 2

Allgemeinverständliche Zusammenfassung
Analyse der Sohle: Es handelt sich um ein Gummigemisch, zusammengesetzt aus vulkanisiertem Kautschuk und beigemengten Kohlepartikeln.
Die Herkunft des Kautschuks lässt sich nicht klären. Die Sohle ist aus vier Lagen zusammengesetzt und geklebt. Formgebung der Sohlenlagen und Klebepraxis lassen auf einen modernen Produktionsablauf schließen, wie er vor allem in europäischen, nordamerikanischen und asiatischen Schuhfabriken praktiziert wird.

Der Chef hat angefügt: »Doch nicht Afrika???«

Wir kommen einfach nicht weiter.

18. Juli, in unserem Stadtwald

Als ich mich das nächste Mal zum Laufen mit Ann-Katrin treffe, nutze ich das Warmmachen, um sie zu fragen: »Warum stehen die Zentralen von Adidas und Puma dicht beieinander in einem fränkischen Kuhdorf namens Herzogenaurach?«

Sie ahnt es nur: »Die Gründer waren irgendwie Brüder oder so.«

Mehr weiß sie jedoch nicht, und während wir losgehen, fange ich an zu erzählen: »Die deutsche Sneakers-Geschichte oder warum es Adidas und Puma gibt! Eine Geschichte wie aus einem Märchenbuch.« Ich habe meinen kleinen Vortrag natürlich vorbereitet. »Es waren einmal zwei Brüder: Adolf, genannt Adi, und Rudolf, genannt Rudi. Die beiden wurden vor über hundert Jahren in einer fränkischen Kleinstadt namens Herzogenaurach geboren. Rudi wurde ein großer, stattlicher junger Mann, der Schwarm aller jungen Mädchen. Adi dagegen war etwas gedrungener, dafür aber ziemlich schlau, und er hatte viele Ideen. Das zeigte sich auch beim Sport, der noch in den Anfängen steckte. Dort gab es noch viel zu entdecken – beispielsweise besaßen die Sportler noch keine wettkampftauglichen Schuhe. Schuhe waren weitgehend noch Handarbeit von Schustern. Tüftler wie Adi konnten ihre Begabung in diesem Bereich nutzen. Während Adi also unter anderem Sportschuhe entwickelte, sorgte Rudi dafür, dass sie sich auch verkauften. Die beiden Dassler-Brüder hatten nichts gegen die aufkommenden Nazis, denn die Nazis waren große Sportförderer. Sport war gut für die Gesundheit des Volkskörpers, für die Disziplin und für die Propaganda. Folglich wurden beide Brüder Mitglieder der NSDAP und produzierten schon bald 200 000 Sportschuhe jährlich. Allerdings stand bei ihnen der Sport an erster Stelle. Und so rüsteten sie bei den Olympischen Spielen 1936 den amerikanischen Superläufer Jesse Owens mit Schuhen aus – einen Schwarzen. So heißt es zumindest!«

»Stimmt das denn nicht?«, fragt Ann-Katrin.

»Es ist nicht richtig geklärt worden – bis heute.«

»Dann muss die Geschichte unbedingt in deine Mythen-Rubrik!«

»Wollen wir jetzt schneller laufen, oder willst du das Ende noch hören?«

»Laufen kann ich jeden Tag.«

Also gehen wir weiter, und ich setze meine Geschichte fort: »Als der Zweite Weltkrieg begann, mussten die Brüder die Produktion ihrer Sportschuhe herunterfahren und stattdessen Wehrmaterial herstellen. Dann, als Rudi 1944 in den Krieg eingezogen wurde und sein Bruder nicht, sorgte diese Ungleichbehandlung der beiden Firmenchefs für viel Unmut – besonders unter den Ehefrauen der beiden. Die lebten ja zusammen in einem großen Haushalt unter einem Dach. Doch die Idylle war durch den Neid zwischen den beiden Frauen gestört. Sie stachelten ihre Männer gegeneinander auf: Der Adi will sich die Firma unter den Nagel reißen. Und umgekehrt: Der Rudi … Also rasselten auch Adi und Rudi aneinander – bis zum Kriegsende steigerte sich dieser Bruderzwist zu offenem Hass. Und doch hatten sie Glück im Unglück. Als die

Amerikaner erfuhren, dass die Dasslers die Laufschuhe für Jesse Owens hergestellt hatten, erteilten sie ihnen eine Produktionsgenehmigung, verhalfen ihnen zu Rohstoffen und gaben den Auftrag, große Mengen an Basketballschuhen herzustellen. Die Dasslers kamen also viel schneller wieder auf die Beine als andere Unternehmer. Doch eine gemeinsame Firma konnten sie nicht mehr führen. Rudi zog mit seiner Familie ans andere Ufer der Aurach, des Dorfflusses, in die kleinere Fabrik der Dasslers. Im Sommer 1948 gründeten beide Brüder schließlich ihre eigenen Unternehmen. Adi gründete ›Adi-das‹, Rudi gründete ›Ru-da‹, die Firma wurde kurze Zeit später in ›Puma‹ umbenannt. Die beiden Unternehmen machten sich heftig Konkurrenz. Aber dadurch entstand ein Geist des Wettstreites, der oft nötig ist, um kreativ und produktiv zu sein – Konkurrenz belebt das Geschäft. Immer wieder versuchte der eine den anderen zu übertrumpfen, und beide verlangten sich dabei das Äußerste ab. Meistens war der Erfinder Adi im Vorteil.«

Kaum zu glauben, aber wir sind heute die ganze Zeit in schnellem Tempo gegangen, fast acht Kilometer laut Ann-Katrins Schrittzähler.

»So schlecht ist deine Kondition doch gar nicht«, sagt sie. »Du musst nur ein wenig an der Technik arbeiten, brauchst etwas mehr Kondition. Und jemanden, der deinen Kopf ablenkt.«

Allerdings habe ich am nächsten Tag wieder einen kräftigen Muskelkater. Warum kann ich nicht maßhalten? Aber ich habe den Muskelkater nur in den Beinen und kann deshalb den zweiten Teil meiner Mythen-Kolumne schreiben:

Lauf- und Sneakers-Mythen II
Berlin 1936 – welche Schuhe trug der Gold-Läufer?

Jesse Owens 1936 im Berliner Olympiastadion: Hat er oder hat er nicht? Es steht in jedem Geschichtsbuch und Lexikonartikel über die Olympischen Spiele 1936: Der US-Athlet Jesse (eigentlicher Vorname: James Cleveland) Owens gewann zum Ärger der Nationalsozialisten vier wichtige Leichtathletikwettbewerbe. Und er tat dies in Schuhen, die ihm Adi Dassler kostenlos überreicht hatte.

Es handelt sich um ein Paar des Modells »Waitzer« – benannt nach dem Reichssportlehrer Josef Waitzer. Diese Schuhe bestehen aus dünnem schwarzen Leder mit einer dünnen Ledersohle, in der im vorderen Bereich sechs Spikes eingelassen sind. Owens probierte diese Schuhe im Lauftraining und beim Weitsprungwettbewerb. Doch amerikanische Schuhforscher bezweifeln, dass er sie auch bei den Laufwettkämpfen trug: Denn auf Bildern, die während und nach den Laufwettbewerben aufgenommen wurden, trägt Owens weiße Sportschuhe.

Es gibt jedoch kein Originalpaar weißer »Waitzer«-Sportschuhe aus dem Jahr 1936. In der offiziellen Adidas-Ausstellung wird ein Nachbau präsentiert – angeblich identisch mit den Schuhen, die Owens getragen haben soll.

Die Mitarbeiter des kanadischen Bata-Schuhmuseums kommentieren ihr Exponat des Dassler-Schuhs »Waitzer« deshalb: »Es muss noch bewiesen werden, dass Jesse Owens diese Schuhe wirklich während der Laufwettbewerbe trug.«

Warum wird jedoch weiterhin so getan, als handle es sich hierbei um eine Tatsache? Weil die Geschichte von den Dassler-Brüdern und der Firma Adidas so gut verbreitet wurde, dass sie heute überall in den Sport- und Geschichtsbüchern steht. Mythen sind häufig mächtiger als Fakten. Das werden wir noch häufiger in dieser Kolumne feststellen.

Kapitel 6

WIE ZERSÄGT MAN SACHGERECHT EINEN SNEAKER? ALLE SPUREN FÜHREN NACH OSTAFRIKA

20. Juli, nachmittags im Schuhladen »Sneak it!«

Ich möchte alles über Sneakers wissen, auch wie sie im Inneren aufgebaut sind.

Als ich das nächste Mal mit dem Sneakers-Experten Tom ein Treffen verabrede, macht er einen seltsamen Vorschlag: »Lass uns einen Sneaker sezieren! Nein, besser noch, zwei – einen älteren und einen neuen!«

»Sezieren?«

»Ja, untersuchen, auseinandernehmen.«

»Dazu müssen wir ihn doch zerstören!«

»Ja, das geht wohl nicht anders.«

»Kann ich noch jemanden dazu einladen – einen Laufexperten und unsere Online-Redakteurin?«

»Natürlich!«

Und so bitte ich noch Ann-Katrin und den Laufforscher Klaus-Peter Schmidt hinzu. Der weiß so ziemlich alles über das menschliche Laufen und hat bereits in den nachgebauten Schuhen von Ötzi die Alpen überquert. Ich habe ihn vor einiger Zeit zu einer Geschichte über Trampelpfade interviewt.

Erstes kleines Schuh-Experten-Treffen in Toms Schuhladen

»Wir haben uns heute hier versammelt ...«, beginnt Tom.

»Klingt ja wie bei meiner Hochzeit«, raunt mir Herr Schmidt zu.

»Und ist ja fast genauso feierlich«, antworte ich.

»Für viele Sneakers-Fans ist das ein Sakrileg«, führt Tom fort. »Sneakers auseinandernehmen. Die werden auf andere Art beigesetzt – zum

Beispiel, indem sie zusammengeschnürt über eine Oberleitung oder hohe Äste an Bäumen geworfen werden. Aber wir haben uns heute hier versammelt, um Sneakers zu zerlegen.«

»Ja, die Frage ist nur: wie?«, fährt Ann-Katrin dazwischen.

»Ich habe schon mal einen Schuh in eine Kreissäge gehalten«, sagt Tom.

»Und was ist passiert?«

»Halbiert war er schon. Aber wie die Hälften aussahen! Sie waren total zerfetzt. Das Material wurde von den Haken des Sägeblatts regelrecht zerrissen, es ist zu zäh. Auch ein Teppichmesser geht nicht durch den ganzen Schuh, dazu sind einzelne Materialien der Sohle wieder zu stabil. Gerade an diesen Stellen muss der Schuh ja die Belastungen von ein paar Hundert Kilometern Laufen aushalten. Und eine Blumenschere kannst du vergessen. Auch für den Bolzenschneider ist es zu biegsam – das Material verklemmt sich.«

Ich tausche mit Herrn Schmidt einen Blick aus: Tom scheint ja ganze Sneakers-Massaker veranstaltet zu haben.

»Es gibt nur eine Kombination …« Unser Sneakers-Experte geht vor und öffnet die Tür zum Hinterzimmer. »Ich habe extra eine Stichsäge besorgen lassen, zusammen mit dem Teppichmesser klappt es am besten!«

»Tut dir das nicht in der Seele weh?«, fragt Ann-Katrin.

»Wenn es ein paar Gordon Air wären«, gesteht Tom. »Aber für meine Experimente nehme ich ausrangierte Exemplare oder billige Nachahmerprodukte, die es nicht besser verdient haben!«

Er nimmt den ersten Sneaker und ein großes Teppichmesser in die Hand.

»Was uns am Aufbau vor allem interessiert: Was macht den Schuh stabil? Denn er muss ja einiges aushalten!«

»Ja«, stimmt Laufforscher Schmidt zu. »Wenn sich der Läufer mit einem Fuß vom Boden abstößt, vollführt der Körper eine kurze Flugbahn, bevor der andere Fuß aufsetzt. Dieses Aufsetzen geschieht dann mit dem drei- bis sechsfachen Körpergewicht. Also statt 60 bis 80 Kilogramm wiegt der Läufer in diesem Moment 180 bis 480 Kilogramm. Diese enorme Gewichtszunahme muss der Schuh aushalten, nicht ein Mal, sondern viele Tausend Mal.«

»Wie lange hält denn so ein Schuh«, frage ich dazwischen. »Hat das die Wissenschaft errechnet?«

»Natürlich«, antwortet Schmidt. »Unterschiedliche Qualität im Material und in der Verarbeitung zeigt sich bei der Haltbarkeit der Schuhe: Die liegt zwischen 300 und 2000 Kilometern. Da ein Mensch im Durchschnitt 8000 bis 10 000 Schritte für zehn Kilometer braucht, heißt das: Ein mäßiger Sneaker hält keine 300 000, ein guter bis zu zwei Millionen Schritte aus.«

»Und deshalb muss ein Qualitätssneaker aus dreißig bis fünfzig unterschiedlichen Teilen bestehen.« Tom hält sein Sezier-Exemplar hoch. »Der sichtbare Teil ist das Obermaterial, der sogenannte Schaft. Er ist eigentlich am wenigsten interessant, denn er wird am wenigsten belastet. Die einzige wichtige Eigenschaft: Der Schaft darf nicht am Fuß scheuern und muss Hitze und Schweiß abführen. Früher bestand er aus Leder oder Baumwolle. Baumwolle nimmt jedoch die Feuchtigkeit auf, das Material quillt auf und scheuert an der Haut. Leder ist besser, staut jedoch Wärme und Feuchtigkeit. Deshalb werden heute Synthetikmaterialien verwendet, sogenanntes Mesh zum Beispiel. Das besteht aus Kunststoff-Fasern mit Poren, die Schweiß austreten lassen.«

»Aber da der Schaft der sichtbarste Teil ist«, ergänzt Schmidt, »wenden die Firmen hier viel Energie auf, um ihn zu gestalten: markante Farben, Zierelemente, das Firmenlogo.«

»Das Auge läuft mit?«, frage ich.

»Ja, viele achten mehr auf das Aussehen als auf die Laufeigenschaften«, antwortet Tom und setzt das Teppichmesser an.

Er beginnt damit, den Schuh in Längsrichtung zu teilen.

»Hier komme ich jetzt nicht weiter«, er lässt das Teppichmesser sinken.

»Warum?«

»Weil wir hier verschiedene Materialien haben – darunter auch ein sehr festes. Es ist die Fersenschale. Sie läuft um die Ferse herum, ist im hinteren Schaftteil versteckt und hat sehr wichtige Stützfunktionen. Hier hilft jetzt nur die Stichsäge!«

Wir gehen in den hinteren Teil des Ladens, Tom setzt eine Schutzbrille auf, stellt die Stichsäge an, und mit einem »Sruuuummmm!« hat er die Fersenschale zerlegt und zeigt sie uns.

»Die Fersenschale sorgt für den Halt der Ferse im Schuh, hält aber auch den Fuß in der Laufrichtung und sorgt damit für eine optimale Kraftübertragung.«

Tom greift wieder zum Teppichmesser, vollendet den Längsschnitt durch den Schuh und zeigt uns stolz eine Hälfte im Profil.

»Hier sehen wir sehr schön: Die Sohle besteht in der Regel aus drei bis vier Schichten, die ausgestanzt, aufgeschäumt und dann miteinander verklebt werden. Die äußeren Lagen kennt eigentlich jeder: die Einlegesohle, die ausgetauscht werden kann, und die äußere Laufsohle. Das dritte Element ist die sogenannte Brandsohle, die nicht immer in Sneakers eingebaut wird. Bei normalen Schuhen bestand die Brandsohle früher aus Leder oder fester Pappe, auf der von der einen Seite der Schaft, von der anderen Seite die Sohle geklebt oder vernäht wurde. Nur Mokassins verzichteten auf diese feste Brandsohle. Bei ihnen geht der Schaft bis unter den Fuß und ist direkt auf die Sohle genäht. Der Fuß ist dadurch viel beweglicher. Die meisten Sneakers haben nur eine halbe Brandsohle, im hinteren Teil. So hat die Ferse Führung und die Fußspitze ist weiterhin beweglich. Das zweite Geheimnis guter Sneakers ist die

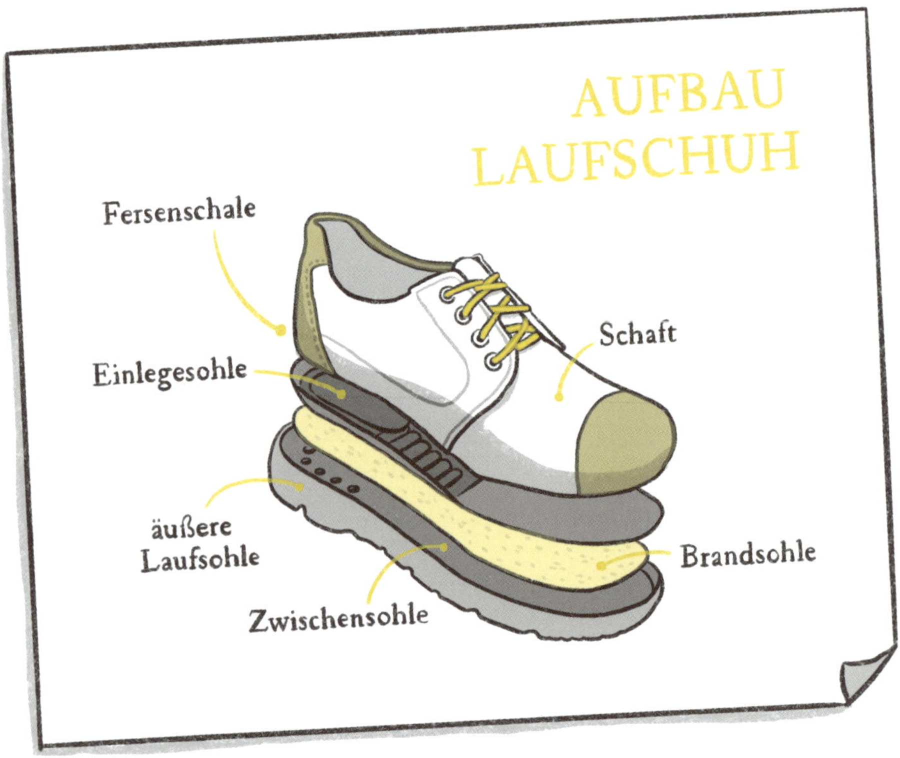

Zwischensohle. Entweder wird dafür ein geschäumtes Plastik-Gummi-Gemisch eingearbeitet, oder die Sohle wird mit Hohlräumen ausgestattet. Jedenfalls muss auf die eine oder andere Weise eine Dämpfung beim Laufen entstehen. Die hat zwei Aufgaben: Beim Abstoßen vom Boden gibt der Schuh einen Teil der Energie, die in der aufgestauten Zwischensohle gespeichert ist, wieder an den Fuß ab. Außerdem knallt der Fuß durch sie nicht auf den harten Boden. Vor der Erfindung der Schuhdämpfung wurde Läufern empfohlen, nicht auf Straßen oder Wegen mit Steinplatten zu laufen.«

»Dann gäbe es ja weltweit keinen einzigen Großstadtmarathon«, schaltet sich Ann-Katrin ein.

»Stimmt. Aber wisst ihr was?«, setzt Tom nach. »Die Dämpfung ist die vermutlich wichtigste Innovation beim Sportschuh. Und sie stammt ursprünglich gar nicht von Adidas oder Puma.«

»Aber Adidas hat mit seinem Achill schon 1968 einen Laufschuh herausgebracht, der eine dämpfende Zwischensohle hat. Und um 1970 herum hat der deutsche Schuhmacher Eugen Brütting erstmals seinen Roadrunner in Handarbeit gefertigt, ebenfalls mit einer Zwischensohle«, entgegnet Herr Schmidt.

»Ja, schon«, räumt Tom ein. »Doch das waren nur Ansätze zu einer echten Dämpfung. Das erste Dämpfungssystem für Sneakers, eine Luftkammer zur Dämpfung des Auftritts, wurde 1976 von der weniger bekannten finnischen Firma Karhu entwickelt.«

»Ja, mit dem Champion Shoe wurde das sogenannte Air-Cushion-System eingeführt«, ergänzt Herr Schmidt. »Firmen wie Karhu oder auch Reebok zeigen, dass nicht nur die großen Vier innovativ sind.«

Während Tom um die Ecke flitzt, wirft Ann-Katrin die Frage in die Runde: »Warum wurden dann nicht Karhu oder Reebok, sondern Adidas und Puma die Großen des Business?«

Doch bevor jemand eine These dazu entwickeln kann, kommt Tom schon mit etlichen Sneakers in den Händen zurück.

»Von den weniger bekannten hab ich natürlich auch einige Paare. Die sind aber nur etwas für richtige Sneakers-Insider.«

Er stellt sie auf den Tisch.

»Darf ich vorstellen: Der Champion Shoe von Karhu, das DMX-Modell von Reebok, der Trinomic von Puma mit einer Waben-Zwischensohle. Und schließlich der Tailwind von Nike.«

Damit beginnt jetzt der Anguck- und Anprobierteil des Abends. Ein Mitarbeiter von Tom erscheint wie aus dem Nichts und schiebt einen niedrigen Rolltisch in die Mitte, auf dem Snacks und Getränke aufgebaut sind.

Das übliche allgemeine Geschnatter beginnt, und es wird nur hin und wieder stiller, wenn jemand aus der Runde seine beste Läufergeschichte oder Sneakers-Legende erzählt. So erklärt uns Toms Mitarbeiter: »Wisst ihr eigentlich, dass Nike-Air-Schuhe, bei denen die Zwischensohle nur aus einem teilweise durchsichtigen Luftpolster-Element besteht, in amerikanischen Gefängnissen absolut verboten sind?«

»Warum das denn?«, fragt Ann-Katrin.

»Angeblich ist dieses Polster gut dafür geeignet, dass die Inhaftierten darin verbotene Dinge verstecken können: Rasiermesser, Drogen, USB-Sticks – alles, was klein genug ist.«

»Das klingt aber seltsam.« Ich muss mich bei solchen Legenden einfach einmischen. »Wenn doch bekannt ist, dass es ein Versteck ist. Dann brauchen die Wärter doch da nur nachzuschauen. Das wissen die Knackis natürlich auch, deshalb werden sie dort nichts verstecken oder nur zur Ablenkung.«

»Aber irgendwann werden die Wärter nicht mehr nachschauen – und dann ist es wieder ein Versteck«, erwidert Ann-Katrin.

»Ja, aber was haltet ihr davon: Irgendjemand hat vor Kurzem die Sneakers von Michael Jordan für 190 000 Dollar ersteigert. Also die Converse Allstar, die er beim Olympiasieg 1984 in Los Angeles trug«, gibt Tom zum Besten. »Nach dem Spiel schenkte er seine Schuhe mit Autogramm einem elfjährigen Jungen, einfach so. Und über dreißig Jahre später sind die Dinger 190 000 Dollar wert. Wahnsinn, oder!? Jetzt stehen sie bei irgendeinem Unbekannten im Glasschrank. Das waren die letzten Basketballschuhe von Jordan, die nicht von Nike waren.«

Und so geht es weiter – bis die Sprache auf Nike-Gründer Phil Knight kommt. Da wird es noch einmal richtig hitzig.

»Philip Knight war ja selbst Leistungssportler …«, meint Toms Mitarbeiter.

»Nein, war er nicht«, entgegnet der Laufforscher. »Er war ein Wirtschaftsstudent, der ein wenig nebenher lief.«

»Aber er hat von seiner Garage aus die ersten Schuhe mit geliehenem Geld vertrieben«, erklärt Tom, und sein Mitarbeiter schiebt nach: »Und um sie zu transportieren, hat er seinen alten Armee-Ausweis benutzt und ist mit Army-Transportmaschinen durchs Land geflogen …«

»Aber da hatte er doch schon längst eine eigene Firma.«

Nun reicht es mir, und ich unterbreche diese Angeberei mit einem lauten: »Hey! Wisst ihr eigentlich, was ihr hier macht? Ihr seid dabei, diese ganzen Sneakers-Legenden und -Mythen weiter zu verbreiten oder zumindest ordentlich hochzukochen. Damit sorgt ihr dafür, dass das ganze Brimborium um den Sportschuh weiter am Leben gehalten wird.«

»Und – weißt du es besser?«, fragt Toms Mitarbeiter forsch.

»Nein, noch nicht! Aber ich bin hier der Journalist. Ich trage für unser nächstes Treffen die Fakten zusammen – die Wahrheit über Phil Knight und seine blöden Nike-Schuhe. Schon der Name ist geklaut und wird falsch ausgesprochen: Weder ›Neik‹ noch ›Neiki‹, gemeint ist ›Nike‹, die griechische Siegesgöttin.« Damit versuche ich meine Autorität zu zeigen.

Sneakers – ein Werbebegriff?

Wie kamen die Sneakers zu ihrem Namen? Die meisten Sneakers-Experten und -Fans erklären das so: Der Begriff ist die geniale Erfindung der Werbewirtschaft. Angeblich soll ihn der Werbefachmann Henry Nelson McKinney das erste Mal 1917 verwendet haben. Damit wollte McKinney betonen, dass man mit den neuen Gummisohlen viel leiser auftreten würde als mit den bis dahin üblichen Ledersohlen. Den leichten und leisen Gummi-

sohlen-Schuh nannte er »Sneaker«, also »Schleicher« (engl. *to sneak*: schleichen).
Sneaker bedeutet im Englischen jedoch auch »Petze« – kann das verkaufsfördernd sein? Kulturgeschichtler wie die Schuh-Historikerin Elizabeth Semmelhack sind deshalb anderer Meinung: Der Begriff stammt aus dem amerikanischen Slang und entstand bereits Ende des 19. Jahrhunderts. Zunächst bezeichneten nur amerikanische Jugendliche Schuhe mit Gummisohlen als »Sneakers«, weil man sich mit ihnen anschleichen konnte, um dumme Dinge anzustellen. Für diese These gibt es auch Beweise: Das *Boston Journal* schrieb bereits 1887 über »sneakers«: »the name boys give to tennis shoes«.
Ein Jugendtrend, der von Werbeleuten einfach vereinnahmt wird? Das wäre kein Einzelfall. Viele Moden und deren Begriffe entstehen zunächst in unabhängigen Jugendbewegungen, die sich als reine Protestkulturen verstehen.
Dann erobert die Mode- und Werbeindustrie diese Kultur und gibt schließlich vor, was man tragen und wie man auftreten muss.

23. Juli, Redaktion des *Mittagskuriers*

Während ich in der Redaktion arbeite, kommt der Chef an meinen Schreibtisch gesaust.

»Neue Nachricht von der Materialforschung«, stößt er atemlos hervor.

»Was schreiben die?«

»Keine Ahnung. Ich habe die Mail noch nicht geöffnet. Wollt ich mit dir zusammen machen. Wir sind doch ein Team, oder?«

Team hin oder her, ich überlasse ihm meinen Schreibtischstuhl und blicke über seine Schulter, als er die Nachricht öffnet.

3. Spur: Baumwolle aus Afrika?

Zusammenfassung des Untersuchungsergebnisses
Auftrag Nr. 2113D17 – Zwischenergebnis Teil 3
Allgemeinverständliche Zusammenfassung

Analyse des Schuhgewebes
Das Schuhgewebe ist untypisch. Es handelt sich nicht um einen der üblichen Synthetikstoffe, sondern um eine Baumwollmischung. Typenbestimmung: Wir haben es mit einer Baumwolle aus langen Fäden zu tun – wie die ägyptische Baumwolle, die trotz ihres Namens nicht nur in Ägypten, sondern in ganz Afrika angepflanzt wird. Allerdings lässt sich das Anbaugebiet nicht genauer eingrenzen. Doch wir sind noch dabei, die Farbpigmente des Baumwollmaterials zu untersuchen. Möglicherweise wird uns das zu erwartende Ergebnis weiterbringen.

26. Juli, im Stadtwald

Eigentlich wollte ich nur mit Ann-Katrin die nächste Lauftraining-Einheit absolvieren.

Doch plötzlich taucht auch der Sneakers-Experte Tom auf.

»Hab gehört, hier läuft heute ein kleines Run-in. Stört dich hoffentlich nicht, wenn ich dabei bin.« Er feixt mich an.

»Nein, natürlich nicht!«, antworte ich, genauso wie ich dazu erzogen wurde: immer schön höflich bleiben, obwohl ich innerlich koche. Was hat dieser Kerl hier zu suchen? Das hier ist ein berufliches Training – nur Ann-Katrin und ich!

Aber schön cool bleiben!

»Ah, seid ihr beide schon da!«, stößt Ann-Katrin zu uns, ohne auf die Erweiterung unserer Runde einzugehen.

»Hey!«, begrüßt sie Tom. »Du trägst ja Chucks!«

»Ja, aber eine No-Name-Retro-Variante!«

Das fängt ja gut an, denke ich.

Wir laufen los, verlassen den Weg und folgen meinem Lieblingstrampelpfad. Ann-Katrin vorneweg tut so, als hätte sie ihn entdeckt.

Und es kommt natürlich, wie es kommen muss: Die beiden setzen von Anfang an ein höheres Tempo an. Sie reden und schäkern locker flockig miteinander, während ich hinterherhechle wie ein alter Bernhardiner. Der Abstand wird größer, zweimal warten sie auf mich – demonstrativ in kleinen Kreisen laufend.

»Ist das okay«, fragt Ann-Katrin auch noch, »wenn ich heute etwas Tempo mache?«

»Klar«, röchle ich, »kein Problem.«

Und schon laufen die beiden mir davon. Sollen sie ruhig. Ich bin schließlich fast so alt wie sie zusammen. Dafür habe ich nun einmal mehr Zeit mit Recherchen vor dem Computer, in Archiven, schmuddeligen Kneipen, dreckigen Hinterhöfen und an anderen gefährlichen Orten rund um den Globus verbracht.

Was ich kann, werde ich ihnen beim nächsten Treffen zeigen, denn ich recherchiere Tag und Nacht über »Nike«.

In der Nacht vom 29. auf den 30. Juli, 3.30 Uhr

Endlich kann ich die japanische und die US-amerikanische Geschichte der Sneakers abschließen. Ich schreibe alles zusammen und lade noch einige ergänzende Bilder hoch. Den fertigen Beitrag schicke ich an den Verteiler unserer kleinen Expertenrunde. Vielleicht kann ich ihn ja später in meiner Kolumne unterbringen.

Phil Knight oder die Geschichte vom selbst ernannten Gott der Sneakers

Warum streiten sich selbst Experten, wenn es um Phil Knight und die Geschichte von Nike geht? Und welchen Anteil an alldem hat Onitsuka Tiger? Die Antwort ist: Die Artikel und Beiträge zu diesem Thema haben unterschiedliche Qualität – das liegt vor allem an der schlechten Quellenlage. Knight hat nur ganz wenige Informationen über sein Leben veröffentlicht. Und in seiner Autobiografie hat er sich nicht immer

an die Fakten gehalten. Wie so viele erfolgreiche Menschen hat er versucht, einen Mythos über sich selbst zu schaffen. Knight ist nämlich ein Marketing- und Werbe-Ass.
Tatsache jedoch ist, dass er auf den Erfolgen eines anderen Unternehmens aufbauen konnte. Doch über diesen japanischen Sneakers-Hersteller wurde nicht viel publiziert.
Auch Japan war im Zweiten Weltkrieg, den es zusammen mit Deutschland angezettelt hatte, schwer zerstört worden. Und dort herrschte ein ähnlicher Aufbauwille wie in Deutschland. So gründete im Jahr 1949 im Industrieort Kobe der Schustermeister Kihachiro Onitsuka eine kleine Manufaktur. Dort wollte er in Zusammenarbeit mit japanischen Sportlern die besten Sportschuhe der Welt herstellen. Seine Firma nannte er »Onitsuka Tiger«!
Die US-amerikanischen Soldaten hatten das Basketballspiel in Japan beliebt gemacht, und Onitsuka entwickelte mit japanischen Spielern zusammen einen eigenen Basketballschuh. Die Sohle besaß kleine Saugnäpfe zum besseren Halt, wie sie Onitsuka bei den Tintenfischen gesehen hatte.
1953 arbeitete Onitsuka Tiger mit dem japanischen Marathonläufer Toru Terasawa zusammen und entwickelte einen speziellen Laufschuh, der Langläufer davor bewahrte, Blasen an ihren Füßen zu bekommen. Der Schuh zeichnete sich durch zwei Innovationen aus: Für das Obermaterial verwendete Onitsuka grob gewebten Stoff, der sehr luftdurchlässig war. Und damit die Schritte besser abgefedert wurden, verwendete er Sohlen aus zwei verschiedenen Lagen.
Bereits 1955 verfügte die Firma über ein Vertriebsnetz von 500 Sportgeschäften in ganz Japan. 1956 wurden Onitsuka-Tiger-Schuhe zum offiziellen Olympiaschuh in Melbourne ernannt und von etlichen Athleten getragen. Doch der Durchbruch in den USA und Europa blieb aus.
Wenige Jahre später meldete sich ein junger Amerikaner bei Onitsuka: Er wolle die Schuhe in den USA berühmt machen. Und damit beginnt der US-amerikanische Teil der Geschichte.
Phil Knight war zu keiner Zeit Leistungssportler, sondern hauptsäch-

lich Wirtschafts- und Marketingexperte. Er war ein Wirtschaftsstudent und trainierte in den 1950er-Jahren als Student an den Universitäten von Oregon und Stanford für den Mittelstreckenlauf, seine Leistungen waren aber nur mittelmäßig.

Der Sport war jedoch seine Leidenschaft, und so schrieb er seine Abschlussarbeit im Bereich »Marketing« über den Vertrieb von Sportschuhen mit dem Schwerpunkt: Wie kann die Dominanz von Adidas und Puma auf dem amerikanischen Markt gebrochen werden?

Knight schlug vor, ein preiswertes, aber gutes Konkurrenzprodukt durch intensive Werbung in den USA zu platzieren. Solch ein Schuh war vermutlich in Asien zu finden, da dort die Arbeitslöhne zu der Zeit noch sehr niedrig waren. 1962 reiste Knight nach Japan, wurde bei der Firma Onitsuka Tiger fündig und schlug vor, deren Schuhe in den USA zu vertreiben.

Das tat er dann auch unter dem eigenen Label Blue Ribbon Sports. Diese Firma hatte er zusammen mit seinem ehemaligen Trainer Bill Bowerman gegründet – beide gaben 500 Dollar Startkapital. Einige Jahre lang vertrieben sie nur Sportschuhe der japanischen Marke Onitsuka. Allerdings experimentierte Bowerman mit neuen Designs. Seine Neuentwicklungen gab er weiter nach Japan, an die Onitsuka-Techniker. Und so brachte die japanische Firma im Jahr 1969 den Schuh »Cortez« auf den Markt.

Inzwischen fühlten sich Knight und Bowerman stark genug, um ein eigenes Schuh-Label auf die Beine zu stellen. Und da sie an der Entwicklung und dem Erfolg von »Cortez« beteiligt waren, übernahmen sie einfach dessen Design für ihren ersten eigenen Schuh. Das konnte Onitsuka natürlich nicht akzeptieren. Es kam zu einem langen Gerichtsverfahren. Aber die Richter konnten nicht herausfinden, wer von beiden mehr Verdienste an der Entwicklung des Sportschuhs hatte. Und so wurde beiden Streithähnen das Recht zuerkannt, das Design zu nutzen.

Der zweite Teil folgt zu unserem nächsten Treffen.

3. August, 9.45 Uhr, in meiner Koje

Da ich die halbe Nacht durchgearbeitet habe, werde ich von einer Mail des Chefs geweckt:

> 4. Spur: Blut einer Kuh!
>
> Zusammenfassung des Untersuchungsergebnisses
> Auftrag Nr. 2113D17 – Zwischenergebnis Teil 4
> Allgemeinverständliche Zusammenfassung
> Bei der untersuchten Blutprobe handelt es sich um Blut von einem Zebu-Rind, einer Rinderrasse, die nur in afrikanischen Ländern gezüchtet wird.
> Die analysierte Probe lässt sich auf eine Zebu-Rinderrasse einschränken, die vor allem im ostafrikanischen Hochland vorkommt.

Die Frage heißt jetzt nur noch: Kenia oder Äthiopien?

5. August, nachmittags im Schuhladen »Sneak it!«

Zweites kleines Schuh-Experten-Treffen in Toms Schuhladen

Natürlich haben alle mein Papier gelesen, denn heute steht ein Thema auf der Tagesordnung: Warum wurde Nike zum größten Kultschuh-Label?

Die Siegesgöttin übernimmt – die US-Geschichte der Sneakers

Phil Knight durfte weiter den Namen »Cortez« für seine Schuhe verwenden, brauchte jedoch einen Namen für seine eigene Marke. Da er ein großer Fan der US-Popgruppe The 5th Dimension war, sollte sein Schuh-Label unter dem Namen »Dimension Six« laufen. Wie pfiffig – wenn man die Geschichte dazu kennt. Doch stattdessen setzte sich der Name »Nike« durch: Er ist kurz und knackig und hat sogar eine aussagekräftige Bedeutung.

Währenddessen brachte Onitsuka nicht nur den Cortez-Schuh unter dem Namen »Onitsuka Tiger Corsair« heraus, sondern fusionierte mit einem andern asiatischen Schuh-Unternehmen und wurde dadurch

1977 zu ASICS. Nun waren sowohl Nike wie ASICS dazu bereit, Adidas als Marktführer anzugreifen.
Doch Anfang der 1980er-Jahre erlebte Adidas noch einmal einen Höhenflug und erreichte im Sommer 1982 den Höhepunkt seines Erfolges. Dreizehn von ursprünglich vierundzwanzig Mannschaften während der Fußballweltmeisterschaft in Spanien wurden von den Franken eingekleidet. Acht Teams trugen die neuesten Fußballstiefel mit den drei Streifen. Beim Endspiel gegen Italien waren die deutschen Spieler im Stadion von Madrid von Kopf bis Fuß mit Adidas-Produkten gekleidet. Über zwei Stunden konnten rund 800 Millionen Zuschauer in sechzig Ländern der Welt auf Trikots, Hosen, Stutzen und Schuhen der Akteure die Markenzeichen des Familienunternehmens sehen: drei Streifen auf den Schuhen, ein Dreiblatt auf den Hemden. Selbst auf den Handschuhen der Torhüter fehlte das Firmenlogo nicht.
Die Fußball-WM wirkte wie eine einzige Werbeveranstaltung für Adidas. Mit zwei Milliarden D-Mark Jahresumsatz war Adidas der größte Sportartikelhersteller der Welt und sicherte sich rund 60 Prozent des Marktes. Nike, ASICS und der Lokalrivale Puma, der etwa auf ein Drittel des Adidas-Umsatzes kam, folgten mit deutlichem Abstand.

»Was hat Adidas besser gemacht?«, hakt Tom nach.

»Adi Dassler hatte damit angefangen, großen Sportlern wie Jesse Owens seine Schuhe umsonst zu überreichen – anfangs wohl aus Bewunderung und weil er wollte, dass die Sportler seine Schuhe testeten. Doch im Laufe der Zeit wurde den Adidas-Leuten klar, was diese Kooperation alles auslöste: Immer mehr Menschen schauten auf die Sportstars und wollten die gleichen Schuhe haben. Diese Wirkung kann man mit Werbung nicht erreichen.«

»Das Sponsoring wurde absolut wichtig«, klinkt sich Schmidt ein.

»Adidas wurde weit über den Sport hinaus zum Mythos. Selbst Herbert von Karajan trug Adidas-Sneakers bei Proben am Dirigentenpult – in der Berliner Philharmonie, wo ein Großteil der Gäste damals noch standesbewusst in Anzug und Kostüm erschien. Als 1984 Joschka

Fischer sich als hessischer Umweltminister in Sneakers vereidigen ließ, macht er lediglich deutlich: die Turnschuhgeneration ist in der Gesellschaft angekommen.« Ich mache eine Pause und fahre fort: »Doch dann geschah es: Nike konnte Adidas überholen. Warum? Zu Beginn der Neunzigerjahre wurde Nike endlich weltweit die Nummer eins, was den Umsatz mit Sportartikeln angeht.«

»Nike war cooler als andere Sportschuhe«, platzt Tom heraus, »und deshalb wollten vor allem Jugendliche Nike-Sneakers!«

»Den Durchbruch verdankt das Unternehmen einer Person«, übernehme ich wieder. »Nicht Phil Knight, sondern dem Basketballprofi Michael Jordan und seinen Nike Air Jordans. Und stellt euch einmal vor: Jordan wollte eigentlich gar nicht zu Nike, sondern zu Adidas. Die Nike Air Jordans hätte es fast nicht gegeben, aber nur fast! Adidas wollte nicht. Angeblich haben sich die Führungskräfte dort gegen ein Sponsorship entschieden, weil Jordan mit seinen 1,98 Metern für einen Basketballer eher etwas zu klein war. Also unterzeichnete er notgedrungen bei Nike und wurde zum wahren Sneakers-Gott. Zeitweise verdiente er dabei 100 Millionen US-Dollar pro Jahr.«

Während ich einmal Luft hole, ergänzt Tom: »Ja, denn die Nike Air Jordans wurden zu *den* Sneakers überhaupt.«

Wir machen eine kurze Pause und dann will ich die Ergebnisse zusammenfassen: »Also, noch einmal zum Mitschreiben: Was macht einen guten Sneaker aus?«

Ich schreibe auf das Whiteboard: *1. Gute Sportschuhe*

»Ein Schuhlabel braucht gute Sportschuhe – das ist unabdingbar«, erläutert Herr Schmidt. »Das reicht jedoch noch nicht, um ein Kultlabel zu werden. Gute Sportschuhe haben auch Hersteller, die nur in der zweiten, dritten oder vierten Reihe stehen, wie Karhu oder Reebok.«

»Um zum Kult-Sneaker aufzusteigen, braucht man unbedingt einen magischen Namen«, platzt Toms Mitarbeiter heraus.

»Wisst ihr zum Beispiel, was ASICS heißt?«, will ich wissen.

»Hat das eine Bedeutung?«, fragt Ann-Katrin.

»Na klar. ASICS steht für fünf Worte. Dieses Mal nicht auf Griechisch, sondern auf Latein. ASICS heißt: *Anima sana in corpore sano* – ein gesunder Geist in einem gesunden Körper.«

»Aber passt das zu einem Global Player, der seinen Firmensitz in Japan hat?«

»Irgendwie wirkt die Abkürzung nicht so magisch wie Nike oder Adidas!«

»Ja, es ist eben ein Versuch, einen anderen Weg zu gehen. Das eine Mal klappt es großartig, das andere Mal nicht so toll.«

Ich schreibe auf das Whiteboard: *2. Magischer Name des Sneakers-Labels*

»Was haben alle Kult-Sneakers sonst noch gemeinsam?« Ich blicke fragend in die Runde.

»Kult-Sneakers brauchen unbedingt ein Kult-Logo«, sagt Ann-Katrin wie aus der Pistole geschossen.

Ich nicke zustimmend: »Gut. Nehmen wir mal wieder das Beispiel Adidas. Die drei Streifen auf den Adidas-Schuhen entstanden zunächst durch Zufall. Zur Verstärkung des Schuh-Oberbaus wurden von Anfang an zwei Streifen angenäht. In den Fünfziger- und Sechzigerjahren hatten nicht nur Adidas-Schuhe drei weiße Streifen, sondern auch andere Sneakers wie beispielsweise die Track Star von Converse. Als die Firma auch andere Sportartikel wie Trikots und Trainingsanzüge herstellte, wurde ein neues Logo benötigt. Angeblich soll Käthe Dassler, die Ehefrau von Adi Dassler, 1971 aus über hundert Vorschlägen das Dreiblatt ausgewählt haben. Das Dreiblatt und die drei Balken wurden so zu den abwechselnd benutzten Adidas-Logos.«

Unser nächster Punkt auf dem Whiteboard: *3. Das Kult-Logo*

»Worin sich alle Kult-Sneakers-Firmen außerdem ähneln, ist ein weiterer Punkt: Kult-Sneakers müssen von Kultstars getragen werden.«

»Ja, am besten von Spitzensportlern, die ausschließlich diese Marke tragen«, gibt Herr Schmidt zu bedenken. »Adidas hatte seinen Höhepunkt beim Fußball. Nike beim Basketball.«

»Eines fällt dabei auf«, schließe ich an, »Basketball-Sneakers kann man auch im Alltag tragen. Fußballschuhe nicht. Adidas hätte auch auf einen großartigen Läufer oder einen Handballer setzen sollen.«

Einige nicken, doch Tom erwidert: »Aber Läufer oder Handballer stehen nicht so im Mittelpunkt!«

»Zumindest nicht in Deutschland«, gebe ich zu.

Ich schreibe auf das Whiteboard: *4. angesagte Sportler -> Kultstars*

»Und was jetzt noch fehlt, sind die ganzen Sneakers-Mythen und -Legenden«, sagt Ann-Katrin.

»Die kommen teilweise von ganz allein – wie beispielsweise die Geschichte, dass Nike eigentlich Dimension Six heißen sollte. So ist die Sneakers-Welt wieder um eine Legende reicher geworden. Denn im Gespräch bleiben ist alles. Stars und Legenden. Das sind die wichtigsten Elemente«, fasse ich zusammen.

So schließe ich meine Liste ab: 5. *Mythen und Legenden*

»Und was ist mit Forschung und Innovation?«, frage ich, und Ann-Katrin ergänzt: »Immer wieder wird berichtet von den Geheimlabors der großen Sneakers-Hersteller. Wo sie an neuen Technologien arbeiten ...«

»Alles Quatsch«, sagt der Lauf-Experte. »Heute wird gern erzählt, die Sneakers würden in Hightech-Labors entwickelt, aber man kann einen neuen Sneaker im Prinzip auch in einer Garage entwerfen. Der Aufbau wird in Designbüros in den USA oder in Europa erarbeitet, meist mit einer Konstruktionszeichnung wie beim Hausbau oder beim Entwurf eines Bürostuhls. Die eigentliche Leistung besteht darin, ein erstes Modell, einen Prototypen zu bauen und ihn zu testen. Und zwar einen Prototypen, der einiges aushält! Ist das Modell ausgereift, erfolgt die Herstellung, oft in dubiosen Fabriken in China oder anderen Billiglohnländern. Dort werden immer mehr Teile der Sneakers nur noch miteinander verklebt statt genäht.«

Daraufhin erzähle ich, wie Wei in Wenzhou die Hauptsohlen mit Kleber einsprühen muss, indem sie diese unter eine Düse hält, aus der die Klebstoffe herausspritzen.

Der Lauf-Experte ist schockiert: »Das muss nicht sein. Damit der Kleber aus den Düsen kommt, wird sehr viel Lösungsmittel dazugegeben. Meist gefährliche wie Dimethylformamid, das stark mit anderen Stoffen reagiert und die menschliche Leber schädigt. Und dieses Lösungsmittel verdampft nicht nur in den Fabriken. Es ist flüchtig, wie man sagt, es wandert auch später noch – auch vom Schuh auf die Füße der Läufer. Es gibt inzwischen andere, bessere Kleber. Die sind sowohl für die Arbeiterinnen und die Umwelt schonender wie auch für uns Käufer der Schuhe. Der Kleber könnte statt mit einer Düse auch etwas dicker mit einem Spachtel aufgetragen werden, nur würde das etwas mehr Zeit brauchen.«

»Man kann also nur die Arbeitsprozesse verbessern – nicht jedoch die Schuhe selbst?«

»Genau, Sneakers sind weitgehend ausgereift«, antwortet der Laufforscher. »Da ist nicht mehr viel mit neuen Techniken zu machen. Man kann nur den einzelnen Schuh für den jeweiligen Kunden verbessern.«

»Individuelle Anpassung heißt das Zauberwort«, übernimmt Tom.

»Was die meisten vergessen«, ergreift jetzt wieder Herr Schmidt das Wort, »der Sportschuh ist ein orthopädisches, also unterstützendes Gerät. Er ist nicht für den Dauereinsatz bestimmt, weil der Fuß sonst zu wenig Widerstand entwickelt.«

»Wie heißt das genau?«, hakt Tom nach.

»Der Fuß kann beim Tragen eines Sportschuhs seine eigene Feineinstellung nicht entwickeln, da die ganze Gehmuskulatur manipuliert wird. So verlernt der Fuß, optimal auf dem Boden aufzukommen, abzurollen und sich wieder abzustoßen. Das übernimmt alles die Dämpfung des Schuhs, sie lähmt quasi das Bein in seiner natürlichen Lauffunktion.«

»Und zu viel Dämpfung raubt dem Läufer außerdem Energie, die beim Abbremsen durch das Dämpfmaterial verloren geht«, fährt Tom fort. »Deshalb haben die neuen Sneakers wieder weniger Dämmzonen. Es kommt auf die individuellen Bedürfnisse der Nutzer und die entsprechende Anpassung der Schuhe an.«

»Das hat aber nichts mit den ganzen neuen Modellen zu tun, die jede Saison auf den Markt geworfen werden«, betont der Laufforscher noch einmal.

»Ja, man muss leider sagen«, pflichtet Tom bei, »Marketing, Moden und Mythen treten an die Stelle von neuen Innovationen und fördern den Verkauf!«

Was kann ein Sneakers-Händler daran bedauern, denke ich, behalte es aber für mich.

Während ich diese neuen Informationen auf dem Heimweg gedanklich noch einmal durchgehe, erreicht mich eine weitere Mail über die Untersuchungsergebnisse.

5. Spur: Die Farben

Zusammenfassung des Untersuchungsergebnisses
Auftrag Nr. 2113D17 – Zwischenergebnis Teil 5
Allgemeinverständliche Zusammenfassung

Farbpigmente, wie man sie nur in traditionellen Kulturen in Ostafrika benutzt
Die Analyse der Farbelemente ergab Folgendes:
Farben bestehen in der Regel aus drei Elementen. Das sind:
1. Ein Lösungsmittel, damit die Farbe flüssig ist und sich auftragen lässt. Wenn die Farbe trocknet, verflüchtigt sich das Lösungsmittel.
2. Der Farbträger, eine Art Grundgerüst, ist meistens ein Polymer, also eine Kunststoffart, die keine besonderen Merkmale aufweist.
3. Ganz anders dagegen der eigentliche Farbton – es handelt sich um ein Pigment.
Es gibt technisch hergestellte Pigmente wie Titanidioxid für Weiß oder Kupferoxid für Rot. Und es gibt in der Natur vorkommende Pigmente wie Purpur für Rot oder Kobalt für Blau. Diese sind natürlich seltener und kostbarer – sie werden heute nur noch in traditionell arbeitenden Regionen auf dem afrikanischen Kontinent genutzt. Und genau solche Pigmente haben wir im Baumwollschaft des Sneaker gefunden.

Jetzt ist es amtlich – Afrika!

9. August, 8 Uhr, Redaktionssitzung

Noch nie hatten wir eine Redaktionskonferenz zu so früher Uhrzeit.

»Schön, dass ihr alle da seid«, beginnt der Chef. »Ihr wisst, worum es geht. Nach der Analyse unserer Sneakers weisen alle Zeichen nach Afrika, nach Ostafrika: erstens, der Sand aus der libyschen Wüste. Zweitens, die Baumwolle – sie stammt wahrscheinlich aus Afrika, und die Textildeckfläche ist ein Webstoff afrikanischer Tradition. Und drittens, das

Blut stammt von einer ostafrikanischen Kuhrasse. Nur der Gummiunterbau ist eine Kopie eines Markenschuhs und kommt aller Wahrscheinlichkeit nach aus China. Aber gefertigt wurde der Schuh dann – so wurde mir versichert – mithilfe von Fachwerkzeug. Für das Nähen von Schuhen braucht man entweder einen Meisterschuster mit einer Ahle, also einem Stechwerkzeug zum Nähen von Leder, oder eine Spezialnähmaschine. In Ostafrika muss die Geschichte unserer Sneakers und ihres Besitzers begonnen haben. Die Frage ist nur: Kenia oder Äthiopien?«

»Die Farben deuten auf Äthiopien«, mische ich mich ein. »Wisst ihr, dass diese drei Farben von vielen afrikanischen Ländern zu ihren Nationalfarben auserkoren wurden und dass sie ihre Gemeinsamkeit betonen sollen? Grün steht für die Fruchtbarkeit des Landes. Gelb steht für die Liebe zum Vaterland. Und Rot steht für das Blut, das für die Unabhängigkeit vergossen wurde. Den Anfang hat Äthiopien gemacht – es führte diese Nationalfarben schon im 19. Jahrhundert ein.«

»Okay«, sagt der Chef. »Dann weißt du ja, wo du als Nächstes hinreisen wirst.«

Ich zucke zusammen. »Afrika? Mitten im Marathontraining? Äthiopien oder Berlin-Marathon – ich kann unmöglich beides gleichzeitig machen.«

»Dann erlassen wir dir das Training. Ann-Katrin übernimmt!«

»Oh nein!«, stöhne ich, aber meine es nicht allzu ernst. Denn tatsächlich bedeutet mir das Lauftraining nicht so viel – bis auf die nette Gesellschaft.

Vielleicht bin ich deshalb auch kein guter Läufer. Aber ich will ein guter Reporter sein. Nein, kein guter, der beste! Mein Ziel ist: meine Story! Ich will das Geheimnis der Sneakers lüften und darüber eine Geschichte schreiben, für die ich einen Journalistenpreis bekomme.

Und deshalb muss ich nach Ostafrika.

Dort kommen die Läufer und vermutlich auch meine Sneakers her.

Ich bin ganz aufgeregt – bis mir wieder einfällt, wie viel Angst ich eigentlich vor einer Reise nach Afrika habe.

Kapitel 7

REISE IN EINE ARME, REICHE, FARBENFROHE WELT. ÄTHIOPIEN IST GANZ ANDERS (ALS GEDACHT)

In der Nacht vor der Abreise mache ich kein Auge zu.

Vor einer Reise gehe ich immer alle möglichen Risiken durch. Zum Beispiel: Was passiert, wenn du dir in Frankreich ein Bein brichst oder in Australien den Reisepass verlierst. Im Fall von Afrika aber lauern ganz andere Bedrohungen: verseuchtes Wasser, Malaria, Überfälle, Bürgerkriege … Stopp!, befehle ich meinen Gedanken.

Es gibt im Grunde zwei Afrikas.

Das eine ist das Touristenafrika: Ägypten, Tunesien, Marokko im Norden sowie Kenia, Namibia und Südafrika im Süden und Südwesten. In diesen Ländern gibt es gepflegte Naturparks, archäologische Stätten wie beispielsweise im ägyptischen Luxor und Städte wie Marrakesch, die als UNESCO-Weltkulturerbe geschützt werden. Diese Regionen verfügen über Strom, Wasser, gute Straßen und werden von der Polizei überwacht. Entlang der Safari-Wege durch die Serengeti hat man für die Touristen sogar die Malaria-Moskitos ausgerottet, so viel Insektizide haben sie dort versprüht.

Viele dieser Orte habe ich schon bereist – ohne Probleme. Aber außerhalb davon liegt das zweite, man könnte auch sagen: das wahre Afrika.

Und das wahre Afrika macht mir doch ein wenig Angst. Denn sofort erscheinen Bilder in meinem Kopf: hoffnungslos überfüllte Straßen, Hungerkatastrophen, Millionen von Aids-Kranken, Kindersoldaten mit Kalaschnikows und ein kleiner Wurm, der in stehenden Gewässern lebt und in den Schniedelwutz ahnungsloser Pinkler schlüpft …

Afrika I – dunkler, gefährlicher Kontinent?
Afrika ist mit 30,2 Millionen Quadratkilometer der zweitgrößte Kontinent der Erde. Er ist damit so groß wie die USA, China, Indien und Europa zusammen.
Deutschland würde dort 84-mal hineinpassen!
Mit 1,2 Milliarden Einwohnern ist Afrika auch bevölkerungsmäßig der zweitgrößte Erdteil. Mit 54 Ländern gibt es hier sogar die größte Zahl von Staaten auf einem Kontinent, und tatsächlich leben hier mehr als 2000 Völker mit verschiedenen Sprachen und Kulturen.
Zudem ist Afrika die Wiege der Menschheit, hier entstand nicht nur unsere Art, der *Homo sapiens*, sondern auch dessen Vorläufer. Auch lebt in Afrika das größte Wildtier der Erde, die Giraffe. Und die Sahara ist die größte Wüste, ebenso wie der Nil der längste Fluss der Erde ist.
Bedeutend sind vor allem die Bodenschätze: Die Hälfte des Goldes, das jemals geschürft wurde, stammt aus den Böden von einem einzigen Ort: Witwatersrand in Südafrika.
Außerdem finden sich hier viele wichtige Metalle, die besonders für unsere Elektronikartikel benötigt werden, etwa für das unverzichtbare Smartphone: Kobalt aus dem Kongo oder Sambia brauchen wir für den Akku. Gold und Silber aus Südafrika für die Kontakte und Anschlüsse, Tantal für die Kondensatoren, Wolfram für die Gehäusevibration und Zinn für die Legierungen – die letzten drei Elemente werden wiederum im Kongo abgebaut.

Die Überraschungen beginnen schon mit dem Hinflug.

Bis vor ungefähr zehn Jahren war ich häufig als Backpacker in der Welt unterwegs und habe über fremde Kulturen und archäologische Ausgrabungen berichtet. In dieser Zeit hatte die Fluglinie Ethiopian keinen guten Ruf: alte Maschinen, schlechte Ausbildung der Piloten, Zwischenstopps auf dem wenig einladenden Flughafen von Addis

Abeba. Daher habe ich bisher einen Bogen um diese Airline gemacht. Doch nun hält unser Flughafenbus vor einem gigantischen nagelneuen Boeing-Dreamliner, auf dessen Buckel in riesigen Buchstaben steht: ETHIOPIAN. Na, die erste positive Überraschung!

13. August, Flug Frankfurt/Main–Addis Abeba, irgendwo über der Sahara

Der Flug mit Ethiopian Airlines startet am Abend, die Maschine fliegt über Nacht, und da es nur zwei Stunden Zeitumstellung gibt (minus zwei Stunden in Äthiopien), werden wir am frühen Morgen in Addis Abeba landen.

Man könnte also im Flugzeug schlafen und ausgeruht ankommen.

Aber ich bin zu aufgeregt. Was wird mich dort erwarten? Bis auf zwei kurze Phasen, in denen ich wegdämmere, bin ich hellwach und versuche die Zeit zu genießen. Denn es ist wie ein Panoramaflug. Der Dreamliner hat viel größere Fenster als normale Flugzeuge, und sie werden nicht mit Klappen zugezogen, sondern elektronisch abgeblendet. Sodass man trotzdem noch durchschauen kann.

Da unten ist Afrika, sage ich mir immer wieder. Es ist fast so, als könnte ich es riechen. Aber sehen kann ich es nicht, denn es ist immer noch dunkel. Und die meisten Länder Afrikas haben keine flächendeckende Stromversorgung. Folglich ist es sehr dunkel da unten.

Unter uns erstrecken sich die Weiten der Sahara. Aller modernen Technik zum Trotz ist sie noch immer ein riesiges lebensfeindliches Areal, von dem sich die Menschen fernhalten. Bis auf die Tuareg, die dunkelhäutigen Wüstennomaden der Sahara, einige wagemutige Durchreisende oder Flüchtlinge.

Als es endlich dämmert, sehe ich keine Sandwüste, sondern bergiges Gelände. Es wird bald abgelöst von einer rötlich schimmernden Sandwüste. Das muss der Sudan sein, den wir rund eine halbe Stunde lang überfliegen.

Dann erheben sich die ersten Berge Ostafrikas, und mit einem Schlag wird unter uns alles grün.

14. August, 8.30 Uhr

Wir landen fast pünktlich auf dem Bole International Airport am Rande von Addis Abeba.

Die Stadt liegt in einem riesigen Talkessel.

Der Anflug führte über endlos viele kleine Felder, in der Ferne die Stadt mit einigen Hochhäusern. Dann kamen die Landebahn und das Flughafengebäude in Sicht. Ich hatte mit einem älteren, zusammengeschusterten Gebäudekomplex gerechnet. Stattdessen sah ich eine stark verkürzte Ausgabe des Flughafens in Shanghai: eine hohe moderne Halle mit riesigen Glasfronten, in der die Menschen sehr klein wirken.

Immerhin ist hier alles zweisprachig beschriftet, in geschwungenen, fast bildhaften Buchstaben – der ersten Amtssprache des Landes, Amharisch – und in der zweite Amtssprache: Englisch. Das erleichtert doch einiges.

Und tatsächlich steht in der Menge der Menschen, die sich am Eingang auf die Ankommenden stürzen, ein Mann und hält ein Schild mit meinem Namen hoch. Was für ein wunderbares Gefühl, erwartet zu werden!

Es ist ein Fahrer des Kulturinstituts, das mir bei meiner Suche helfen will. Er sieht so klein und schmächtig aus, dass ich meinen schweren Koffer lieber selbst schleppe und in den Kofferraum wuchte. Ich bin völlig außer Atem. Die paar Schritte und das Kofferheben haben mich richtig angestrengt.

»Yes, very high!«, kommentiert der Fahrer lächelnd.

Wir befinden uns hier in 2400 Metern Höhe – wie in den Hochalpen. Dieser Höheneffekt verwandelt sich in einen Vorteil für die Läufer, die hier trainieren.

Anders als in Wenzhou dauert unsere Fahrt in die Stadt nicht sehr lang. Wir durchqueren den Stadtteil Bole und erreichen gleich darauf die Innenstadt, biegen ein paarmal ab und stehen bereits vor dem Taitu-Hotel, das wie ein altes ehrwürdiges Landhaus aussieht. Es ist fast so alt wie die Stadt selbst: 1898 steht auf einem Balken über dem Eingang eingeritzt.

Ich erhalte ein großes und schönes Einzelzimmer, das allerdings sehr spärlich möbliert ist: nur mit einem großen Bett, einem Nachttisch und einem Schrank.

Nach einer längeren Mittagspause dusche ich und packe meine Sachen aus. Dem Chef schicke ich eine Mail, dass ich gut angekommen bin.

14. August, nachmittags, Erkundung der »Schönen Blume«

»Addis Abeba – das heißt übersetzt ›schöne Blume‹«, erklärt Birgit Blumthaler, eine Mitarbeiterin des Kulturinstituts, die mich zu einer Stadtrundfahrt abholt. Wir stellen uns vor und sind gleich per Du miteinander, als sie mich zu einem Auto begleitet. »Wie du sehen wirst, wird die Stadt ihrem Namen nur teilweise gerecht, aber immerhin. Für eine afrikanische Metropole ist dieses wenige schon eine Menge.«

Dann geht es los. Als wir rechts in eine größere Straße einbiegen, kommentiert Birgit: »Links lang geht es zum Nationalmuseum. Dort ist auch Lucy ausgestellt.«

Lucy – das weiß ich als Wissenschaftsjournalist – ist das älteste erhaltene menschliche Skelett. »Die will ich mir unbedingt anschauen.«

»Da musst du am bestens vormittags hin, jetzt ist dort schon geschlossen. Verglichen mit Lucys Alter von über drei Millionen Jahren ist Addis sehr jung. Die Stadt wurde von Kaiser Menelik II. Ende des 19. Jahrhunderts gegründet.«

Wir schauen uns die kaiserlichen Paläste an, die im Laufe der letzten hundert Jahre gebaut wurden. Dann fahren wir an der Africa Hall vorbei – dort gründeten 32 afrikanische Staaten 1963 ihre erste gemeinsame Organisation, die heute Afrikanische Union heißt und in einem neuen futuristischen Konferenzzentrum ebenfalls in Addis residiert.

Anschließend gelangen wir zum Maskal Square – dem Kreuzplatz.

Es ist eigentlich eine große Straßenkreuzung mit einem Parkplatz und einer halbrunden Zuschauertribüne dahinter. An dieser Stelle werden alle großen Feste und Umzüge, etwa am 28. Mai, dem Nationalfeiertag, gefeiert. Hier endet auch der zentrale Marathonlauf Äthiopiens, der

Ethiopian-Run. Aus drei Richtungen strömen die Läufer zusammen, jeweils in Trikots der drei Farben der Nation: Grün – Gelb – Rot.

Aber auch ohne Feste lohnt es sich, an diesem Ort ein paar Minuten zu verweilen und dem Verkehr zuzuschauen.

Sechs große Straßen laufen hier sternförmig aufeinander zu, und der Verkehr ist so dicht wie in jeder beliebigen Großstadt. Allerdings gibt es keine Vorfahrtsregeln, keine Ampeln, keine Schilder und keine Polizisten.

Bei uns wäre das Chaos vorprogrammiert, hier dagegen gleicht das Ganze einer Ameisenstraße: Vorsichtig tasten sich Wagen aus den Seitenstraßen immer weiter auf die Kreuzung zu. Und dann nutzen sie eine Lücke und geben Gas. Bis es denjenigen, die geradeaus fahren, zu bunt wird. Manchmal bleiben ein paar Fahrzeuge in der Mitte als Insel übrig. Sie werden so lange umfahren, bis sie eine Chance sehen, ebenfalls loszudüsen. Das Ganze geht mit viel Hupen vonstatten, aber ohne Unfälle.

Als europäischer Beobachter kann ich da nur staunen.

Addis ist eine groß angelegte Stadt.

Es gibt immer wieder freie Flächen, und an vielen Stellen wird gebaut – oft seit Jahrzehnten. Wie in jeder Hauptstadt der Welt sind auch hier etliche Wolkenkratzer entstanden. Doch häufiger kommen wir an einfachen Häusern, ja sogar an Hütten vorbei – und dann sehen wir einen von zahllosen Slums, wie ich sie auch aus Mumbai und Jakarta kenne. Er beginnt hinter einem Müllhaufen, der ihn von der Straße trennt.

Eine Art Trampelpfad führt durch den Müll und über etliche Tümpel hinweg ins Chaos der Baracken. Diese wurden mit Holzpfählen und -platten, Wellblech und vielen Plastikplanen zusammengenagelt, mit allem, was gerade verfügbar war.

»Addis wächst eben unaufhörlich«, kommentiert Birgit meinen betretenen Blick. »Und das wiederum liegt daran, dass Äthiopiens Bevölkerung unaufhörlich wächst. Waren es im Jahr 2010 noch rund 90 Millionen, sind es inzwischen vermutlich über 100 Millionen Menschen. Genau weiß das natürlich niemand, weil viele in den ländlichen Regionen gar nicht von den Behörden erfasst werden können. Eines ist auf jeden Fall sicher: Die Bevölkerung wächst, die Produktion von Lebensmitteln wächst jedoch überhaupt nicht mit. Du wirst noch sehen, es ist alles grün hier. Nach der Regenzeit. Aber alle fünf Jahre fällt die Regenzeit aus – und es herrscht Dürre. Dann gibt es in einigen Landesteilen eine große Hungersnot. Die Menschen ziehen dann in die Städte. Und das heißt in Äthiopien vor allem: nach Addis. Hier leben zwischen drei und vier Millionen Menschen, auch das weiß niemand so genau. Vielleicht sind es inzwischen fünf Millionen!«

Im Auto notiere ich, was mir außerdem auffällt: Die Hauptstädter leben in völlig unterschiedlichen Welten nebeneinanderher. Einerseits sehe ich hier westlich gekleidete Einheimische mit Sonnenbrillen und Smartphone, sie steigen in ihre Pkws von Toyota, Ford oder VW und fahren zu einem Treffen in einem schicken Café oder Restaurant.

Gleich daneben streifen arme Landsleute umher, die aus einem anderen Jahrhundert zu stammen scheinen. Sie stecken in verschlissener traditioneller Kleidung, führen Ziegenherden durch die Straßen oder tragen ihre kranken, abgemagerten Kinder in einem Tuch, das sie um den eigenen Körper gewickelt haben.

Und dann gibt es noch die ganz Armen, verdreckt und oft nur mit einem zerrissenen Umhang bekleidet, laufen sie bettelnd durch die Straßen. Wenn sie einen Weißen sehen, gibt es kein Halten mehr. Sie zerren an einem, zeigen auf ihr eigenes Elend und rufen: »Birr! Birr!« – »Money! Money!«

Im ersten Moment bin ich geschockt und fühle mich sehr unwohl in meiner Haut. Erst später denke ich: Klar, sie nutzen eben ihre Chance, wenn sie schon einmal einen Europäer sehen. Tun wir das nicht alle? Wir nutzen die Chancen, die sich uns bieten. Und das ist unser gutes Recht, denn wir sind auf uns selbst wütend, wenn wir es nicht wenigstens versucht haben.

Ich bin froh, als wir wieder ins Auto steigen und zum Abendessen fahren, das wir in einem traditionellen Restaurant einnehmen wollen.

Im Restaurant bekommt jeder eine große Platte, auf der verschiedene Gemüse- und Fleischsorten und zwei scharfe Saucen liegen – ein Ansammlung von grünen, gelben, roten und braunen Klecksen. Optisch nicht wirklich verlockend, dafür riecht es gut.

Auch gegessen wird traditionell, ohne Messer und Gabel. Stattdessen nehmen wir Injera. Das ist Fladenbrot aus der Getreidesorte Teff, die nur in Äthiopien wächst und nach Hirse schmeckt. Mit einem Stück Injera greift man sich etwas Fleisch, Kartoffeln oder Gemüse, taucht es noch kurz in eine Sauce, bevor die ganze Ladung im Mund landet.

Als wir uns dem Nachtisch nähern, erläutere ich Birgit mein Recherche-Anliegen: »Eigentlich verfolge ich zwei Ziele: Ich will den Hersteller der Schuhe finden, also die Fabrik oder die Werkstatt. Und darüber möglichst auch den Läufer ausfindig machen, der die Schuhe getragen hat.«

»Versprechen kann ich nichts«, antwortet Birgit. »Manchmal geschehen die Dinge hier ganz einfach. Denn die Menschen sind eigentlich von Grund auf sehr gastfreundlich und hilfsbereit. Ganz anders als bei uns in Europa. Aber manchmal rennt man auch gegen eine Wand.

Es gibt in diesem Land Regeln und Tabus, die wir nicht immer verstehen. Aber ich würde vorschlagen: Wir besuchen in den nächsten beiden Tagen ein oder zwei Schuhfabriken, zu denen ich schon Kontakt hergestellt habe. In der freien Zeit streifen wir durch die Markt- und Handwerksviertel.«

»Hört sich gut an.«

»Da du ja nach Läufern suchst, sollten wir außerdem einige Trainingslager besuchen.«

»Ist das denn nicht zu aufwendig?«

»Nein, praktischerweise befinden die sich fast alle hier in der Nähe von Addis. Wir können natürlich nicht alle aufsuchen, aber einige.«

Das klingt gut. Meine Recherche hier beginnt viel hoffnungsvoller als die in China.

Was Äthiopien so einmalig macht

Äthiopien ist einzigartig, weil es natürliche Grenzen hat (zu den Nachbarländern wird es überwiegend durch Gebirge begrenzt) und weil es nie so unterdrückt wurde wie der Rest von Afrika. Äthiopien ist das einzige afrikanische Reich, das die Zeit des Kolonialismus überstanden hat, ohne erobert worden zu sein. Auch als 1934 die Italiener das Land besetzten, stellten sich die Äthiopier ihnen entgegen.

Niemals kolonisiert heißt aber nicht, dass die Menschen hier frei leben konnten. Denn die Völker Abessiniens (so wurde Äthiopien früher genannt) wurden über zwei Jahrtausende lang von Königen, Sultanen und Kaisern regiert. Der letzte von ihnen war Haile Selassie, der sich 1930 pompös zum Kaiser krönen ließ.

Er konnte nach der Besetzung durch die Italiener zurückkehren und wurde zu einer Symbolfigur für Afrika. Wegen Äthiopiens fast durchgehender Unabhängigkeit wurde Selassie Schirmherr der 1963 in Addis Abeba gegründeten Organisation Afrikanischer Staaten (OAS).

Gleichzeitig unterdrückte er jedoch das eigene Volk, und so kam es 1974 zu einem Aufstand. Der Kaiser und sein Regierungsapparat wurden gestürzt, weil sich auch die Armee und die Polizei daran beteiligten. Doch danach regierte ein Militärrat aus aufständischen Offizieren: Offiziell kommunistisch, handelte es sich tatsächlich um eine Militärdiktatur. Diese wurde nach einem Bürgerkrieg Anfang der 1990er-Jahre gestürzt, und nach einem Kräftemessen hat sich die EPRDF (Ethiopian People's Revolutionary Democratic Front) als alleinherrschende Partei durchgesetzt. Viele Hoffnungen auf Reformen werden nun in den seit April 2018 regierenden Ministerpräsidenten Abiy Ahmed gesetzt.

Die Mehrheit der Äthiopier – 80 Prozent der rund 103 Millionen Einwohner (Stand: 2016) – lebt noch immer von der rückschrittlichen Landwirtschaft. Es kommt deshalb immer wieder zu Hungerepidemien, bei denen Millionen von Menschen von importierten Nahrungsmitteln abhängig werden.

Kulturell untergliedert sich Äthiopien in drei Regionen: Im großen Zentrum herrscht seit dem 4. Jahrhundert n. Chr. das Christentum. Damit bildeten die Äthiopier eine der frühesten christlichen Kulturen. Der Nordosten dagegen wird überwiegend von Muslimen bewohnt. Und im südwestlichen Tiefland haben sich traditionelle afrikanische Kulturen gehalten.

Daher kann man sagen: In Äthiopien existieren Vergangenheit und Gegenwart der Menschheit auf engstem Raum nebeneinander. Während viele Menschen in Addis den Lebensstil von Westeuropäern pflegen, gibt es ganz im Süden noch Nomadenvölker, die mit ihren Viehherden herumziehen und allein dadurch ihren Lebensunterhalt bestreiten.

16. August, Addis Abeba

Die Leute vom Kulturinstitut haben inzwischen bei der Handelskammer herausgefunden: Es gibt über zwanzig große Schuhfabriken in der Region von Addis, die alle von Chinesen geführt werden. Eine können wir gleich heute besichtigen.

Dazu fahren Birgit und ich von meinem Hotel aus durch die Stadt in Richtung Südosten.

Etwas außerhalb liegt der Stadtteil Akaki – er ist ein reines Industriegebiet. Hier stehen große äthiopische Fabrikanlagen, die von Zäunen gesichert werden. Die chinesischen Fabriken befinden sich etwas weiter weg – alle auf einem Fleck. Um die Eingänge herum stehen, sitzen, liegen Grüppchen von Einheimischen.

»Das sind Menschen, die einfach nur auf eine Gelegenheit warten, dass sie einen Job kriegen«, erklärt mir Birgit. »Vielleicht ist jemand nicht zur Arbeit erschienen, oder es gibt Verletzte, die ins Krankenhaus müssen oder einfach weggeschickt werden. Das passiert gar nicht so selten. Oder die Firma benötigt ein paar Handlanger für das Ab- oder Beladen von Lastwagen …«

Von außen unterscheiden sich die chinesischen nicht von den anderen Fabrikanlagen, bis auf den Firmennamen, der auch auf Chinesisch angebracht ist: »Hujian Shoe City Äthiopien«.

Als wir die Fabrik betreten, ist es so, als wäre ich plötzlich zurück nach Wenzhou gebeamt worden. So sehr ähnelt diese Schuhfabrik den Schuhfabriken in Wenzhou – nur hängen hier an fast jeder Wand Spruchbanner in drei Sprachen: auf Chinesisch, Englisch und Amharisch. Wir werden durch große helle Hallen geführt, in denen Spezialnähmaschinen in exakten Reihen und lange Fließbänder stehen. An ihnen arbeiten jedoch keine Chinesen, sondern dunkelhäutige Äthiopier. Lediglich die rund 120 Vorarbeiter, die kontrollierend durch die Gänge laufen, sind Chinesen.

Die Äthiopier arbeiten sehr eifrig, allerdings nicht so unterwürfig wie ihre chinesischen Kollegen. Sie bewegen sich langsamer und würdevoller. In dem gleichen Tempo wie sie draußen die Straßen entlangschreiten oder ihre Felder bestellen. Und deshalb werden sie von den chinesischen Vorarbeitern angetrieben: »Tollo, tollo!« – »Schnell, schnell!«

Das ist eines der wenigen Worte, das die Chinesen auf Amharisch gelernt haben. Ansonsten verständige man sich eben mit Händen und Füßen, erklärt uns der Produktionsleiter.

Ob es denn auch einen Morgenappell gebe, frage ich ihn.

»Ja, natürlich. Den haben sie versäumt«, erklärt Herr ZuDong Ma. »Heute war die Produktionsleitung aus Dongguaan live zugeschaltet. ›Wir geben all unsere Kraft in die Produktion‹, habe ich gerufen. Und die Arbeiter haben wie aus einer Kehle geantwortet: ›Für die Produktion!‹«

Damit sie das nicht vergessen, haben die Chinesen an vielen Stellen der Fabrik ihre dreisprachigen roten Spruchbänder aufgehängt – mit Parolen wie beispielsweise »Konzentrieren auf Effizienz« oder »Verantwortung durch Pünktlichkeit«.

Doch das reicht den Chinesen nicht. Sie wollen den Äthiopiern ein besseres Leben ermöglichen und glauben, sie dazu grundlegend erziehen zu müssen. »Wir bringen ihnen bei, wie man hygienisch und gesund lebt: Zähneputzen, Händewaschen, wir haben hier auch Duschen. Zweimal am Tag gibt es kostenloses Essen, und wer nicht aufisst, zahlt einen Tageslohn Strafe. Schließlich hungern hier viele Menschen«, erklärt Herr ZuDong Ma.

Doch bei der Sicherheit am Arbeitsplatz wird gespart: Obwohl an den Fließbändern auch geklebt wird, trägt kaum ein Äthiopier einen Mundschutz.

Wie sieht es dann wohl in der Abteilung aus, in der Arbeiter die einzelnen Sohlenschichten mit Spezialmitteln aneinanderkleben und damit Unmengen an Lösungsmitteln ausgesetzt werden? Als ich mich danach erkundige, erhalte ich die Auskunft: Bei aufwendigen Schuhen mit Spezialsohlen wie Sneakers herrsche momentan noch Arbeitsteilung. Die einzelnen Hightech-Komponenten der Sohlen werden in den chinesischen Fabriken gefertigt, doch das Zusammenfügen der Sportschuhe, die meisten der bis zu siebzig Arbeitsschritte, werden hier ausgeführt.

»Warum gerade in Äthiopien?«, will ich wissen.

»Die Äthiopier sind sehr geschickt und zudem gute Handwerker. Außerdem haben wir hier den passenden Rohstoff gleich vor Ort: Durch die zahlreichen Rinder- und Ziegenherden im Land gibt es hier sehr viel Leder.«

Und dann fragen wir nach unseren Sneakers und zeigen dem Produktionsleiter das Foto.

»Nein, diese Schuhe haben wir nicht hergestellt. Aber die Schuhsohlen könnten von uns stammen, dieser kleine Extra-Ritz an der unteren Hälfte kommt mir bekannt vor. Also, solche Schuhe können wir innerhalb von zwei Wochen für Sie produzieren. Wie viele Paare brauchen Sie?«

Birgit und ich sehen uns an, und sie sagt: »Danke – wir müssen das erst noch besprechen. Wer melden uns dann bei Ihnen!«

Und verlassen die Fabrik.

Anschließend fahren wir in das Büro des Kulturinstituts und erkundigen uns, was es Neues gibt. Denn wir haben gestern das Bild von unseren Sneakers mit der entsprechenden Anfrage an einige Fabriken und Werkstätten geschickt. Die ersten Antworten sind negativ: Nein, das Modell sei vollkommen unbekannt. Aber man wäre in der Lage, solche Schuhe … das Übliche eben. Immerhin ehrlich.

Ab morgen werden wir uns den Trainingscamps zuwenden. Das Gute daran ist, dass fast alle Trainingslager von Addis aus gut über Straßen erreichbar sind. Einige liegen quasi in Vororten. Andere befinden sich rund 200 Kilometer entfernt, was in Äthiopien eine Tagesreise bedeutet. Zunächst haben wir uns drei bekannte Trainingslager ausgesucht, die enge Kontakte zu der deutschen Marathonszene halten: in Sululta, 20 Kilometer außerhalb von Addis gelegen, und in Asela und Bekoji, die rund 200 Kilometer von der Hauptstadt entfernt sind.

16. August, abends, in der Hotelbar

Ich habe mich mit dem Blogger Haile von *Addis-News* verabredet. Er hat durch das Kulturinstitut von meiner Geschichte und den Sneakers gehört und will darüber schreiben.

Als er in der Bar direkt auf mich zusteuert, bin ich sprachlos. Haile trägt eine Jeans, ein T-Shirt mit der Aufschrift »Africa first!« und sieht so jung aus, als würde er noch zur Schule gehen. Der soll mir helfen!?, frage ich mich.

Wir begrüßen uns höflich, und Haile stellt sich kurz vor: Er stammt aus einer gebildeten Familie hier in Addis, hat studiert und sogar ein Jahr in England verbracht.

Und dann stellt er mir auf Englisch unzählige Fragen zu meiner Sneakers-Recherche, die ich ehrlich beantworte. Außerdem berichte ich ihm über unsere bisherigen Unternehmungen hier vor Ort.

»Das Schuhhandwerk hat eine große Tradition in Äthiopien«, entgegnet Haile. »Die Menschen sind gute Handwerker. Wenn du willst, können wir uns in den Handwerksvierteln einen Eindruck davon verschaffen. Auch haben wir eine lange Tradition von größeren Schuhfabriken. Ich habe extra nachgeschaut: Die erste war Anbessa Shoe S.C. und wurde 1927 gegründet.«

Ich nicke anerkennend. »Lassen die Chinesen deshalb hier Schuhe machen, weil die Äthiopier fleißig und geschickt sind?«

»Das ist natürlich eine wichtige Bedingung. Der Hauptgrund aber ist: Unsere Arbeitslöhne sind sensationell niedrig. Es gibt in Äthiopien in der Textil- und Schuhindustrie keinen Mindestlohn. Selbst Bangladesch hat inzwischen einen.« Er fährt sich mit der Hand übers Gesicht und trinkt einen Schluck. »Ich habe die Zahlen von der Internationalen Arbeiter-Gewerkschaft aus dem Internet heruntergeladen: Textilarbeiterinnen verdienen hier als Grundlohn nur rund 1000 Birr, das sind keine 40 Euro im Monat. Nur wenn sie Überstunden machen, kommen sie auf 1200 bis 1500 Birr, also 50 bis 60 Euro. Das ist immer noch weniger als ein Viertel des chinesischen Mindestlohns.«

»Damit sind die Arbeitskräfte in Äthiopien so billig wie in kaum einem anderen Land der Welt?«, hake ich nach.

»Ja, ja. Aber nicht nur das!«

Haile haut mit der Hand auf die Theke.

»Außerdem ist unser Land für afrikanische Verhältnisse relativ stabil, und die Arbeiter sind diszipliniert.«

Er haut noch einmal auf die Theke, sodass unsere Gläser aneinanderklirren.

»Außerdem haben die Chinesen Sonderkonditionen bei den Steuern ausgehandelt. So müssen sie keine Steuern auf eingeführte Maschinen und Rohstoffe zahlen.«

Einen dritten Schlag auf die Theke deutet er nur an.

»Und sie bekommen fünf bis sieben Jahre Steuerfreiheit auf ihre Waren, die sie wieder ausführen.«

»Und die Arbeiter und Arbeiterinnen?«, frage ich. »Können die wenigstens von ihrem Lohn leben?«

»Ha! Nach Abzug der Miete und anderer Kosten bleibt ihnen meist nur ein Euro am Tag zum Leben. Dabei haben die meisten von ihnen eine Familie, die ihre Unterstützung braucht.«

Wir bestellen noch ein Bier, und ich erzähle ihm von unserem Plan mit den Trainingscamps.

»Erwartet aber nicht zu viel von den Camps. Bei uns gibt es keine europäischen Standards, am ehesten vielleicht in Sululta. Aber ich habe noch einen Vorschlag: Es gibt auch Läufergruppen hier im der Stadt. Eine Gruppe trifft sich jeden Mittwoch und läuft regelmäßig auf die Entoto-Hügel hinter der britischen Botschaft …«

»Mittwoch – das ist ja übermorgen! Wann genau?«

»Zum Tagesanbruch!«

»Wann ist das?«

»Null Uhr!«

»Mitternacht?«

»Nein, kennst du denn die äthiopische Uhr nicht? Sie beginnt bei Sonnenaufgang, das ist nach eurer Zeitrechnung so um 5.30 bis 6 Uhr. Bei einer Verabredung mit einem Äthiopier musst du dich immer vergewissern: Meint er äthiopische oder europäische Zeit?«

»5.30 Uhr? So früh? Weißt du denn nicht, dass Zeitungsjournalisten Langschläfer sind. Weil sie ja meistens bis abends zur Deadline in der Redaktion sind.«

»Okay, dann kann ich mich ja umhören. Ich kenne einige von den Leuten, die dort laufen. Das ist ja auch mein Job. Ich bin schließlich ein Blogger, der Themen und Geschichten aufschnappt und ins Netz stellt.«

Und ein Blogger, geht mir nun durch den Kopf, der verdammt gut Bescheid weiß.

18. August, Addis Abeba

Aus irgendwelchen organisatorischen Gründen können wir das erste Trainingscamp erst morgen besuchen.

Also werden Haile und ich heute Vormittag den Markt besuchen. Den Nachmittag will ich darauf verwenden, so viel wie möglich im Internet über Äthiopien und das Laufen hier zu recherchieren.

Addis' Markt gilt als der größte Ostafrikas.

Das erinnert mich sofort an die »Afrikahalle« auf der Weltausstellung EXPO, die im Jahr 2000 in Hannover stattgefunden hat und über die ich als Journalist berichtet habe. Sie war meine Lieblingshalle und bestand aus einem einzigen riesigen Markt, auf dem lauter exotische Sachen angeboten wurden, von denen etliche nun in meiner Wohnung stehen und hängen: Masken gegen allerlei Zauber und Krankheiten, ein dreibeiniger Zebra-Hocker und ein aus schwerem Holz geschnitzter Beistellhocker in Form eines sich niederkauernden Mannes, der die Stellplatte auf dem Kopf balanciert. In der Afrikahalle wurde geredet, musiziert und getanzt.

Aber es war »nur« eine Ausstellung und nicht die Realität – wie ich nun feststellen muss, als wir durch das Mercato-Viertel gehen. Hier ist es gar nicht so schön bunt, die Verkäufer haben ihre Waren einfach auf der Straße ausgebreitet: vor allem Lebensmittel, Obst und Gemüse von den Feldern der Umgebung sowie Holz zum Heizen. An anderen Stellen sieht es aus wie in der Trödlerstraße in Berlin-Kreuzberg: abgepackte Waren, Ramsch und Müll liegen einfach irgendwie herum, ohne jede erkennbare Ordnung.

Nur weil Haile sich hier so gut auskennt, finden wir auch einige Schuster und Händler, die Schuhe verkaufen. Die Schuster fertigen Schlappen und Sandalen, deren Sohlen aus Stücken gebrauchter Autoreifen bestehen. Und die Händler verkaufen billigste Schuhmodelle »Made in China«.

Auch nicht die kleinste Spur von unseren Sneakers.

Außerdem sind die Menschen nicht besonders freundlich, sie blicken mich zum Teil finster an, ja, sie decken sogar ihre Waren zu und verlangen Geld fürs Fotografieren. Und so bringt mich Haile nach einem kleinen Imbiss doch schon am frühen Nachmittag wieder zurück ins Hotel.

Dort sitze ich den Rest des Tages mit meinem Notebook im Wifi-Bereich und versuche alles herauszubekommen über die Lauftrainingslager und die Frage, die mich besonders beschäftigt: Warum sind die Äthiopier so gute Läufer? Mal sehen, vielleicht ergibt sich daraus ja Stoff für meine Kolumne über die Sneakers-Mythen.

20. August, mittags im Lauftrainingscenter von Sululta

Als Erstes besuchen wir das Trainingscamp in Sululta. Es liegt nur 20 Kilometer nördlich von Addis und wurde von Haile Gebrselassie gegründet – einem der Laufgötter der Äthiopier.

Allerdings brauchen wir für die Fahrt hierher fast zwei Stunden. Denn zunächst müssen wir aus Addis herauskommen, wo zu morgendlicher Stunde wie in jeder Hauptstadt der Berufsverkehr für endlose Staus und ein ohrenbetäubendes Hupkonzert sorgt.

Ich sehe so gut wie keine Verkehrsschilder – es würde sich sowieso niemand daran halten. Im Prinzip herrscht Rechtsverkehr, trotzdem kommen einem häufig Autos, Motorräder und Radfahrer auf der rechten Seite entgegen, überholt wird auch von beiden Seiten.

Dann endlich sind wir aus der Stadt heraus, und es geht noch etwas bergauf, denn Sululta liegt auf 2750 Metern Höhe. Der Ort ist von einer Bergkette umgeben, die ihm einen malerischen Anstrich gibt. Wenn da nicht dieser ständige Autoverkehr wäre.

Als wir ankommen, bin ich irritiert: Das Camp liegt mitten in einer Art Kleinstadt aus zahllosen Häusern mit Wellblechdächern direkt an der großen Verkehrsstraße, die von Addis nordwestlich nach Bahar Dar führt.

Das Camp selbst jedoch entpuppt sich als sehr komfortabel, im Grunde ist es eine moderne Hotelanlage. Sie hat – wie uns der Manager Lucky gern zeigt – einen großen Garten mit zahlreichen Pavillons, einen großen Swimmingpool und eine Sauna. Die Zimmer sind tadellos eingerichtet und verfügen über Fernseher und Wifi-Empfang. Für das Training steht ein voll ausgestatteter Kraftraum zur Verfügung, und direkt auf der gegenüberliegenden Straßenseite befindet sich die sogenannte Tartanbahn, eine 400 Meter lange Aschebahn.

Wirklich alles okay?

Gestern habe ich im Internet gelesen: Eine bekannte deutsche Läuferin hatte sich vor zwei Jahren entschieden, hier ein Höhen-Ausdauertraining zu absolvieren – und ist nach wenigen Trainingseinheiten entnervt wieder abgereist. Sie hatte damit gerechnet, dass das Trainingscenter in einer ländlichen Region gelegen ist. So sieht es auf der Webseite auch aus. Doch tatsächlich befindet sich das Sporthotel an der viel befahrenen Landesstraße 3. Auf deren Seitenstreifen musste sie laufen, gemeinsam mit zahlreichen Fußgängern, Fahrradfahrern und ganzen Tierherden. Bürgersteige gibt es in Afrika nirgends. Nur die großen Boulevards in Addis bilden da eine Ausnahme.

Und dann sind wir bei meinem Thema: die Äthiopier und ihre Sportschuhe. Lucky schaut sich das Bild unserer Schuhe lange an und überlegt mit halb zugekniffenen Augen. Dann schüttelt er den Kopf. »Nein, solche Schuhe habe ich noch nicht gesehen. Viele Läufer tragen ganz abgelaufene Schuhe. Manche laufen auch barfuß. Solche Schuhe würden mir wohl auffallen.«

Am Nachmittag fahren wir zurück nach Addis und stehen stundenlang im Feierabend-Stau.

Abends beginne ich meinen neuen Beitrag über die Sneakers-Mythen zu schreiben:

Lauf- und Sneakers-Mythen III:
Warum sind Äthiopier und Kenianer so gute Läufer?

Auf diese Frage gibt es etliche Antworten – hier die überzeugendsten:
1. »Es liegt an der Milch!« Diese Antwort geben alle befragten Mütter der Läufer. Die Mütter meinen nicht ihre eigene, sondern die Milch ihrer Kühe, mit der sie ihre Kinder großziehen. Die äthiopischen Kühe liefern so ergiebige Milch, weil sie frei in der Steppe herumlaufen und nur die besten Gräser und Kräuter fressen. Sie sind der Stolz der ganzen Familie. Die Bedeutung einer Familie konnte man jahrhundertelang an der Größe ihrer Rinderherde ablesen.
2. »Das Last-Kraft-Verhältnis unserer Körper ist besser als bei den Weißen«, meint Billy Konchellah, zweifacher Weltmeister im 800-Meter-Lauf. Billy gehört dem in der kenianischen Steppe lebenden Stamm der Massai an. Die Massai sind groß und sehr schlank. Ihre Arme und Beine sind im Verhältnis zum Körper viel länger als beispielsweise bei einem typischen Europäer. Sie ziehen seit Jahrhunderten mit ihren Herden durch den Busch und sind immer in Bewegung. Deshalb sieht man bei ihnen auch keine dicken Kinder.
3. Die Kinder in Ostafrika laufen die ganze Zeit barfuß. Dadurch bekommen sie viel kräftigere Beine, die beim Laufen wie eine natürliche Federung wirken.
4. Es liegt an der Höhe. Weil das Hochland von Äthiopien und Kenia auf 2000 Metern liegt, haben die Läufer in der dünnen Luft ein viel größeres Lungenvolumen entwickelt. Dies führt beim Marathonlauf in nor-

maler Höhe zu einer größeren Sauerstoffzufuhr: Der Läufer kann mehr leisten.

5. Die gute Luft! In den weiten Steppen gibt es keine Umweltverschmutzung und wenig Pollen. Die Buschleute entwickeln kaum Allergien, und ihre Lungen sind kräftig und gesund.

6. »Es liegt weder an der Milch noch an der Luft«, urteilt Kipchoge Keino, der legendäre Olympiasieger von 1968 und 1972. »Es gibt kein Geheimnis – außer harte Arbeit.«

Fazit: Auch in unserem Zeitalter der Wissenschaften lässt sich das Rätsel nicht lüften. Und das ist vielleicht auch gut so. Denn wären die Gründe bekannt, würden andere Nationen versuchen, ihre Läufer gezielt nach diesen Kriterien heranzuziehen. So aber kommen die besten Läufer der Welt aus einer unterentwickelten Region Ostafrikas und zudem aus der Wiege der Menschheit.

22. August, auf der Didda-Hochebene südöstlich von Addis Abeba

Heute geht es zusammen mit Birgit Blumthaler und ihrem Fahrer nach Asela und Bekoji, zu zwei weiteren berühmten Lauftrainingscamps. Sie befinden sich auf dem Didda-Plateau rund 200 Kilometer südöstlich von Addis.

Wir fahren zunächst durch die Stadt und auf der großen Hauptstraße weiter nach Debre Zeyt. Dabei lässt sich die Hackordnung auf den Straßen Afrikas beobachten: Der Stärkste hat Vorfahrt. Lkws und Busse drängen alle anderen aus dem Weg, ganz unten in dieser Ordnung rangieren die Fahrzeuge ohne Motor und ohne Hupe: Fahrräder, Eselskarren und Pferdekutschen. Nur vor Kamelkarawanen, die tatsächlich noch in Nord- und Westäthiopien anzutreffen sind, nehmen sich alle anderen in Acht. Nicht aber vor Fußgängern und Läufergruppen, die deshalb immer wieder auf den Randstreifen oder in den Straßengraben ausweichen müssen.

Hinter Debre Zeyt führt eine kleine Landstraße hinauf auf ein Hochplateau. Und sofort ändert sich die Umgebung: Um uns herum erstreckt sich eine liebliche Hügellandschaft. Die endlosen Wiesen heben und

senken sich ganz sanft. Der Himmel scheint zum Greifen nah. Und das Leben hier geht einen gemütlichen Gang, selbst unser Fahrer hat das Tempo gedrosselt.

Wir tuckern gemächlich durch die Gegend und lassen mehrere Dörfer hinter uns, darunter auch Asela, das wir uns auf dem Rückweg anschauen wollen. Schließlich geraten wir am Rande eines Ortes in ein buntes, wimmelndes Treiben.

Wir haben das auf 2810 Höhe liegende Bekoji erreicht – an einem Markttag. Während mich der Mercato in Addis eher enttäuscht hat, komme ich hier doch noch auf meine Kosten: Markt als eine Lebensform. Die Frauen haben sich schön angezogen, sind mit ihren Waren in den Ort gekommen und haben ihren Stand aufgebaut. Nun verbringen sie den ganzen Tag dort. Sie reden mit ihren Nachbarinnen, und die Standbesitzer lächeln die Passanten an und fordern sie auf, die Waren in Augenschein zu nehmen oder ein Foto zu knipsen. Angeboten wird vor allem Selbstangebautes, -gesammeltes und -gemachtes: Kartoffeln, Karotten, Kohlköpfe, sorgfältig gewaschen und zu kleinen Haufen aufgetürmt. Feuerholz und leere Flaschen sind auch dabei, ebenso werden Bier und Schnäpse aus eigener Herstellung angeboten. Nur schwer kann ich mich von diesem entspannten Treiben lösen.

Aber wir sind ja wegen etwas anderem hier, denn Bekoji ist *das* äthiopische Dorf der Läufer. Weltmeister und Olympiasieger sind hier geboren oder haben zumindest hier trainiert. Beinahe hätte ich das Trainingscamp übersehen, aber unser Fahrer ist wachsam. Er hat sich erkundigt und zeigt auf eine Versammlungshalle mit Wellblechdach.

Dort treffen wir den Mann, den hier alle nur den »Coach« nennen. Sentayehu Eshetu ist nicht besonders groß, und mit seiner gelben Baseballmütze hat er so gar nichts von der Ausstrahlung eines Welttrainers. Doch er war es, der viele Weltklasseläufer entdeckt und trainiert hat.

Wir sollten einmal um 7 Uhr morgens hier erscheinen, sagt er uns. Dann könnten wir die ganze Mannschaft erleben: 150 bis 200 Läufer, die sich täglich um diese frühe Morgenstunde auf einer Wiese oberhalb des Dorfes zur wichtigsten Trainingseinheit des Tages treffen.

Unter ihnen sind viele noch unentdeckte Talente, erklärt er uns. Doch er hat gelernt, nicht nur auf die Beine und die Körper seiner Läufer zu achten. Wichtig ist auch die innere Einstellung, denn ein Läufer muss mit vielen Widerständen fertig werden: Egal wie er sich fühlt, er muss sich täglich zum Training zwingen, er muss mit Rückschlägen fertig werden und nach Niederlagen immer wieder aufstehen.

»Nur wer alles andere in seinem Leben dem Laufen unterordnet,

schafft es ganz nach oben«, erzählt er uns. »Und deshalb müssen Beine, Herz und Kopf zusammenpassen.« Und dafür hat der Coach einen Blick.

Inzwischen sind wir am »Stadion« angekommen, das kaum seinen Namen verdient: eine ovale aus dem Grasboden gestampfte 400-Meter-Bahn und dazu ein kleiner Unterstand. Schlagartig begreife ich: Der Ort, an dem so bedeutende Läufer aufwuchsen und trainierten, besitzt kein richtiges Trainingscamp. Das »Camp« besteht aus einer kleinen Halle, dem Coach und dem provisorischen Stadion. Wenn hier einer der Nachwuchswettbewerbe durchgeführt wird, müssen die Teilnehmer erst einmal das ständig nachwuchernde Gras mit seinem Wurzelwerk entfernen, erst dann können sie auf der Aschenbahn ihre Runden drehen.

Trotz der spartanischen Gegebenheiten kommen die Renndirektoren der großen Marathons von London, Berlin, Sydney und New York hierher. Schließlich sind sie immer auf der Suche nach neuen Talenten. Und wenn sie da sind, geben die jungen Läufer ihr Bestes. Diese Manager hüten sozusagen den »Schlüssel zum Paradies«. Sie können das begehrte Visum für Länder in Europa, für die USA oder Australien vergeben.

Schließlich zeigen wir dem Coach das Bild unserer Sportschuhe.

»Nein, diese Schuhe habe ich noch nicht gesehen. Aber garantieren will ich das nicht. Denn ich achte nicht so sehr auf die Schuhe. Ich rate den Läufern sogar, so lange wie möglich barfuß zu laufen. Das stärkt das ganze Bein.«

Später lese ich: 2200 Birr, rund 80 Euro, bekommt der Coach monatlich für seine Arbeit. Selbst ein Moped kann er sich nicht davon leisten, mit dem er seine Schützlinge während ihrer langen Läufe begleiten könnte.

Am frühen Nachmittag verabschieden wir uns von Bekoji, seinen Läufern und seinem Markt und fahren zunächst die rund 20 Kilometer bis zum nächsten Dorf, nach Asela. Von hier kommen ebenfalls zahlreiche bekannte Sportler, unter anderen Haile Gebrselassie. Wie in Sululta gibt es ein Sporthotel mit Trainingsmöglichkeiten: das Derartu Hotel. Wie der Name des Hotels nahelegt, gehört es der in Bekoji geborenen Langstreckenläuferin Derartu Tulu Gemechu. Sie ist zweimalige Olympiasiegerin und Weltmeisterin im 10 000-Meter-Lauf, sechsmalige Weltmeisterin im Crosslauf und *das* Vorbild der äthiopischen Läuferinnen. Weil sie gerade nicht da ist, hinterlassen wir eine Nachricht und ein Foto von unseren Sneakers.

Auf dem Rückweg fasse ich gegenüber Birgit noch einmal zusammen: »In Sululta und in Asela gibt es nur ein privates Trainingslager und in Bekoji sogar nur eine Gras-Rennbahn. Dabei habe ich im Internet gelesen: Bereits vor einigen Jahren wurde angekündigt, dass ein großes Internationales Trainingszentrum mit Stadien und Kongresszentrum hier in der Nähe von Sululta errichtet werden sollte.«

»Ja«, antwortet Birgit. »Es sollte eigentlich schon längst fertiggestellt sein. Doch wie so häufig in Äthiopien: Die Projekte verlaufen einfach im Sande. Gelder verschwinden, weil korrupte Beamte und Politiker sie umleiten – direkt oder indirekt in die eigenen Taschen oder in die ihrer Verwandten und Bekannten. Und nach einiger Zeit verlieren die Organisationen und Finanziers aus dem Ausland die Geduld und ziehen sich wieder zurück. Ich zeige dir nachher mal etwas.«

Deshalb halten wir später in einem Vorort von Addis an einem Lebensmittelgeschäft.

»Eine Mitarbeiterin unseres Hauses hat mich darauf aufmerksam gemacht, dass hier Reis und Getreide aus UNO-Beständen verkauft werden.« Das sind Lebensmittel, die von der Hilfsorganisation der Vereinten Nationen aufgekauft wurde, um sie kostenlos zu verteilen: »Nicht zum Verkauf bestimmt« steht auf den Säcken.

»Das darf eigentlich nicht sein«, sagt Birgit.

»Kann man dagegen nichts tun?«

»Niemand regt sich darüber auf. Wenn ich jetzt die Behörden darüber informierte, würde nichts passieren.«

Als ich ein Foto von den Säcken machen will, kommt der Ladenbesitzer schimpfend auf mich zu und stößt meine Kamera weg. Sehe ich hier eine der Antworten auf die Frage, warum Äthiopien trotz all der Hilfe und der guten Ansätze wirtschaftlich und sozial nicht von der Stelle kommt?

»Natürlich gibt es Korruption und Hunger – wie fast überall in Afrika«, erklärt mir Haile am Telefon, als ich ihm von unserem Erlebnis berichte. Eigentlich will ich mich nur mit ihm für den Abend verabreden. »Aber wenn du nur die negativen Seiten siehst, bekommst du ein falsches Bild von Äthiopien.«

»Was läuft denn gut?«

»Einiges! Das Wichtigste: Unsere Bevölkerung wächst zwar immer noch, aber spürbar langsamer. In den vergangenen 20 Jahren ist die Zahl der Kinder, die unsere Frauen im Schnitt gebären, von 7,1 auf 4,6 zurückgegangen.«

»Woran liegt das?«

»Zum einen an der Bildung. Wir haben heute zwanzigmal mehr Schulen und Universitäten als vor 20 Jahren. Zum anderen an dem steigenden Wohlstand. Äthiopien verzeichnet seit dieser Zeit ein ständiges Wirtschaftswachstum.«

»Warum führen Bildung und Wohlstand zum Rückgang der Geburten?«

»Wenn die Frauen zur Schule gegangen sind, beginnen sie mit Familienplanung: Sie wollen nicht mehr so viele Kinder haben. Die Einkommen steigen und durch bessere Gesundheitsvorsorge sinkt die Kindersterblichkeit, also brauchen sie nicht mehr so viele Kinder zur sozialen Absicherung im Alter wie früher. Du – ich muss jetzt auflegen. Bis später!«

Kapitel 8

WER KENNT DEN GROSSEN SNEAKERS-DOKTOR? NUR EINE LIST FÜHRT UNS ZUM ZIEL

22. August, abends, Addis Abeba

So viel ich auch über Land, Leute und Läufer lerne – die Herkunft unserer Sneakers bleibt weiter ungeklärt. Mitarbeiter vom Kulturinstitut haben inzwischen auch die weniger bekannten Lauftrainingslager und weitere Schuhhersteller kontaktiert und haben telefonisch oder per Mail nach unseren Sneakers und dem dazugehörigen Läufer gefragt. Die Antworten aber sind negativ: Nein, das Modell kennt man nicht. Aber man wäre in der Lage, solche Schuhe … das Übliche, aber immerhin ehrlich.

Niemand weiß etwas.

Zum Glück treffe ich mich an diesem Abend noch einmal mit Haile, um mit ihm ein traditionelles äthiopisches Bier zu trinken: Talla. Das brauen die Äthiopier aus gekeimtem Getreide selbst. Es ist dickflüssiger und stärker als deutsches Bier – und auf jeden Fall weniger rein, auch was mögliche Krankheitskeime angeht. Das ist mir im Moment jedoch egal, dann kann ich wenigstens darüber eine bewegende Geschichte schreiben.

Haile fragt mich nach den letzten Ereignissen. Ich antworte und nehme nach jedem zweiten Satz einen Schluck Talla. So komme ich langsam in Fahrt.

»Was soll ich denn noch versuchen?«

Gemeinsam gehen wir alle Möglichkeiten durch: Behörden fragen, Informanten ausschicken, eine Prämie für den Finder ausschreiben. Die meisten Möglichkeiten benötigen jedoch Geldmittel, über die wir nicht verfügen.

Doch dann hat Haile eine weitere Idee: »Wie wäre es mit einer Art

Suchplakat oder sagen wir -zettel? Den könnten wir überall in der Stadt ankleben und verteilen.«

»Aber was sollen wir draufschreiben? Wir suchen die und die Sneakers? Wem gehören sie?«

»Nein, so läuft das hier nicht. Wir wollen euch auskundschaften und dann: Tschüss! Mit dieser Botschaft kann man niemanden in Äthiopien locken. Wir Äthiopier wollen Geschichten hören, wir wollen Teil einer Geschichte sein.«

Ich bestellen uns zwei weitere Biere, und jeder von uns grübelt vor sich hin.

Dabei kommt Haile noch eine andere Idee: »Wir verbreiten über diesen Zettel und über soziale Medien nur ein Foto der Sneakers mit der knappen Botschaft, dass wir den ›großen Sneakers-Doktor‹ suchen.«

»Sneakers-Doktor?«

»Ja, vertrau mir. Wir suchen den Sneakers-Doktor für die ganz außergewöhnlichen, aber kaputten Sneakers, die wir in Deutschland gefunden haben und die dringend repariert werden müssen. Und zwar schnell, denn wir müssen in einer Woche wieder zurück nach Deutschland – mit den heilen Sneakers. Diesen Zettel verteilen wir auf dem Mercato und in der Nähe der Schuhfabriken. Was meinst du?«

»Das ist eine etwas verrückte, aber sau…gute Idee! Und es ist eine tolle Geschichte.«

Ich proste ihm zu.

23. August, Addis Abeba

Unsere Suche hat bisher keinen Erfolg.

Wir können nur abwarten. Und ich kann in Ruhe noch einmal die Mails durchschauen, die in den letzten Tagen angekommen sind und die ich bisher aus Zeitmangel nur kurz überflogen habe.

Da ist eine Mail von Ann-Katrin:

Hallo Werner,
Dir geht es hoffentlich gut und du bist gesund? Was habt Ihr bisher rausgefunden???
Ich trainiere hier alleine weiter. Das ist nicht so unterhaltsam wie mit einem Partner. Vor allem nicht wie mit einem Partner, der etwas untrainierter ist als ich. ☺
Aber ich werde den Marathon in Berlin laufen.
Übrigens, was ich dir noch sagen wollte: Die einen entwickeln Ausdauer beim Laufen, die anderen bei der Recherche. Ich finde es großartig, wie hartnäckig du am Ball bleibst! Kann ich euch unterstützen – außer dass ich am Berlin-Marathon teilnehme?
Deine Ann-Katrin

Ich antworte ihr:

Hallo Ann-Katrin,
entschuldige bitte, dass ich erst so spät reagiere.
Aber wir sind hier ständig unterwegs und haben alle möglichen Fabriken, Märkte und Trainingslager besucht. Von Letzteren wärst du bestimmt enttäuscht – mehr dazu, wenn ich zurück bin.
Doch alle unsere Bemühungen sind bisher erfolglos geblieben.
Und deshalb haben wir jetzt einen Köder ausgelegt – wir, das sind Haile, ein äthiopischer Blogger, und ich. Mal schauen!

Gleichzeitig ist mir etwas Merkwürdiges aufgefallen: Die Äthiopier leben in einem der ärmsten Länder der Welt. Trotzdem strahlen sie so unglaublich viel Würde aus. Und sie sind sehr gastfreundlich. Sie haben keine Angst, dass Fremde kommen und ihnen das wenige, das sie haben, wegnehmen. Sondern sie teilen alles mit uns. Ich glaube inzwischen, dass

die Äthiopier nicht nur Weltmeister im Langlauf sind, sondern auch im Teilen.
Toll, dass du weiter läufst und beim Marathon starten willst.
Was du tun kannst? Du kannst meine Kolumne fortsetzen – im Blatt oder auf deiner Online-Seite. Und dabei mehr das Lauftraining und deine Vorbereitungen auf den Berlin-Marathon in den Vordergrund stellen. Damit die ganze Sache jetzt für die Leser nicht abbricht.
Wie auch immer das hier ausgeht, ich will an dem Thema dranbleiben. Und ich bin froh, hierhergekommen zu sein. Trotz meiner Afrika-Phobie und des bisher geringen Erfolges.
Liebe Grüße
Werner

Eine andere wichtige Mail ist von unserem China-Korrespondenten gekommen:

Hallo Werner,
du hast hoffentlich wieder eine gute Hotelbar gefunden – für die wichtigen Hintergrundgespräche natürlich ...
Und ich drücke euch die Daumen, dass Ihr dort unten mehr Erfolg mit der Sneakers-Suche habt.
Nachfolgend noch einige Recherche-Ergebnisse von mir:
Es gibt eine völlig übersehene Gruppe von Migranten: Chinesen in Afrika! Unbemerkt von der westlichen Öffentlichkeit sind in den vergangenen zwei Jahrzehnten über vier Millionen Chinesen nach Afrika ausgewandert. Für uns Europäer unvorstellbar, oder?
Doch die Chinesen gehen nach Afrika, weil die kommunistische Führung es so will. Denn China investiert viel Geld und Know-how in Afrika. Sie bauen die Infrastruktur – Straßen, Schienen, Häfen und Flughäfen – aus, und chinesische Unternehmen errichten Fabriken und erwerben Ländereien und Abbaurechte beispielsweise für seltene Metalle.

Bereiten sie eine neue Kolonisation vor? Das fragst du jetzt vielleicht. Ich würde sagen: Es ist zwar keine Invasion, nein, vier Millionen Chinesen auf 1,4 Milliarden Afrikaner verteilt – das sind zu wenig. Die verteilen sich auf dem großen Kontinent. Aber eine imperiale Strategie, wie sie die Europäer in den vergangenen Jahrhunderten verfolgt haben? Ja, das ist es schon! Denn die Chinesen wollen sich auf lange Sicht den Zugriff auf Rohstoffe, Lebensmittel und Absatzmärkte sichern.

Beste Grüße aus Shanghai
Joachim

25. August, Addis Abeba

Und dann geschieht das Unglaubliche.

Natürlich haben sich zunächst etliche Schwindler auf unseren Aufruf hin gemeldet. Doch Haile hatte eine Stolperfalle eingebaut: Er hat die Schuhe in einem Detail falsch beschrieben. Und nur die Person, die den Fehler ansprechen würde, könnte die richtige sein.

Und diese Person hat sich tatsächlich am dritten Tag gemeldet. Haile und ich treffen den Mann in einem Café am Rande des Mercato.

Er ist klein und dürr, aber drahtig. Ich kann sein Alter nicht schätzen, er kann Mitte vierzig oder auch schon Mitte sechzig sein. Und er ist sehr zurückhaltend.

Seinen Namen will er uns zunächst nicht nennen, stattdessen erklärt er, dass er sich gar nicht mit uns treffen wollte. Er möchte nämlich keinen Ärger. Ein Bekannter hat ihm jedoch dazu geraten, weil unser Aufruf vielleicht das Zeichen einer höheren Macht oder des Schicksals sein könnte.

Daraufhin redet Haile lange auf ihn ein. Später sagt er mir, was er ihm alles erzählt hat: die weite Reise, die ich unternommen habe, nur um nach dem Besitzer der Sneakers zu suchen, die vielen Menschen in Deutschland, die an der Geschichte Anteil nehmen und wissen wollen, ob es dem ehemaligen Besitzer der Schuhe gut geht. Und Haile erwähnt auch, dass ich mich mit Sicherheit dankbar erweisen werde für seine Offenheit.

Als ich das höre, denke ich spontan: Oh nein, so groß ist meine Reisekasse nicht!

Und tatsächlich: Nach und nach tauen Hailes Worte und zwei Becher äthiopischen Kaffee den Mann auf. Er heißt Ismael, verrät er uns nun doch.

»Ismael hat mein Vater mich genannt. Wir gehörten zu einen der Stämme, die seit Jahrtausenden im Omo-Tal leben.« Er hat dort mit seiner Familie und der Herde nahe am Fluss gewohnt, vier Töchter hat er und zwei Söhne: Abebe und Mammo. »Alles war wunderbar bei uns zu Hause – bis auf eines vielleicht: Die Kinder sind nicht zur Schule gegangen. Vor rund zehn Jahren änderte sich dann alles. Wir sollten umgesiedelt werden, weil auf unserem Gebiet eine riesige Plantage angelegt wurde. Sie wollten das Wasser des Omo mit einer riesigen Mauer aufhalten, um damit Strom zu machen und das Land zu bewässern. Doch unser neues Dorf entstand weit weg vom Fluss, im Hinterland. Das war kein gutes Weideland. ›Das macht nichts‹, sagten sie uns. ›Ihr bekommt gute Jobs auf der Plantage. Irgendwann.‹ Ich habe einige Leute gefragt – von den Hilfsorganisationen und der Kirche. Alle haben gesagt: ›Gute Jobs gibt es nur in Addis.‹ Und so sind wir statt ins neue Dorf gleich hierhergezogen. Am Anfang war es hart. Immerhin konnten die Kinder endlich in die Schule gehen. Aber ich fand keine richtige Arbeit, nur kleine Aushilfsjobs. Wir hatten kaum Geld, und so lebten wir anfangs in einem Slum – bis ich einen festen Job bekam. Schließlich wurde meine Frau schwer krank. Wahrscheinlich lag es an dem schlechten Wasser, das wir in dem Slum hatten.«

Er macht eine Pause und holt hörbar Luft.

»Wir hatten ja keine Ahnung. Bei uns zu Hause konnte man das Wasser trinken.«

Er verstummt, und sein Blick verliert sich.

Nach einer Weile hake ich nach: »Was machen deine Söhne jetzt? Wo sind sie?«

Darauf will Ismael nicht antworten. Er sagt aber etwas zu Haile, das ich erst verstehe, als der es mir übersetzt: »Den ersten Teil der Geschichte hat Ismael uns geschenkt. Doch für den zweiten Teil erwartet er ein Angebot. Vielleicht haben seine Söhne einen Wunsch. Schließlich bist du ja ein mächtiger Ferenji, der Reporter einer großen Zeitung aus dem reichsten Land der Welt, aus Deutschland.«

In zwei Tagen sollen wir uns wieder hier im Café treffen.

Jetzt halte ich also den wichtigsten Faden meiner Geschichte in der Hand. Ich weiß, wer die Sneakers hergestellt hat.

Doch ich muss noch einiges überprüfen, bevor ich alles aufschreiben und nach Deutschland senden kann. Kann es sein, dass die Einheimischen einfach von ihrem Land vertrieben werden, damit fremde Konzerne darauf Lebensmittel anbauen können? In einem Land, das immer wieder von Hungersnöten heimgesucht wird?

Ich beginne gleich am Abend mit der Recherche. Was ich nach einigen Stunden zusammenfasse, klingt wie ein Krimi:

Land Grabbing in Afrika und Asien

»Grabbing« heißt: greifen, ergreifen, aber auch schnappen oder kapern. Und »Land Grabbing« steht inzwischen für die illegale oder zumindest sehr fragwürdige Aneignung von Nutzland.

Schon seit Langem eignen sich große Lebensmittelkonzerne fruchtbares Tropenland an, um dort Produkte wie Kaffee, Kakao oder Bananen für den Export in Industrieländer anzubauen. Seit Beginn des 21. Jahrhunderts erwerben große Konzerne aber auch Anbaurechte für riesige Ländereien, auf denen nicht mehr nur exotische Produkte angebaut werden sollen, sondern vor allem auch Grundnahrungsmittel wie Weizen, Reis und Mais oder Pflanzen zur Energiegewinnung, etwa Bäume für die Palmölgewinnung. Die Gründe dafür sind entweder die Sicherung der eigenen Ernährung, wie im Fall von Saudi-Arabien, oder einfach ein maximaler Profit. Denn auch Grundnahrungsmittel werden immer mehr zu einem Spekulationsobjekt im internationalen Handelsgeschäft.

»Ackerland«, hat einer der klügsten und reichsten Anleger der Welt, Georges Soros, geäußert, »ist zu einer der besten Kapitalanlagen geworden.« Soros selbst hat viel davon erworben, andere Reiche und ganze Staaten machen es ihm nach.

Die Preise für Lebensmittel steigen, weil die Weltbevölkerung wächst und gleichzeitig der Klimawandel dafür sorgt, dass die Anbauflächen schrumpfen. Außerdem wird in aufstrebenden Ländern wie in China mehr Fleisch gegessen, und die Menschen verbrauchen mehr Energie als vor ihrem Wohlstandsleben. Die Weltbank schätzt, dass über 10 bis 30 Prozent des global verfügbaren Ackerlandes in die Hände solcher Großfarm-Konzerne gelangen könnten.

Besonders afrikanische Staaten sind anfällig: Dort ist der Boden offiziell nicht im Besitz der Bauern, die ihn bewirtschaften. Der Boden gilt als Gemeingut, doch deshalb meinen die Regierungen, er befinde sich im Besitz des Staates. Genau dies trifft auf Äthiopien zu. Die äthiopische Regierung erhofft sich von der Verpachtung riesiger Flächen an ausländische Investoren den so dringend benötigten Modernisierungsschub für die Landwirtschaft.

Noch während ich recherchiere, verabrede ich mich per Mail mit Haile für ein Gespräch in der Hotelbar.

Zwei Stunden später berichte ich ihm über meine Recherche-Ergebnisse, und er schließt an: »Ich habe mich auch schlau gemacht: Von den 111,5 Millionen Hektar Land in Äthiopien sollen laut unserer Regierung drei Viertel, also über 80 Millionen, für die Landwirtschaft geeignet sein. Diese Zahl scheint mir viel zu hoch. Denn davon werden eigentlich nur 15 Millionen Hektar von äthiopischen Bauern bestellt. 3,6 Millionen hat die Regierung für ausländische Investoren bereitgestellt. Sie haben eine staatliche Agentur eingerichtet, die für die Verpachtung der Flächen zuständig ist. Wenn es nach denen geht, läuft alles super. Äthiopien profitiert von der Verpachtung, sagen sie. Niemand wird von seinem Land vertrieben, da die Pachtareale überwiegend im dünn besiedelten und unterentwickelten Westen des Landes liegen. Außerdem bringt der Export dringend benötigte Devisen ins Land.«

»Ja, klingt wirklich toll«, ergänze ich. »Die Farmen schaffen Arbeitsplätze, es werden neue Anbautechniken und das nötige Know-how ins Land gebracht, eine moderne Infrastruktur entsteht. Strom, Wasser, Straßen und Krankenhäuser werden in die Dörfer gebracht.«

»Alles Quatsch!«, stößt Haile hervor. »Aus all diesen Hoffnungen wird nichts. Tatsache ist vielmehr: Immer häufiger werden Bauern dafür von ihrem Land vertrieben und umgesiedelt, damit die Großfarmen sich weiter ausbreiten können. Die hier produzierten Lebensmittel werden in die Heimatländer der Konzerne exportiert, ohne dass viele Devisen in unserem Land bleiben. Äthiopien ist weiterhin von Lebensmittelimporten abhängig, und die muss der Staat für viel Geld kaufen. Entgegen aller Versprechen wurden die Dörfer in der Umgebung der Großfarmen nicht mit Strom, Wasser, neuen Straßen, Schulen und Krankenhäusern versorgt. Es werden nur ganz wenige Arbeitsplätze für Erwachsene geschaffen, meist schuften Kinder für wenig Geld auf den Feldern. Auf diese Weise werden sie vom Schulbesuch abgehalten.«

Ich will unbedingt ins Omo-Tal, dort wo Ismael und seine Familie herkommen, oder in eine andere Region, um diese Plantagen zu sehen und mit den Vertriebenen zu reden.

»Ich guck mal, was sich machen lässt«, sagt Haile zum Abschied.

27. August, Addis Abeba

Da sich Haile erst gegen Abend wieder melden wollte, habe ich den Tag noch einmal genutzt, um mit Birgit die nähere Umgebung von Addis zu erkunden.

Auf dem Rückweg habe ich drei wichtige Beobachtungen gemacht: Wenn man sich der Stadt nähert, kann man sehen, dass eine kleine Dunstglocke über ihr liegt.

»Smog vom Autoverkehr?«, frage ich Birgit.

»Nein«, antwortet sie, »das sind die vielen Feuerstellen. In Äthiopien wird traditionell über offenem Feuer gekocht. Auch Kaffeebohnen werden über dem Feuer geröstet.«

»Gibt es denn hier so viel Holz?«

»Nein, das Brennholz wird in den umliegenden Wäldern gesammelt. Brennholzverkäuferinnen bringen es in die Stadt.«

Diese Beobachtung führt zur nächsten: Es fällt auf, dass vor allem Frauen auf dem Randstreifen der Straßen unterwegs sind und zum Teil schwere Lasten tragen. Viele von ihnen mühen sich mit riesigen Bündeln an Holzästen ab.

»Bis zu zehn Kilometer laufen die Frauen am Tag«, erklärt Birgit. »Um die umgerechnet zwanzig Cent für den Bus zu sparen. Die könnten ihnen später fehlen, wenn sie das Essen für die Familie kaufen.«

»Und schwere Lasten schleppen nur Frauen …«

»… weil das eben Frauenarbeit ist, ein Mann würde sein Gesicht verlieren! Und weil die Frauen häufig ihre Kinder ohne die Männer durchbringen müssen. So ist es nach wie vor in vielen Teilen der Welt.«

Darauf fällt mir keine Erwiderung ein, die ich zur Ehrenrettung meiner Geschlechtsgenossen vorbringen könnte.

Erst als ich wieder im Hotel bin und meine Aufzeichnungen durchgehe, erinnere ich mich an eine dritte Beobachtung. Und sie lässt die äthiopischen Männer wieder in einem besseren Licht erscheinen: Wenn man durch die Straße von Addis läuft, fallen die vielen Werkstätten auf. Bei uns werden die meisten Dinge einfach weggeworfen, sobald sie nicht mehr funktionieren oder nicht mehr gebraucht werden. Uns stehen teilweise sechs verschiedene Mülltonnen zur Verfügung: für normalen Müll, für Plastikmüll, Papier, Glas, Elektrogeräte und für Alt-Textilien.Ganz anders dagegen in Äthiopien. Hier wird sehr wenig weggeschmissen. Und das wenige wird von den Ärmsten der Armen noch einmal gründlich durchsucht: Was lässt sich noch essen, was lässt sich noch an Tiere verfüttern, was lässt sich recyceln? Die meisten Dinge jedoch landen gar nicht erst im Müll, weil sie repariert werden. Die Menschen hier reparieren so ziemlich alles, oder sie stellen aus den Teilen wiederum andere Dinge her.

Die äthiopischen Männer scheinen mir zu den besten Handwerkern der Welt zu gehören. Und die Äthiopier, vielleicht alle Afrikaner, sind Weltmeister darin, mit einer unvollkommenen Welt klarzukommen.

Afrika II: Reicher armer Kontinent

Trotz all seiner natürlichen Reichtümer ist Afrika der arme Kontinent – warum?

Das liegt vor allem daran, dass Afrika jahrhundertelang ausgebeutet wurde: Im frühen 16. Jahrhundert benötigten die Rohrzucker- und Tabakplantagen der eingewanderten Europäer in Südamerika und auf den Karibik-Inseln Arbeiter, die auch in größter Hitze schuften konnten. Da die einheimischen Indianer dazu nicht in der Lage waren, begann man, Afrikaner zu versklaven und unter erbärmlichen Bedingungen über den Atlantik zu verschiffen. Auf diese Weise wurden bis ins 19. Jahrhundert hinein ungefähr 10 bis 50 Millionen Afrikaner verschleppt – die erste und grausamste Globalisierungswelle der Neuzeit.

Im Laufe des 19. Jahrhunderts änderten die Industrienationen ihre Strategie: Sie begannen Afrika direkt auszubeuten und verwandelten den Kontinent nach und nach in Kolonien. Im 19. und frühen 20. Jahrhundert wurde Afrika der große Lieferant für Rohstoffe, Gewürze und allerlei exotische Waren. Während im Laufe des 20. Jahrhunderts immer mehr afrikanische Länder ihre Unabhängigkeit errangen, verlagerte sich der internationale Handel und fand hauptsächlich zwischen Europa, Nordamerika und großen Teilen Asiens statt. Afrika war nun der abgehängte Kontinent: Die Länder waren zu chaotisch, die Infrastruktur befand sich in schlechtem Zustand, und der Ausbau des weltweiten Internets wurde an Afrika vorbei durchgeführt. Einzig als Rohstofflager und Müllkippe der Wohlstandsländer dient dieser reiche Kontinent bis in unsere Zeit hinein.

29. August, Addis Abeba, zweites Treffen mit Ismael

Nachdem wir uns begrüßt und Kaffee bestellt haben, fährt Ismael mit seiner Geschichte fort.

Ismael erzählt, dass er in Addis anfangs nur als Schuster auf dem Markt etwas Geld verdienen konnte, indem er Sandalen aus alten Autoreifen und Lederriemen anfertigte. Und für ganz wenig Geld verkaufte. Dort traf er dann einen Bekannten aus ihrem alten Dorf. Und der hat davon erfahren, dass eine neue Schuhfabrik eröffnet werde und gute Handwerker suche. Ismael war glücklich mit dieser neuen Arbeit, und die Familie konnte in eine der Trabantensiedlungen ziehen, die wie ein Gürtel das Zentrum von Addis umschließen.

Bei unseren Fahrten sind wir an einigen solcher Siedlungen vorbeigefahren. Sie sehen nicht viel anders aus als in Europa: endlose Reihen mit mehrstöckigen Wohnhäusern. Pro Eingang leben dort zehn bis zwanzig Familien. Die Häuserreihen sind kaum voneinander zu unterscheiden. Nur Wasser und Strom sind nicht so zuverlässig verfügbar wie bei uns.

Ismaels Familie lebte zu siebt in einer Wohnung mit zwei Zimmern, einer Küche und einem kleinen Bad. Sie hatten genug zu essen, und die Jungs liefen zur Schule und nachmittags durch die Parks – sie waren die Schnellsten ihres Jahrgangs. Deshalb wollten sie auch richtige Marathonläufer werden und im Ausland viel Geld verdienen. Doch obwohl Ismael in einer Schuhfabrik arbeitete, reichte sein Verdienst nicht, um beiden Jungen ordentliche Sportschuhe zu kaufen.

Er hört unvermittelt auf zu reden und nimmt einen kleinen Schluck von seinem Kaffee, verschränkt die Arme und sieht erst Haile und dann mich abwartend an.

»Ich glaube«, versucht Haile zu vermitteln, »Ismael meint: Es wäre jetzt Zeit für eine Übereinkunft. Wenn du mit seinen Söhnen Kontakt willst oder die anderen Sneakers haben möchtest, dann musst du auch etwas dafür tun – das ist nur gerecht.«

Ich verstehe das. Ismael möchte nichts für sich selbst, so ein Mensch ist er nicht. Er will nur, dass es den anderen und besonders seinen Söhnen gut geht. Und so mache wir schließlich einen Deal. Nicht, dass der Chef mich dazu befugt hätte! Der wird mir wahrscheinlich dafür zu Hause den Kopf abreißen, zumindest jedoch feuern.

Ismael will dieses Abkommen unbedingt mit einem Ritual besiegeln: Wir geben uns mit überkreuzten Armen die Hände. Ismael drückt dabei meine beiden Hände mit aller Kraft, nickt heftig und blickt mir eindringlich in die Augen. Nun kommt Haile und umfasst unsere Hände. Er ist Zeuge und Bewahrer unserer Vereinbarung. Ismael will eigentlich anschließend noch eine Ziege schlachten, aber das kann ihm Haile gerade noch ausreden.

Er bittet ihn stattdessen, uns seine Geschichte weiter zu erzählen.

»Da wir also nicht genug Geld hatten, um Sportschuhe zu kaufen, habe ich stattdessen versucht, welche nachzubauen – bei uns daheim. Anfangs habe ich Leder für die Sohle genommen. Aber es war meinen beiden Söhnen zu dünn. Dann habe ich Autoreifen für die Sohlen verwendet. Das wird überall in Afrika so gemacht. Doch sie sahen immer noch nicht nach den Schuhen aus, die die Athleten tragen. Ich brauchte Sohlen, wie sie in den Fabriken der Chinesen hergestellt werden. Also musste ich sie besorgen.«

»Bist du selbst dort hingegangen?«

»Nein, aber wenn du auf dem Mercato die richtigen Leute fragst …« Er unterstreicht seine Wort mit einer spiralförmigen Handbewegung.

Haile übernimmt den Gesprächsfaden: »Der Markt hat nämlich auch eine Schattenseite. Hier wird allerlei Diebesgut gehandelt.«

»Und so sind die Schuhe entstanden? Mit Sohlen, die wahrscheinlich aus einer chinesischen Schuhfabrik geklaut und dann von Ismael auf dem Markt gekauft wurden?«

»Ja!«, bekräftigt Ismael. »Ich habe sie in unserer Küche angefertigt, zwei Paar habe ich gemacht, abends, wenn die Kinder schon schliefen. Für den Schaft habe ich unsere Landesfarben gewählt. Und Weihnachten, wenn wir die Geburt unseres Heilands feiern, habe ich den beiden ihr Paar Sneakers feierlich überreicht mit den Worten: Diese Schuhe werden euch immer sicher an euer Ziel tragen – wie weit und steinig der Weg auch sein wird!«

»Hat die Beschwörung gewirkt?«

»Abebe, der Ältere wurde tatsächlich ein Marathonläufer, der immer wieder in den großen Städten in Europa startet. Dabei führte er seine Sneakers immer mit sich – als Talisman. Sein jüngerer Bruder Mammo wurde kein Läufer, sondern Lehrer. Doch er hatte Pech und wurde entlassen und sogar verfolgt.«

»Gut, das eine Paar kenne ich ja. Das hat mein Chef gefunden. Aber wo ist das zweite, heile Paar?« Jetzt bin ich fast am Ziel. »Hier in Äthiopien oder in Deutschland?«

Darauf erhalte ich keine Antwort.

»Mein Sohn Abebe wird dir alles Weitere erzählen«, sagt Ismael. »Ich soll ihm deine Telefonnummer und E-Mail-Adresse geben, hat er mir gesagt. Er wird sich bei dir melden. Unsere gemeinsame Wegstrecke endet hier, mein Freund.«

30. August, Addis Abeba

Haile hat mich heute Morgen angerufen.

Unsere Fahrt in den Süden, ins Omo-Gebiet, kann nicht stattfinden. Dort sind Unruhen ausgebrochen, wie schon so häufig in der letzten Zeit. Es hat Tote und Verletzte gegeben. Die unabhängigen Medien berichten: Die Leute wollten gegen den Landraub demonstrieren. Doch die Regierung lässt verlautbaren: Es habe Ausschreitungen zum Sturz der Regierung gegeben. Die Polizei habe lediglich darauf reagiert – hart, aber gerecht.

Wenn ich jetzt als westlicher Journalist dort auftauche, kann man mich festsetzen, warnt mich Haile. Oder Schlimmeres.

»Für dich gibt es da nichts zu sehen«, erklärt er mir. »Polizei und Militär stehen dort entlang der Straßen und Plätze. Und dazwischen Menschen, die sich hin und wieder zusammenrotten und wieder auseinandergetrieben werden. Das Risiko ist für dich zu hoch. Wir haben keine Pressefreiheit wie bei euch in Europa. Ein Freund und Kollege ist wegen solch einer Recherche zu drei Jahren Gefängnis verurteilt worden. Mich kennen sie auch schon.«

Und nach einer kurzen Pause fügt er hinzu: »Selbst ein Reporter der mächtigen BBC wurde vor Kurzem verhaftet – er war noch keinen halben Tag im Omo-Tal. Die Regierung ist sehr nervös: Man will Berichte auf jeden Fall verhindern. Niemand soll erfahren, wie explosiv die Lage dort ist. Die Stämme werden von den vordringenden Bulldozern immer weiter zurückgedrängt. Die Männer der Bod, Musai und Hamer sind deswegen sehr wütend – und sie besitzen alle Kalaschnikows.«

»Maschinengewehre? Wieso das denn?«

»Die haben sie früher gekauft, um sich gegen die Rinderdiebe der anderen Stämme zu wehren. Doch inzwischen erkennen sie, dass sie zusammenhalten müssen. Ihr neuer gemeinsamer Feind ist das Plantagenprojekt. Ich war einmal bei einem Stamm – als Touristenführer getarnt. Die Männer sitzen zusammen, die Sonne geht um sechs Uhr unter, und der Abend ist lang. Sie trinken und reden, reden und trinken. Irgendwann sind sie betrunken, und ihre Wut schaukelt sich immer weiter hoch. Manchmal laufen dann einige runter in die neue Siedlung und rächen sich an einem der Bewohner oder an einem der Wachleute.«

All diese Informationen und meine Enttäuschung muss ich erst einmal verdauen. Jetzt bin ich so nahe dran und doch so weit weg. Anscheinend kann ich hier nichts mehr tun.

Abends erfahre ich vom Reisebüro, dass der nächste mögliche Flug in Richtung Heimat erst übermorgen in aller Frühe geht.

Und so habe ich noch etwas Zeit.

Einen Wunsch habe ich nämlich noch: Vor der Abreise möchte ich unbedingt ins Nationalmuseum. Wegen ein paar kleiner Knochen – aber an ihnen hängt die ganze Geschichte der Menschheit.

31. August, vormittags, Äthiopisches Nationalmuseum in Addis Abeba

Ist Lucy die Mutter aller Menschen? Diese Frage stelle ich mir, als ich zusammen mit Birgit und Haile das äthiopische Nationalmuseum in Addis besuche. Hier werden Zeugnisse der langen äthiopischen Kultur gezeigt. Das ganze Untergeschoss, in dem wir schließlich landen, führt in die Frühgeschichte Ostafrikas. Neben den Knochen vieler ausgestorbener Tiere wie den Dinosauriern sind hier so viele Funde von Frühmenschen versammelt wie nirgendwo sonst auf der Welt.

Und dann stehen wir vor der Vitrine mit dem Skelett des ältesten aufrecht gehenden Menschen, das jemals entdeckt wurde: »Lucy« – rund 3,2 Millionen Jahre alt, gefunden im Nordosten Äthiopiens. So kann man es jedenfalls auf dem Schild lesen. Es ist das Skelett eines jungen Mädchens, aber ganz stimmt das auch nicht. »Lucy« – so werden die 47 gefundenen Knochen bezeichnet, die rund 20 Prozent eines vollständigen Skeletts ausmachen.

»Wir sehen hier eine vervollständigte Kopie«, erklärt Birgit. »Doch immerhin befinden sich die Originalknochen nach einem längeren USA-Aufenthalt mit mehreren riskanten Umzügen seit 2013 wieder hier im Archiv des Nationalmuseums.«

»Und eine kleine Recherche gestern Abend hat ergeben«, werfe ich ein, »dass es inzwischen Knochenfunde von Frühmenschen gibt, die 5,4 Millionen Jahre alt sind, also rund zwei Millionen Jahre älter als Lucy.«

»Aber Lucy ist eben bekannter«, erklärt Haile. »Der Name ›Lucy‹ wurde dem Skelett auch nicht von uns Äthiopiern, sondern von den britischen Entdeckern gegeben. Die hörten an jenem Abend im Jahr 1974 gerade den Song ›Lucy in the Sky with Diamonds‹ von den Beatles. Wir Einheimischen nennen sie ›Dinknesh‹, ›du Wunderbare‹! Was diesem ›Mädchen‹ gerechter wird, denn immerhin steht es für den Anfang der Menschheit.«

Inspiriert von »Dinknesh« beginnen wir bei einer Pause im Museumscafé eine kleine Betrachtung über die Änfänge der Menschheitsgeschichte.

»Ist es nicht interessant«, beginne ich, »kaum hatten sich unsere Vorfahren entwickelt und waren aus dem Wald in die Steppe gezogen, taten sie zwei erstaunliche Dinge: Sie fertigten Steinwerkzeuge an und zogen in die Welt hinaus. Diese unstillbare Neugierde führte dazu, dass wir Menschen, unterbrochen von kleineren und größeren Ruhepausen, bis heute auf Wanderschaft sind.

So hat die Menschheit gleich mehrmals hintereinander die Erde erobert.«

Birgit nimmt den Faden auf. »Vor rund 1,6 Millionen Jahren tauchte Lucys Nachfolger auf: *Homo erectus* – lateinisch ›der aufgerichtete Mensch‹. Ein besonders gut erhaltenes Skelett stammt aus dem Norden

Kenias: ›Der Junge vom Turkana-See‹ ist ein noch nicht ausgewachsener Mann. Er hat eine Körpergröße von 1,60 Metern, erwachsen wäre er wohl 1,80 Meter groß geworden, rund 50 Zentimeter größer als Lucys Verwandte. Und dann hat sich der *Homo erectus* auf Wanderschaft begeben. Seine Anwesenheit konnte für die Zeit vor 1,5 Millionen Jahren in Palästina und im Südkaukasus nachgewiesen werden. Vor 600 000 Jahren kam er in Mitteleuropa an. Schließlich entwickelte sich vor rund 200 000 Jahren unsere Gattung, der *Homo sapiens*, der ›weise‹ oder ›wissende Mensch‹. Und dessen älteste Funde stammen wiederum aus dem Omo-Tal.«

Haile fährt fort: »Die ersten Menschen waren drahtige Jäger, und ihre tiefbraune Hautfarbe hat sie gut vor der Sonne geschützt. Sie lebten in kleinen Gruppen und jagten mithilfe von Speerschleuder, Pfeil und Bogen. Während der Jagd haben sie die Tiere zu Tode gehetzt. Antilopen zum Beispiel sind zwar gute Sprinter, müssen aber bald pausieren, um wieder abzukühlen. Der Mensch dagegen entwickelte sich schnell zu einem echten Marathonläufer – er konnte stundenlang in hohem Tempo den Tieren hinterherlaufen, weil er durch Schwitzen die überschüssige Körperwärme nach außen transportiert. Auf diese Art jagen die Jäger in der Kalahari-Wüste noch heute.«

»Ja, genau. Und währenddessen breitete sich der *Homo sapiens* auf dem ganzen afrikanischen Kontinent aus«, schließt Birgit an. »Vor rund 60 000 Jahren begann er, nach und nach den gesamten Planeten zu erobern. Aber während die Menschen in den fruchtbaren Gebieten Asiens, Europas und Amerikas vor allem Landwirtschaft betrieben und sesshaft wurden, blieben sie in Zentral- und Ostafrika Nomaden.«

»Während die Menschen in Europa und Asien zum Stehen und dann zum Sitzen gekommen sind, sind sie in Ostafrika weiter gelaufen!«, fasse ich zusammen. »Und die besten von ihnen jagen heute überall in der Welt Medaillen hinterher. Vielleicht lässt sich unsere ganze Geschichte unter dem Aspekt des Laufens und Wanderns viel besser verstehen, als wenn wir nur die Hochkulturen betrachten. Und die Nomaden als weniger entwickelt einstufen.«

31. August, Rückflug Addis Abeba–Frankfurt

Der Flug mit dem Dreamliner und seinen großen Sichtfenstern erscheint abermals wie ein Panoramaflug, doch jetzt habe ich ganz andere Gefühle dabei.

Ich sitze hier in diesem Flugzeug, in einem der modernsten Errungenschaften der Technik. Die Sahara unter uns kommt mir vor wie ein schönes Gemälde, ein zu schönes Gemälde – geschaffen für Touristenaugen. Doch da unten, das weiß ich inzwischen, sind nicht nur einige, sondern Tausende Menschen unter erbärmlichsten Bedingungen unterwegs. Beim Versuch, Europa zu erreichen, bleiben viele von ihnen wortwörtlich »auf der Strecke«. Bisher war mir diese Tatsache nur aus den Medien bekannt.

Kapitel 9

ABEBES UND MAMMOS GESCHICHTE. INNERHALB VON ZEHN JAHREN VON HIRTENJUNGEN ZU WELTENBÜRGERN – MIT KLEINEN SCHÖNHEITSFEHLERN

31. August, spätnachmittags, über dem Mittelmeer

Im Dreamliner haben wir sogar Internet-Empfang. Während ich noch über dem Mittelmeer und Italien schwebe, tritt Abebe in mein Leben – in Form einer E-Mail, geschrieben in holprigem Englisch. Für die Geschichte habe ich alles übersetzt und sprachlich geglättet.

Erste E-Mail von Abebe

From: abebe.runner@ethiopian-hotmail.et
Betreff: Hallo!

Mein Name ist Abebe, ich bin der Sohn von Ismael, dem »Sneakers-Doktor«, wie ihr ihn genannt habt. Dieser Name gefällt ihm.
Er hat mir erzählt, was ihr alles unternommen habt, um den Besitzer der Sneakers zu finden. Dabei war ich die ganze Zeit in eurer Nähe.
Ich bin in Deutschland, aber wir lesen hier, wo ich untergebracht bin, keine Zeitung aus deiner Heimatstadt. Wir lesen überhaupt keine Zeitung aus Deutschland. Keiner von uns beherrscht eure Sprache gut genug. Außerdem wollen die Leute, die das Laufcamp leiten, verhindern, dass wir zu viel Informationen aus Zeitungen, Radios oder dem Internet bekommen. Sie wollen, dass wir laufen und ansonsten machen, was sie uns sagen. Wir sind eine große Familie, erzählen sie uns immer. Aber daran glaube ich nicht mehr.
Ich erzähle dir gern unsere Geschichte. Ich habe ja so nicht viel zu tun

im Augenblick. Wir laufen ein, zwei Trainingseinheiten am Tag. Etwas Gymnastik.
Mehr ist nicht zu tun. Manchmal holt uns der Chef zu einem »Familienabend«.
Sonst kochen wir hier abends zusammen. Injera können wir nicht machen, weil es hier keinen Teff gibt. Also gibt es Fladenbrot aus Hirse oder Weizen.
Hauptsache, die Gewürze schmecken etwas nach Heimat. Und dann reden wir. Aber wir haben uns schon alles erzählt. Jeder kennt die Geschichte vom anderen, und sie sind alle sehr ähnlich.
Darum geht es jetzt aber nicht. Mein Vater hat mir von eurem Abkommen erzählt. Du willst alles über die Sneakers und die Geschichte ihrer Besitzer wissen. Alles kann man nicht erzählen, so lang ist das Leben eines Menschen nicht. Also frag mich etwas. Und ich werde dir ehrlich antworten.

Abebe, früher genannt der Löwe

Ich lese die Mail mindestens zehn Mal, überlege kurz und antworte dann:

Hallo Abebe,
ich bin so froh, dass du dich bei mir meldest.
Du weißt nicht, wie oft ich darüber nachgedacht habe, wer du wohl bist. Und was du mit den Sneakers gemacht hast. Ich könnte zwanzig Fragen auf einmal stellen.
Aber der Reihe nach: Ismael hat erzählt, eure Familie ist erst vor zehn Jahren nach Addis gezogen. Ein wenig hat mir dein Vater schon erzählt, wie und wo ihr vorher aufgewachsen seid. Aber magst du mir mehr erzählen?

Liebe Grüße
Werner

Dann schreibe ich noch schnell eine Mail an meinen Chef und teile ihm mit, dass ich entweder am nächsten Tag gegen Mittag in die Redaktion kommen oder mich gleich daheim an den Schreibtisch setzen könnte.

Er antwortet einige Zeit später: Ich soll zu Hause bleiben, wenn ich dort den ersten Teil meiner Geschichte schneller schreiben kann!

31. August, abends, wieder in meiner Wohnung

In Frankfurt musste ich auf den Intercity in Richtung meiner Heimatstadt warten. Ich habe jede Minute auf mein Smartphone gestarrt, habe aber keine Antwort mehr von Abebe bekommen.

Auch im Zug konnte ich es kaum aushalten, bis endlich kurz vor Kassel mit einem Pling! eine neue Mail von Abebe eingegangen ist. Eine sehr lange, also habe ich mich beherrscht und lese sie jetzt erst daheim.

Allerdings lasse ich den Koffer auf dem Flur stehen, ziehe weder Schuhe noch Mantel aus, sondern schütte mir nur einen Schluck Wasser in ein Glas, setze mich ins Wohnzimmer und werde beim Lesen sogleich in Äthiopiens Wildnis zurückversetzt.

Zweite E-Mail von Abebe

From: abebe.runner@ethiopian-hotmail.et
Betreff: Re: Hallo!

Hallo Werner,
mein Bruder Mammo und ich wurden in eines der Völker im Omo-Tal hineingeboren, eines der Völker, die noch sehr traditionell leben.
Das Omo-Tal ist sehr lieblich: Zwischen Bäumen und Büschen erstrecken sich endlose Graslandschaften. Es ist eine Gegend wie geschaffen für Rinder- und Ziegenherden und Menschen, die mit diesen Rinder- und Ziegenherden leben.
Später habe ich gelernt: Das untere Omo-Tal ist Teil des Rift-Valley.

Es ist das Tal, aus dem die Menschheit stammt. Hier wurden die Überbleibsel der ältesten Menschen gefunden. Und hier lebten seit Jahrtausenden unsere Vorfahren.
In der Trockenzeit fließt der Omo friedlich dahin und wird immer sanfter und flacher. Bis die Regenzeit beginnt. Dann schwillt der Fluss wieder an, wird wilder, tritt über die Ufer und überflutet die Wiesen und Felder.
Unsere Familie lebte als Hirten das ganze Jahr über in einer Hütte in der Nähe des Flusses und baute Hirse und Gemüse an. Wir weideten unsere Rinder- und Ziegenherde auf den Grasebenen, die sich vom Ufer des Omo-Flusses bis hin zu den Bergen erstrecken.
So lebten wir von der Natur und mit der Natur. Und so haben es schon unsere Großeltern und deren Eltern und deren Eltern gehalten, die nun als Geister über die Grasebenen, über den Fluss, unter Bäumen und in Höhlen wachen.
Unser Tag begann, wenn die Sonne aufging und die Welt aus dem gelben Nebel stieg und langsam wieder Formen annahm. Als Erste standen die Frauen und die Kinder auf. Wir Kinder mussten die Tiere melken, während die Frauen ein Feuer an der Kochstelle entzündeten und den Maisbrei darauf anrührten. Wenn die Männer sich erhoben, bekamen sie zum Frühstück den Maisbrei gereicht. Währenddessen mussten Frauen und Kinder die Rinder mit einer Mischung aus Asche und Kuhdung einreiben. Dabei lösten sich die Zecken, und die Tiere waren besser geschützt gegen die Moskitos.
Später am Tag mussten wir Kinder die Tiere zu den Weideplätzen führen und sie beaufsichtigen. Wir waren meist nur mit einem kleinen Umhang bekleidet, der aber ganz praktisch war. Wenn er dreckig war, wurde er im Fluss gewaschen. Eine Stunde lief man nackt herum, und dann zog man ihn wieder an.
Wenn wir einmal freie Zeit hatten, spielten wir mit Stöcken und Töpfen. Daraus haben wir alles Mögliche gemacht: Autos, Flugzeuge, Handys und Gewehre. Zur Schule ging natürlich keiner von uns.
Nur wenn die Herde hinunter an den Omo geführt wurde, um sie zu

tränken, kamen die Männer dazu. Denn der Omo sieht nur auf den ersten Blick wie ein friedlicher, träge dahinfließender Strom aus.
An den sandigen Ufern liegen Krokodile und sperren ihre Mäuler weit auf. Noch gefährlicher sind die vielen Nilpferde, die sich tagsüber im Fluss aufhalten. Im trüben braunen Wasser sind sie kaum zu erkennen. Oft lugen nur Augen und Ohren heraus. Touristen halten sie für harmlos, weil sie so dick sind und sich tagsüber wenig bewegen. Aber Nilpferde sind sehr angriffslustig. Eigentlich lernen wir das von klein auf aus den Erzählungen der Alten. Doch dann ist jemandem zu heiß, und er will sich nur kurz abkühlen – und unterschätzt die Gefahr. Keinem anderen Tier fallen so viele Menschen zum Opfer wie dem Nilpferd. Gefährlich sind neben den Krokodilen und Nilpferden noch die Schakale und Wölfe und hin und wieder auch ein Gepard oder ein Löwe.
Doch unsere Ahnen wachten als Geister überall in unserem Gebiet über ihre Nachfahren.
Das ist alles Vergangenheit. Denn wir wurden aus unserem Paradies vertrieben – und unsere Ahnengeister konnten nur hilflos zusehen.

So viel fürs Erste.
Unser Training beginnt.

Alles Gute,
Dein Abebe

In der Nacht vom 31. August auf den 1. September, an meinem Homeoffice-Platz

Von der Reise bin ich noch ganz aufgedreht und kann nicht richtig schlafen. Also stehe ich mitten in der Nacht auf und recherchiere noch einmal über das Omo-Tal. Die Menschen dort leben noch sehr naturnah und sehen sich nicht als Äthiopier, sondern als Mitglieder ihrer Stämme. Nirgendwo auf der Welt leben so viele verschiedene Völker mit so unterschiedlichen Kulturen auf so engem Raum zusammen: 220 000

Menschen, sechzehn Ethnien. Sie sind Jäger und Sammler, Halbnomaden oder sesshafte Bauern. Viele von ihnen leben noch fast wie vor Tausenden von Jahren. »Ein Museum der Völker« – wie ein Historiker urteilt. Die Kultureinrichtung der Vereinten Nationen (UNESCO) erklärte die Region 1980 zum Weltkulturerbe.

Voller Gedanken und Bilder schreibe ich meine Antwort-Mail:

Hallo Abebe,
vielen Dank für die lebendige Schilderung deiner Kindheit und deines Volkes. Ich hatte beim Lesen das Gefühl, hautnah dabei zu sein.
Was hat den Anstoß dafür gegeben, dass du ein großer Läufer geworden bist? Habt ihr im Omo-Tal von den großen Läufern gehört? Wann hast du mit dem Training begonnen? Warum bist du ein Läufer geworden und dein Bruder Mammo nicht?

Liebe Grüße,
Werner

Dritte E-Mail von Abebe

From: abebe.runner@ethiopian-hotmail.et
Betreff: Re: Hallo!

Du fragst, warum ich ein Läufer wurde. Oft werde ich das gefragt, und ich antworte meistens: Weil ich damals bei uns im Omo-Tal häufig vor wilden Tieren weglaufen musste.
Und für Leute, die meinen kleinen Bruder Mammo kennen, füge ich noch hinzu: Deshalb ist Mammo wohl kein Läufer geworden – weil er immer schon der mutigere und schlauere von uns beiden war! Er ist lieber stehen geblieben und hat nachgedacht: Warum soll ich jetzt wegrennen? Der Löwe oder der Schakal können mich ja doch

einholen, außerdem zeige ich den Tieren so nur: Ich laufe weg, also bin ich Beute. Ja, so ist mein kleiner Bruder. Deshalb ist Mammo auch ein guter Lehrer geworden, ein sehr guter! Und ich eben ein Marathonläufer.

Außerdem hast du gefragt, warum wir so gute Läufer werden. Die eine Antwort: Weil wir in einer Wildnis leben, die es bei euch schon seit Jahrhunderten nicht mehr gibt. Es gibt aber noch eine andere Erklärung: Weil wir keine Angst haben. Wir verlieren sie bei den Initiationsriten unseres Stammes. Stell dir vor, du bist ein Junge, zwischen zwölf und vierzehn Jahren alt. Und du lebst mitten in Afrika. Dann kann dir Folgendes passieren: Die Männer des Dorfes holen dich und deine Altersgenossen ab und sperren euch irgendwo ein. Ihr könnt die ganze Nacht kein Auge zumachen, während der Rest des Dorfes singt und tanzt. Früh am nächsten Tag erscheint jemand mit einer Furcht einflößenden Maske und führt dich allein zu einem geheimen Ort. Dort werden dir die Haare geschnitten, du wirst nackt ausgezogen und bekommst Zeichen in die Haut tätowiert. Und dann geht es deinem Schniedelwutz an den Kragen – im wahrsten Sinne des Wortes.

Die folgende Nacht musst du sogar allein irgendwo draußen in der Wildnis übernachten und machst kein Auge zu. Erst am darauffolgenden Tag errichten die Männer dir eine Hütte, in der du die nächsten Monate allein verbringst.

Nur einer der älteren Männer besucht dich regelmäßig, um nach deiner Wunde zu sehen und dir alles zu erzählen, was ein Mann wissen muss: die Geschichte eures Volkes, eure Ahnenkulte, eure geheimen Symbole. Ihr schnitzt eine Maske für dich, und hin und wieder nimmt der Alte seinen Stock, schlägt dich ohne Grund und sagt dir: Ja, so ist das Leben!

In manchen Stämmen musst du dann auch noch gegen einen Älteren kämpfen, einen Löwen töten oder wie bei uns über eine Reihe von Rindern springen.

Dann wirst du zurück ins Dorf geführt, wo man ein Fest für dich

feiert. Du erhältst einen neuen Namen, und alle wissen: Du bist jetzt ein Mann!
Wenn du das überstanden hast, dann hältst du auch einen Marathonlauf durch. Das verspreche ich dir!

So weit für heute,
Dein Abebe

1. September, an meinem Homeoffice-Platz

Ich schreibe meine letzte Äthiopien-Reportage für die Zeitung und recherchiere gleichzeitig über die Rituale bei den Naturvölkern. Mutproben bilden nur einen Teil der Initiationsriten: Bei den Hottentotten in Namibia zum Beispiel werden die Jungen mit dem Urin der alten Männer überschüttet, eine Art Ölung. In manchen Kulturen benutzen die Älteren dafür auch ihre Samenflüssigkeit. Sinn der Initiationen ist die Übertragung der männlichen Tugenden und Kräfte von den Älteren auf die Jüngeren. Deshalb sind die Initiationen in religiöse Riten eingebunden. Darin werden die Geister der Ahnen beschworen, damit sie ihre Kraft an die junge Generation weitergeben.

Der Ältere leitet den Heranwachsenden als eine Art Coach durch die Pubertät ins Leben der Erwachsenen. Wenn das schon früher in einer überschaubareren Welt wichtig war, vielleicht ist es heute auch noch wichtig – und sinnvoll! Doch abgesehen von harmlosen Konfirmationsfesten sind Jugendliche bei uns meist sich selbst überlassen: Sie führen eigene unbegleitete Rituale durch, gern auch mit Alkohol und Drogen. Ausgang ungewiss!

2. September, Redaktion des *Mittagskuriers*

Natürlich will der Chef mit mir sprechen. Aber was soll ich ihm antworten, bevor ich die ganze Geschichte kenne? Ich muss ihm ausweichen und einen günstigen Moment abpassen, um ihm von dem Deal mit Ismael zu erzählen.

Vierte E-Mail von Abebe

From: abebe.runner@ethiopian-hotmail.et
Betreff: Umzug nach Addis

Lieber Werner,
du solltest nicht denken, wir hätten in unserem Dorf in einem kleinen Paradies gelebt und hätten nichts von der Welt mitbekommen. So war es nicht.
Anfangs waren es nur ein paar Abenteurer und Reporter, die mit ihrer Kamera und ein paar kleinen Geschenken bei uns auftauchten. So erzählt es jedenfalls mein Vater.
Doch seit ich mich erinnern kann, kamen jedes Jahr mehr Touristengruppen. Besonders zum Zeitpunkt unseres Initiationsrituals waren sie da. Die Touristen zeigten uns Kindern, wie man als Mensch von Welt auszusehen hat.
Und sie zeigten uns, was man haben muss: Anfangs waren es Fotokameras und Handys, dann Sneakers und Smartphones, mit denen man praktisch alles machen konnte. Wir waren fasziniert davon und wollten solche Geräte unbedingt auch haben. Als dann die Welt aber tatsächlich zu uns kam, wollten wir sie dann doch nicht.
Denn was war geschehen? Beamte und Soldaten kamen und erzählten uns: Es werden Staudämme gebaut, und wir bekommen alle Strom. Und es werden Plantagen von Ausländern errichtet, und dort können wir alle arbeiten. Doch das waren falsche Versprechen. Weder bekamen wir Strom, noch erhielten wir Arbeit. Daher zogen wir gleich weiter in die Hauptstadt.
Das Leben von uns Kindern veränderte sich in Addis sehr. Obwohl wir anfangs in einem Slum lebten, konnten wir endlich in die Schule gehen. Mein Bruder Mammo und ich waren nach einigen Monaten Stadtkinder. Nur eins behielten wir bei: Wir liefen, wann immer wir konnten. Nur nicht mehr durch die Grassteppen, sondern an Straßen

und Parks entlang. Und immer waren wir auf der Suche nach einem Abenteuer. Es gelang uns auch, in irgendwelchen Bars oder Versammlungsräumen die wichtigsten Sportereignisse im Fernsehen zu verfolgen, also die Laufwettbewerbe, Weltmeisterschaften und Olympiaden.

Als wir im Jahr 2007 sahen, wie Haile Gebrselassie beim Marathonlauf in Berlin mit neuem Weltrekord lief, da schworen wir uns: Wir werden gute Läufer! Und wir werden zusammen in Europa beim Marathon mitmachen. In genau zehn Jahren, dann sind wir in Topform! Noch liefen wir allerdings barfuß.

Als Mammo und ich dann die besten Läufer unseres Jahrgangs wurden, verglichen wir uns immer mehr mit den großen Athleten im Fernsehen. Wir bejubelten die Langstreckenläufer aus Kenia und Äthiopien, die allen anderen davonrannten. Und wir sahen die Trikots in den leuchtenden Landesfarben, die unfassbar schönen Trainingsanzüge und die unglaublich coolen, die göttlichen Sportschuhe, die die Athleten so selbstverständlich trugen. Sneakers von Adidas, von Puma und von Nike.

Inzwischen arbeitete unser Vater in einer Schuhfabrik.

Wir dachten, dass er dort doch an Sportschuhe kommen müsste. Aber er kriegte nichts. Also ging er in die Stadt und sah sich dort in den Geschäften um. Ein Paar Sneakers kostet in Äthiopien einen ganzen Monatslohn. Und dann gleich zwei Paar! Das konnte er nicht bezahlen. Als dann auch noch unsere geliebte Mam krank wurde, längere Zeit im Krankenhaus war und schließlich starb, da zerplatzten unsere Träume endgültig ...

Aber dann geschah das Wunder! Zu dem Weihnachtsfest, das auf den Tod unserer Mam folgte. Wir hatten alle Angst vor den Feiertagen: In die Kirche gehen – ohne sie. Weihnachten – ohne sie. Da stellte Ismael zwei Kartons auf den großen Tisch, der an diesem Abend als Gabentisch diente. Es waren gebrauchte Kartons – einer von Puma und einer von Nike. Mammo und ich öffneten sie gleichzeitig, und zwei Paar Sportschuhe erschienen.

Sportschuhe, wie wir sie noch nie gesehen hatten – »die« Sneakers eben.
Wir konnten unser Glück kaum fassen und zogen die Schuhe die ganzen Weihnachtstage und -nächte nicht mehr aus. Und immer wieder musste unser Vater erzählen, wie er die Schuhe für uns angefertigt hatte, weil wir uns nicht daran satthören konnten.

Weiter kann ich heute nicht.
So long, Abebe

2. September, abends, in meinem Homeoffice

Ich recherchiere sogleich nach »Omo-Tal« und »Staudamm-Projekt« und werde schnell fündig. Am Mittellauf des Omo entstand 2016 mit dem Gibe-III-Staudamm einer der größten Staudämme der Welt: Seine 243 Meter hohe Mauer staut Unmengen an Wasser. Der Damm sollte Strom für ganz Äthiopien liefern, tatsächlich jedoch wurden die Stromleitungen nur Richtung Addis verlegt. Außerdem verhindert der Damm, dass das Omo-Tal wie bisher teilweise überflutet und der Boden mit neuen Nährstoffen versorgt wird. Das gestaute Wasser wird stattdessen in Kanäle abgeleitet, um die Plantagen ausländischer Investoren das ganze Jahr über zuverlässig zu bewässern. Die Landstriche, die für solche Plantagen freigegeben werden, ziehen sich weit in die geschützten Zonen des Omo-Tals hinein. Der Lebensraum der Hirtenvölker wird systematisch vernichtet, und die kulturelle Vielfalt dort könnte schon bald ausgelöscht werden. Das UNESCO-Welterbe ist in Gefahr.

Ich antworte:

Lieber Abebe,
ich habe alles gelesen, was ich über die äthiopischen Staudamm-Projekte im Internet finden konnte. Diese ungeheure Zerstörung von Natur und Kultur wurde bei uns kaum wahrgenommen, obwohl

dabei westliche Unternehmen tüchtig mithelfen und -verdienen. Aber noch einmal zu euch: Wieso bist du ein Läufer geworden, dein Bruder aber nicht?

Beste Grüße,
Werner

Fünfte E-Mail von Abebe

From: abebe.runner@ethiopian-hotmail.et
Betreff: Was aus Abebe und Mammo wurde

Lieber Werner,
von unserem Vater haben wir gelernt, dass man sich nicht selbst loben soll. Das ist eine Sünde. Deshalb weiß ich nicht, wie ich es beschreiben soll.
Ich sage es mal so: Ich hatte großes Talent zum Laufen. Abebe, der Löwe, nannten mich die meisten. Der Lauf-Coach in Sululta, wohin ich später zum Training fuhr, sagte: »Du hast schnelle Beine und eine gute Ausdauer – aber zu einem Sieger gehört auch der starke Wille eines Löwen. Du musst alles andere beiseiteschieben. Zeig es uns!«
Ich zeigte es ihnen, und die Talentscouts rissen sich um mich. Ich bekam Visa für europäische Länder und lief erst auf kleineren und dann auf den großen Marathonstrecken, in Lissabon, in London und in Berlin! Es sah so aus, als könnte ich zum Spitzenfeld aufschließen. Das war gut so, denn die Zuschauer wollen Rekorde – jedes Jahr einen neuen. Den Sieger kennt jeder, den Zweiten, den »Pechvogel«, auch und vielleicht auch noch den Drittplatzierten. Aber niemand kennt den Vierten, den Fünften ...
Auch Mammo hatte Glück – zumindest am Anfang. Weil er so gut in der Schule war, bekam er einen Studienplatz in Addis und wurde mit einem Stipendium gefördert. Um jedoch ein großer Mathematiker,

Programmierer oder Physiker zu werden, hätte er in den USA oder Europa studieren müssen. Dafür erhielt er aber kein Stipendium. Wir hatten eben keine Beziehungen. Nicht einmal ein Visum für eines der begehrten Länder stellte man ihm aus.
Das einzig Gute an Mammos Studium war: Er lernte Sabiah kennen und bekam mit ihr einen Sohn. Die einzige Stelle, die Mammo trotz zahlloser Bewerbungen ergattern konnte, war als Lehrer und Farmer in einer ländlichen Region nordwestlich von Addis. Während ich Marathonläufe in der Welt absolvierte, unterrichtete mein Bruder in einem Dorf. Vielleicht wäre er dort sogar alt und glücklich geworden. Doch er lebte in einem Gebiet, in dem ein Aufstand ausbrach. Auch sein Dorf sollte umgesiedelt werden, um einem Staudamm-Projekt Platz zu machen. Mammo war außer sich. Er informierte Hilfs- und Umweltorganisationen in Addis und organisierte Demonstrationen. Doch es half nichts. Der Termin für der Dorfumsiedlung wurde festgesetzt, und Mammo wurde verhaftet. Die Polizisten wussten genau, was er alles getan hatte.
Zwar wurde er auf Protest einer internationalen Umweltorganisation nicht angeklagt und nach zwei Monaten wieder aus dem Gefängnis entlassen, doch nun war er arbeitslos. Seine Familie hungerte. Voller Neid sah er auf mich, seinen großen Bruder. Der hatte etwas im Leben erreicht, war ein bekannter Marathonläufer, kam rum in der Welt und verdiente viel Geld.
Ich unterstützte Mammos Familie und versuchte ihn als Hasen für einen der Marathonläufe zu gewinnen. Aber er hatte schon lange nicht mehr trainiert und brach im Trainingslager in Sululta zusammen. Kein Lauf – kein Visum der Sportveranstalter.
Also musste er etwas anderes versuchen.

So weit für heute,
Dein Abebe

3. September, an meinem Arbeitsplatz

Vor meinem Heimflug hat Ismael gebeten: »Kümmert euch auch um Abebe. Er sagt immer, es gehe ihm gut. Aber mein Herz sagt in der letzten Zeit etwas anderes.«

Also versuche ich nun, etwas mehr über seine momentane Lage zu erfahren. Nur in einigen Andeutungen klang bei Abebe etwas Negatives durch.

Deshalb schreibe ich ihm:

Lieber Abebe,
Eure Geschichte hat mich wieder tief bewegt. Du machst dir Sorgen um Mammo. Das ist sehr verständlich – noch dazu für einen großen Bruder. Ich weiß, wovon ich spreche.
Aber wie geht es dir selbst?

Dein Werner

4. September, Redaktion des *Mittagskuriers*

Mitten in der Redaktionskonferenz erreicht mich die

Sechste E-Mail von Abebe

From: abebe.runner@ethiopian-hotmail.et
Betreff: Abebes Geheimnis

Lieber Werner,
Abebe hat in Deutschland sein Glück gemacht, sagen alle.
Und deshalb wollte mein kleiner Bruder auch ins gelobte Land, nach Deutschland. Es war meine Schuld, dass Mammo sich auf die große und gefährliche Reise machte. Weil ich immer wieder per Telefon und Skype gesagt habe: Es geht mir so gut in Europa. Alle behandeln mich hier mit Respekt, und ich verdiene so viel Geld, dass ich mir alles

leisten kann. Außerdem habe ich so viel abgegeben, dass alle in der Familie über die Runden kamen.
Ja, ich habe Geld nach Hause geschickt. Aber dass ich mir hier in Europa alles leisten kann und gut behandelt werde, entspricht nicht so ganz der Wahrheit. Habe ich wirklich mein Glück gemacht?
Keine Frage, ich war ein großes Talent. Doch Abebe, der Löwe, kam über zwei Stunden, neun Minuten, dreißig Sekunden nicht hinaus. Ein Europäer ist mit einer solchen Zeit ein großer Läufer. Ein Äthiopier ist es nicht.
Ich war mit dieser Zeit einmal bei einem deutschen Stadtmarathon Zweiter und mit fast der gleichen Zeit beim Berlin-Marathon Siebter. Doch ich konnte die 2:09:30 nur bei einige Marathonläufen hintereinander erreichen. Danach wurde ich statt schneller langsamer. Ich weiß nicht, warum. Das Training änderte daran nichts, und auch die Mediziner fanden keine Erklärung.
Nach und nach wurden mir die Vergünstigungen gestrichen. Ich musste aus dem Zweibettzimmer in eines der Gruppenschlafzimmer umziehen. Und inzwischen werde ich nur noch als Hase eingesetzt. Viel schlimmer ist jedoch, dass mir die Teilnahmeprämien nicht mehr ausgezahlt werden. »Das Geld ist noch nicht da«, sagt der Chef. »Und dann müssen wir ja die laufenden Kosten abziehen.« Ich kann es am eigenen Körper spüren: Tag für Tag wird er schlaffer.
Zu Hause durften sie nichts davon mitbekommen. Als Mammo mir mitteilte, dass er auch nach Deutschland will, da habe ich ihm aber die Wahrheit gesagt. Er hat mir nicht geglaubt: »Bruder! Das sagst du jetzt doch nur, um mich abzuschrecken. Willst du denn das Paradies für dich allein behalten? Wir haben doch immer alles geteilt.« Er rechnete mir vor: »Die Wahrscheinlichkeit, dass ich hier in Äthiopien eine gute Stelle bekomme, liegt bei eins zu hunderttausend. Die Wahrscheinlichkeit, Europa zu erreichen, ist dagegen gar nicht so gering. Wenn man jung, männlich ist und genug Geld für die Schlepper hat. Nur jeder Vierte oder Fünfte geht dabei drauf, also eine Erfolgsquote von 75 bis 80 Prozent.«

»Aber die Flucht ist doch schrecklich!«, habe ich gesagt.
»Na und. Bin ich der mutigere von uns beiden? Oder bin ich der mutigere von uns beiden!?«
Das war typisch Mammo. Immer mit dem Kopf durch die Wand. Monatelang hat er sich um ein Visum bemüht, erst für Deutschland, dann für andere europäische und nordamerikanische Staaten. Das Antragsformular kann man aus dem Internet hochladen, doch für die Abgabe des Antrags muss man sich einen Termin bei der jeweiligen Botschaft holen – die sind jedoch auf Monate im Voraus vergeben. Als er endlich einen Termin in der deutschen Botschaft hatte, sagte Mammo, dass er verfolgt wird und keine Arbeit mehr findet – was der Wahrheit entspricht. Doch sie glaubten ihm nicht!
Bei seinem nächsten Versuch war er vorsichtiger. Wer nicht überzeugend bestreitet, als Asylsuchender zu kommen, wird sofort abgewiesen. Sie wollen keine Flüchtlinge. Deshalb fragen sie auch: Wie viel Geld hat man für die Reise? Lässt man eine Familie in Äthiopien zurück, wie stark ist folglich der Wunsch, zurückzukommen? Entscheidend jedoch ist: Hat einen jemand nach Deutschland eingeladen? Ohne eine Einladung ist die Chance praktisch gleich null. Aber selbst mit Einladung wird geprüft: Ist es eine Privatperson, die für den Gast bürgt und dafür sorgt, dass er wieder nach Hause fliegt? Besser: eine Universität, an der man studiert, ein Arbeitgeber, bei dem man einen Arbeitsvertrag erhalten hat. Oder wie bei mir: ein Sportveranstalter, der einen für eine begrenzte Zeit ins Land holt und durchgehend betreut.
Doch sosehr sich Mammo auch bemühte, von Sportveranstaltern als Hase, von Universitäten für ein Zusatzstudium oder eine Lehrtätigkeit eingeladen zu werden – niemand wollte ihn. Die Einladung, die ich ihm schrieb, zählte natürlich auch nicht. Und so blieb ihm nur ein Ausweg: die »Reise«!

So long, Abebe

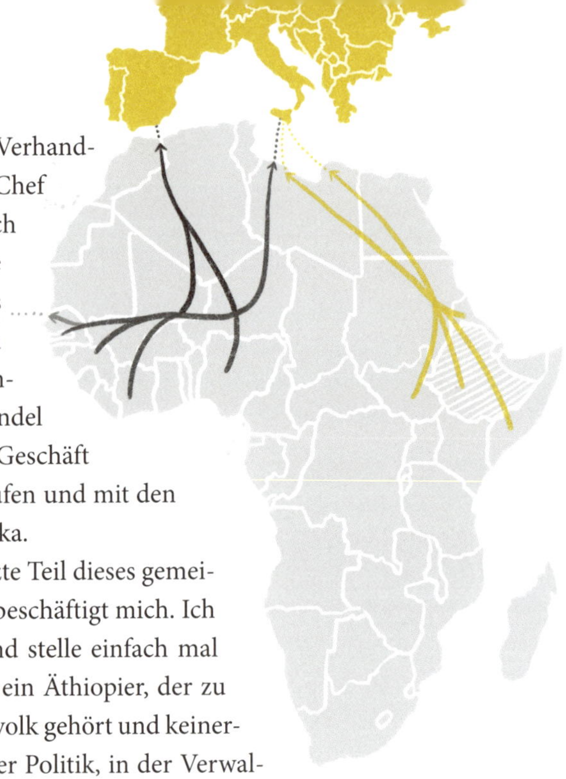

Für eine bessere Verhandlungsposition dem Chef gegenüber sammle ich seit einigen Tagen alle Fakten zu dem, was ich nun den »großen Deal« nenne: der ungerechte globale Handel mit Sneakers, das Geschäft mit den Marathonläufen und mit den Flüchtlingen aus Afrika.

Besonders der letzte Teil dieses gemeinen »großen Deals« beschäftigt mich. Ich recherchiere dazu und stelle einfach mal die Frage: Was kann ein Äthiopier, der zu einem kleinen Naturvolk gehört und keinerlei Beziehungen in der Politik, in der Verwaltung oder in der Wirtschaft hat, tun, um seinem Schicksal zu entgehen?

Er hat vier Chancen:

1. Er kann ein bekannter Läufer werden, doch das schaffen nur ganz wenige.
2. Er muss in die großen Städte – Nairobi oder Addis Abeba – ziehen, um dort mit Glück einen Job in den Fabriken zu ergattern.
3. Er bleibt zu Hause und muss mit seiner Familie hungern.
4. Er macht »die Reise« – das heißt, er versucht, nach Europa zu kommen.

Vier Wege führen ins »Paradies«!

»Die Reise« von Afrika nach Europa verläuft auf einer der drei Hauptrouten und einer vierten Route, die aber eher eine Notlösung ist. Häufig sind wegen Kriegen oder internationaler Vereinbarungen eine, zwei oder drei dieser Routen gesperrt:

1. Die westafrikanische Route führt durch die Westsahara nach Marokko. Von dort ist es nur ein Sprung über die Meerenge von Gibraltar nach Spanien. Doch Marokko hat seine Grenzen schon lange für Flüchtlinge gesperrt. Ankommende werden von der Polizei aufgegriffen, brutal misshandelt und häufig einfach irgendwo in der Westsahara ausgesetzt: ohne Wasser und Wegbeschreibung …
2. Die ostafrikanische Route führt von Somalia, Eritrea oder dem Südsudan über Äthiopien und den Sudan nach Ägypten oder Libyen. Von dort muss man sich mit einem Boot nach Italien übersetzen lassen.
3. Die zentralafrikanische Route: Sie führt von Mali oder dem Tschad aus durch die Saharagebiete von Niger und Libyen direkt an die libysche Küste. Von dort ist es nicht mehr weit bis zur italienischen Insel Lampedusa. Doch die Flüchtlinge müssen gefährliche Länder und die Zentralsahara, wo unbarmherzige Hitze und Trockenheit herrschen, durchqueren.
4. Schließlich die Notlösung: vom Senegal über den Atlantik auf die Kanaren. In der Zeit, in der alle Mittelmeerrouten blockiert waren, gab es nur diesen einen Weg. Von der Küste des Senegals geht es über tausend Kilometer auf dem gefährlichen Atlantik auf eine der Kanarischen Inseln, die ja zu Spanien gehören. Doch die Route Senegal–Kanaren wird in offenen Fischerbooten zurückgelegt. Wer nicht gleich von der Küstenwache abgefangen wird, riskiert, dass die raue See sein Boot zum Kentern bringt, der Bootsführer sich ohne Navi-Gerät auf der langen Route verirrt oder der Sprit ausgeht und das Schiff hilflos in den Wellen treibt – bis seine Insassen verdursten.

Im Vergleich dazu ist mein »kleiner Deal« nur eine Art Wiedergutmachung – der Deal, den ich im Namen des *Mittagskuriers* mit Ismaels Familie getroffen habe: Für ein unversehrtes Paar der Sneakers sollte ich 10 000 Euro bieten. Doch darauf ließ Ismael sich nicht ein. Er forderte stattdessen: Die Redaktion soll dafür sorgen, dass sein Sohn Abebe aus dem Trainingslager befreit wird und Mammo eine Perspektive bekommt.

Nach langem Hin und Her habe ich zugestimmt.

Ja, ich bin ein schlechter Händler. Aber ich habe diesen Deal aus tiefster Überzeugung angenommen.

Siebte E-Mail von Abebe

From: abebe.runner@ethiopian-hotmail.et
Betreff: Mammo macht »die Reise«

Hallo Werner,
mein Bruder Mammo ist klug, er kann gut Englisch und hat auch ein wenig Deutsch gelernt. Die Deutschen mögen es, wenn man in ihrer Sprache antwortet. Dann fragen sie: Woher kannst du so gut Deutsch? Das ist das höchste Lob, das sie aussprechen. Und deshalb wollte er hierherkommen.
Aber auf keinen Fall wollte Mammo durch die Sahara reisen.
Er hatte genügend Geschichten in Zeitungen und im Internet darüber gelesen: Wie viele seiner Schicksalsgenossen dort einfach vom Lkw geworfen werden und verdursten. Oder in Wüstenstädten stranden, wo sie erst von den nigerianischen Soldaten geschlagen und ausgeraubt werden und dann für die lokalen Herrscher als Sklaven schuften müssen.
Den Sudan musste er durchqueren – aber dann wollte er weiter nach Ägypten. Wo Touristen hinreisen, werden sie keine Flüchtlinge umbringen. Dachte er.

Mammo wusste, dass es Schlepper in Addis gibt. Denn viele Flüchtlinge aus Somalia halten sich in unserer Hauptstadt auf. Weil sich Somalia seit Jahrzehnten in einem Bürgerkrieg befindet, wollen die Menschen dort weg. Besonders viele fliehen über die Route: Äthiopien–Sudan–Libyen oder Ägypten–Mittelmeer–Italien. Die Somalier laufen nicht wie Touristen tagsüber durch Addis. Doch wer gut beobachten kann, sieht, wie sie nachts zusammengepfercht auf den Ladeflächen der Kleinlaster wie Vieh angeliefert werden. Oder er erhascht einen kurzen Blick in einen der Höfe oder halb verfallenen Hallen, in denen sie auf den Weitertransport warten.
Mammo nahm Kontakt mit den Schleppern auf. Die sahen aus wie ganz normale Leute, man hätte sie nicht auf der Straße erkannt. Die Typen, die ihn dann nachts abholten und zusammen mit 27 anderen Flüchtlingen auf einen Kleinlaster quetschten, waren schon ganz anders gestrickt. Die sahen finster aus. Aber sie waren immer noch nett und freundlich im Vergleich zu den Schleppern, die Mammo und die anderen an der sudanesischen Grenze übernommen haben. Die hatten Messer und Pistolen an ihren Gürteln, und sie sagten nur einmal: »Enger zusammenrücken!« Oder: »Jeder nur einen Plastikbeutel voller eigener Sachen!« Beim zweiten Mal schlugen sie einfach mit einer Peitsche oder der Pistole zu: »Wird's bald, Negerpack!«
Sie fuhren auch gar nicht direkt bis ins Zentrum der Hauptstadt Khartoum, sondern zu einer verlassenen Fabrikhalle außerhalb der Stadt. Dort wurden die Flüchtlinge gefangen gehalten – und durften erst gehen, wenn sie den Preis für die Weiterreise bezahlten.
Die Schlepper wollten alle weiter bis an die libysche Grenze mitten in der Wüste transportieren. Doch Mammo und einige andere wehrten sich dagegen, sie wollten nach Ägypten. Obwohl man sie schlug, blieben sie stur – typisch Mammo –, und als sie genug Geld boten, wurde ein Land Rover organisiert.
Der brachte sie bis zum Nasser-Stausee – halb auf sudanesischer, halb auf ägyptischer Seite. Dort wechselten sie in ein Fischerboot.

Zum Glück bot es besseren Schutz als ein kleines Schlauchboot. Denn im Nasser-See leben so viel Krokodile wie kaum sonst in Afrika. Immer wieder werden Fischer vermisst, die mit ihren kleinen, wackeligen Einbäumen hinausgefahren sind. Manchmal stoßen die bis zu vier Meter langen Krokodile die Boote einfach um und ziehen ihre Beute unter die Wasseroberfläche.
Die Flüchtlinge fuhren dann am Nil entlang in Richtung Nildelta, versteckt auf Lastwagen oder auf kleinen Feluken, den traditionellen Lastenseglern. Komischerweise begegneten sie kaum Touristen, einmal nur sahen sie einen Militärkonvoi. Eine Kontrolle? Nein, das Militär schützte nur die Touristen, die in einem Konvoi nach Abu-Simbel fuhren.
Ansonsten bewegen sich die Touristen nur in Ghettos: in den Hotelburgen am Roten Meer, in Assuan und Luxor oder auf den großen Hotelschiffen, die auf einem kleinen Abschnitt des Nils verkehren. Einige davon sah Mammo abends an einem der Lagerfeuer am Nilufer: Die sehen gar nicht wie Schiffe aus, sondern wie riesengroße leuchtende Schuhkartons.
Während ich hier in Deutschland in dieser Kellerwohnung gesessen habe, habe ich Mammos Reise die ganze Zeit im Kopf begleitet.
Seit Mammo in die Nähe der libyschen Küste gebracht wurde, erhielt ich allerdings immer unregelmäßiger Lebenszeichen von ihm. Nur hin und wieder kam eine SMS mit kürzesten Angaben: »Gesund – weiter in L« (L für Libyen), »kaum noch G« (G für Geld), »M« (für Mammo).

So weit für heute – dein Abebe

5. September, im Büro des Chefredakteurs

Tagelang habe ich mich davor gedrückt – nun ist es so weit. Ich bin mit dem Chef allein in seinem Büro. Und es ist Zeit, mit der ganzen Wahrheit herauszurücken.

Nachdem ich ihm alles erzählt habe, was ich bisher von Abebe erfahren habe, druckse ich herum.

»Da ist dann noch etwas …«

»Was denn? Noch ein paar spannende Details?«

»Nicht direkt. Als ich Ismael ausfindig gemacht habe, konnte ich ihn nur zur Mitarbeit bewegen, indem ich ihm …«

»Was? Du hast ihm doch nicht etwa Geld angeboten!? Wir bezahlen keine Informanten! Punkt aus!«

»Nein! Diese Äthiopier sind viel zu stolz und haben viel zu viel Ehrgefühl, um sich Geld geben zu lassen. Wir sollen nur seinen beiden Söhnen ein wenig helfen.«

»Was heißt denn ›helfen‹?«

»Na ja, Abebe ist mehr oder weniger eine Art Gefangener im Trainingslager dieses deutschen Managers. Aber wenn wir dort einfach auftauchen, wird es wohl relativ einfach sein, ihn freizubekommen.«

An dem Gesicht des Chefs sehe ich, was in seinem Inneren abläuft. Zunächst läuft er rot an. Er möchte in die Luft gehen vor Ärger. Aber dann meldet sich eine sanftere Stimme in ihm zu Wort. Seine Stirn kräuselt sich, er wägt ab. Schließlich bildet sich in seinen Mundwinkeln ein hauchzartes Lächeln.

»Das machen wir. Wir machen eine kleine Kampagne daraus!«

Er schreibt mit der Hand eine Headline in die Luft: »›Der *Mittagskurier* befreit den geheimnisvollen Sneakers-Träger aus dem Sklaven-Camp‹ – oder so etwas in der Art. Gut, sehr gut!«, sagt er in dem Tonfall, den er immer für seine eigenen Ideen verwendet.

Eines muss man dem Chef lassen: Wenn er sich erst einmal für eine Sache einsetzt, dann geht er sie generalstabsmäßig an. Und so schickt er mehreren Redakteuren und zwei Hobby-Rugbyspielern aus der Druckerei die Order: »Einsatzbesprechung um 14 Uhr im Chefbüro!«

Kapitel 10

DER KLEINE DEAL UND DER GROSSE DEAL. SNEAKERS SIND TEIL EINES UNFAIREN GLOBALEN SPIELS

8. September, auf dem Weg in eine hessische Kleinstadt

Die Aktion »Äthiopische Marathonläufer befreien« verläuft viel unkomplizierter, als ich es mir vorgestellt hatte.

Wir sind in aller Herrgottsfrühe aufgestanden und mit zwei Fahrzeugen losgebraust. In drei Stunden haben wir das Ziel erreicht. Es liegt in einem idyllischen Dorf, nicht weit von den großen Städten Wiesbaden, Frankfurt und Mainz entfernt. Dort treffen wir uns mit Vertretern des Deutsch-Äthiopischen Freundeskreises und des Läuferverbandes, die wir vorher über unsere Aktion benachrichtigt haben.

Insgesamt haben wir Fußballmannschaft-Stärke: fünf Leute allein vom *Mittagskurier*, ein Filmteam und einige Mitglieder wichtiger Organisationen.

Sprachlos mustert uns der »Manager« des Trainingscamps, wir haben ihn einfach überrumpelt. Dann wird er ärgerlich und poltert los: Selbstverständlich könnten seine Läufer sich frei bewegen. »Warum wollen Sie sich hier einmischen?«, schnauft er mit rotem Kopf. »Wer hat Sie dazu beauftragt? Alle Läufer sind freiwillig hier!«

Allerdings will er Abebe nicht ziehen lassen und ihm seinen Pass nicht aushändigen.

»Hier – wir haben einen Vertrag!« Er kramt aus seinem Ordner ein Schriftstück heraus und wedelt damit vor unseren Nasen herum.

»Gut«, sagt der Chef. »Wenn Sie auf diesem Vertrag bestehen, werden wir darüber berichten und einzelne Vertragsklauseln in unserer Zeitung veröffentlichen. Und außerdem werden wir noch darüber berichten, dass Sie den Läufern die letzten Antrittsgelder nicht ausgezahlt haben. Das wird sicherlich auch die Organisatoren der großen Marathonläufe interessieren.« Dabei zwinkert er dem »Manager« vielsagend zu.

»Das stimmt doch überhaupt nicht!«, gibt sich dieser empört. »Und Sie können nichts von alldem beweisen! Aber so sind die Medien …«

Nachdem er die meisten kritischen Zeitungen, Zeitschriften, TV- und Hörfunk-Redaktionen des Landes mit Kritik und Spott bedacht hat, lenkt er schließlich doch ein. »Ich bin eigentlich nicht dazu verpflichtet! Aber wenn Abebe unbedingt gehen will, dann halte ich ihn nicht auf. Wieso auch? Da draußen warten Hunderte von Läufern auf ihre Chance. Viele sind dankbarer als er – und besser! Brauchbare Leistungen hat er schon länger nicht mehr erbracht. Ich kann ihn höchstens noch als Hase für Mittelklasse-Läufer einsetzen …«

»Ja, ja! Wir haben verstanden«, schneidet der Chef dem Manager das Wort ab. »Sobald Sie uns die Vertragsauflösung und Abebes Pass überreicht haben, sind wir weg. Und wir werden Ihren Namen nicht erwähnen. Das ist doch was – oder!?«

Schon gegen Mittag sitzt Abebe neben uns auf der Rückbank des Kleintransporters.

Spontan hat sich eine Läuferin aus Äthiopien entschlossen, das Camp ebenfalls zu verlassen. Deratu erzählte uns eine weitere unglaubliche Geschichte: Sie war für die Türkei als Läuferin gestartet – unter neuem Namen. Wie sie dann nach Deutschland kommen konnte, will sie uns allerdings noch nicht erzählen.

Auf der Rückfahrt stimmen die beiden ein schönes Lied aus ihrer Heimat an, und wir revanchieren uns mit: »Bolle reiste jüngst zu Pfingsten, nach Pankow war sein Ziel …«

10. September, Best Western Hotel

Wir haben Abebe ein Hotelzimmer in der Nähe der Redaktion besorgt. Den nächsten Tag hat er fast vollständig in der warmen Badewanne verbracht, unterbrochen nur von den Mahlzeiten im Hotelrestaurant.

Doch heute treffen der Chefredakteur, Ann-Katrin und ich uns zu einem ersten Gespräch mit ihm in einem kleinen Gesellschaftszimmer des Hotels. Er erzählt allen Anwesenden seine Geschichte noch einmal von Anfang an, wie er sie mir schon per Mail berichtet hat.

Dabei fällt mir eine Ungereimtheit auf, und deshalb fragte ich ihn: »Wie kommt denn eigentlich der Sand der libyschen Wüste an deine Sportschuhe? Du warst doch niemals in Libyen?«

»Es sind Mammos Schuhe, die ihr gefunden habt! Obwohl er kein Läufer ist, hat er sie Tag und Nacht getragen«, antwortet Abebe. »Auch als er die Reise durch den Sudan und Ägypten gemacht hat. Er ist mit den Schuhen bis an die ägyptische Küste, in die Nähe von Alexandria gekommen. Dort wurden er und seine Mitreisenden von Schleppern in einem Haus wie Vieh gefangen gehalten. Sie sollten mehr als die vereinbarten 3000 Euro für die Flucht über Libyen nach Italien zahlen. Ich bin sofort nach Addis geflogen, um bei der Familie zu sein und die Verhandlungen zu übernehmen. Aber ich hatte nicht mehr viel Geld. Wir Afrikaner schicken ja das meiste in die Heimat. Von meinen letzten Ersparnissen zahlte ich ein Lösegeld für Mammo. Daraufhin haben ihn die Schlepper freigelassen. Aber dann hatte er wieder Pech. Er wurde gleich danach von der ägyptischen Polizei aufgegriffen – und nach Addis zurückgeschickt.«

Abebe macht eine Pause, und wir warten geduldig, bis er weiterspricht.

»Als er wieder zu Hause war, haben wir als Zeichen unserer brüderlichen Einigkeit die Sneakers getauscht. Mammo dachte außerdem: Wenn seine Sneakers vorausreisen, dann kommt er sicher bald nach. Und schafft es irgendwie bis nach Deutschland. Und so habe ich Mammos Schuhe mit nach Deutschland genommen und meine Schuhe in Addis gelassen.«

Und dann erzählt uns Abebe, wie es zu dem Sneakers-Opfer kam: »Es war schrecklich. Obwohl Mammo wieder bei seiner Familie war und sie Nachwuchs bekamen, fühlte er sich wie ein Gefangener in seinem eigenen Land, ohne eine vernünftige Arbeit und ohne Geld. Er musste mit seiner Frau und seinen Kindern wieder in die Wohnung seines Vaters einziehen. Und ich fühlte mich inzwischen auch wie ein Gefangener. Wir konnten beide nichts tun, um unsere jeweilige Lage zu verbessern. Und die Menschen um uns herum wollten oder konnten uns nicht helfen. Ich betete zu Gott, aber auch das half nicht. Deshalb entschloss ich mich zu handeln: Ich wollte den Ahnen ein Opfer darbringen. Wie es in meinem Stamm eine uralte Tradition ist, wenn man nicht mehr weiterweiß. Mein Vater sagte mir: ›Du musst das Wertvollste opfern, was du hast.‹ Nur wenn man sich von seinem wertvollsten Besitz trennt, sehen die Ahnen, wie wichtig die Erfüllung dieses Wunsches ist.«

Und so entschloss Abebe sich, Mammos Sneakers beim Marathonlauf den großen Mächten zum Tausch anzubieten. Aber wie opfert man ein Paar Turnschuhe richtig? Sie waren schon zu abgenutzt, um sie im Wettkampf zu tragen. Also hatte Abebe sie an den Schürsenkeln zusammengebunden und sich umgehängt. So wollte er sie beim Start mitführen: »Doch da ich auch dem Manager versprochen hatte, auf den ersten zehn Kilometern wirklich alles zu geben, konnte ich sie nicht lange mittragen. Deshalb hat Deratu sie an der ersten Trinkstation übernommen. Dann hat sie das Rinderblut draufgeträufelt. Das Blut befand sich in einem Röhrchen, das uns Ismael geschickt hatte, versteckt in einem Paket. Deratu hat die Schuhe dann an einer sichtbaren Stelle plaziert und die Zeitung informiert.«

»Ja, und wir haben sie dann gefunden«, ergänze ich. »Und …«

Der Chef fällt mir ins Wort: »Die Sneakers waren also eine Art Opfer. Und der Deal zwischen uns zeigt, dass dieses Ritual funktioniert hat.«

»Aber war es nicht noch mehr?«, bohre ich nach.

»Ja, das stimmt! Es war irgendwie auch ein Protest. Denn es ist doch so: Die Schuhe, die wir herstellen, der Kaffee, den wir in Äthiopien produzieren – diese Dinge dürfen nach Europa reisen. Sie sind dort sogar heiß begehrt. Aber wir, die Produzenten dieser Dinge, wir sind nicht erwünscht. Eigentlich sollen die Menschen hier besser gar nicht erfahren, dass wir diese Dinge herstellen. Und dass wir uns dabei so sehr anstrengen und viele von uns ihre Gesundheit ruinieren und dass wir nur so

wenig Lohn dafür bekommen. Das Wissen darum könnte ja eure Freude daran beeinträchtigen! Nur wenn wir schnell laufen oder schön singen können – ja, dann sind wir in Europa willkommen. Aber nur zu eurer Unterhaltung, danach sollen wir wieder verschwinden! Und zur Belohnung werden wir äthiopischen Läufer auch noch schlecht behandelt.«

»Also können wir deine Sneakers als Zeichen des Protestes verstehen!«, fasst der Chef zusammen.

»Ja, auch!«, antwortet Abebe. »Aber vor allem sind sie eine Opfergabe. Und deshalb dürfen sie auch nicht repariert und gerettet werden. Vergrabt sie oder schmeißt sie ins Meer! Wenn ihr welche zum Vorzeigen braucht, dann nehmt das zweite Paar, meines.«

»Das ist aber doch in Afrika, oder nicht?«, schalte ich mich ein.

»Ja, bei Mammo in Addis. Damit kommen wir zu einer Sache, die mir ganz wichtig ist.«

Abebe rutscht auf seinem Sitz hin und her, ihm ist unwohl bei dem, was er jetzt sagen will. »Ich bin euch sehr dankbar für alles. Aber ihr müsst nicht nur mir, sondern vor allem meinem Bruder Mammo helfen. Ich habe euch meine Geschichte und die Geschichte der Sneakers erzählt, dafür habt ihr mich aus dem Trainingslager geholt – so war das

Abkommen mit unserem Vater. Aber wenn ihr das zweite und heile Paar haben wollt, dann müsst ihr Mammo helfen. Wenn ich könnte, würde ich sie euch ohne Gegenleistung schenken, zum Zeichen meines Dankes. Aber ich habe nichts anderes von Wert. Dieses zweite Paar ist anscheinend das Einzige, das in dieser Welt von größerer Bedeutung ist. Und deshalb muss ich darauf bestehen, dass ihr auch etwas für Mammo tut!«

»Was!« Der Chef springt auf. »Sollen wir deinen Bruder etwa nach Deutschland holen? Das können wir nicht. Wir sind keine Regierungsstelle, auch kein Kultur-, Sport- oder Forschungsinstitut!«

»Nein«, versucht Abebe ihn mit erhobenen Händen zu beschwichtigen. »Nicht herholen. Er darf auf keinen Fall herkommen! Ihr müsst mir helfen, ihn davon zu überzeugen, dass er nicht noch einmal die Reise macht. Er würde hier unglücklich. Das weiß ich genau. Er braucht Afrika, und Afrika braucht ihn.«

Jetzt springe ich auch auf. »Natürlich helfen wir dir!«

»Nun mal langsam«, erwidert der Chef.

Am Ende machen wir es dann aber doch so. Wir bilden per Whatsapp eine kleine Gruppe – Ann-Katrin, Lauf-Experte Schmidt, Tom und ich – und verabreden uns noch für einen ersten Treff am Abend.

11. September, 18 Uhr, Café Presseclub

Die neue Einsatzgruppe »Mammo« überlegt, was für eine Perspektive wir Mammo in Äthiopien bieten können.

»Dort läuft doch alles über Beziehungen und Bakschisch!«, wendet Tom ein.

Wir machen lauter verrückte Vorschläge. Beispielsweise könnte Mammo Projektleiter eines großen neuen Trainingscenters werden.

»Aber dazu fehlen uns die Gelder«, wende ich ein. »Außerdem habe ich gerade erst gelesen, dass ein großes Zentrum mitten in Sululta geplant ist. Eigentlich sollte es schon längst fertig sein. Aber man findet im Netz keinerlei Informationen darüber, nicht einmal ein Grundstein wurde bisher gelegt …«

Wir bestellen neue Getränke und machen weitere verrückte Vorschläge: »Er könnte Fremdenführer werden … oder Dolmetscher bei der UNO … ja, warum nicht gleich Politiker! Der Erste, der nicht korrupt ist!«

Wir lachen und machen noch einige Stunden weiter.

»Bei unserem Skype-Termin mit Mammo übermorgen sollten wir realistischere Argumente und Vorschläge parat haben«, ermahne ich alle zum Abschied.

Wir versprechen einander, uns intensiv vorzubereiten.

12. September, in der Redaktion

Unser Problem mit Mammo ist noch nicht gelöst, da tut sich noch ein weiteres auf.

Wir haben Abebe zwar befreit, aber nun darf er nicht laufen. So können wir ihn beim Berlin-Marathon nicht anmelden, weil er noch auf der Vertragsliste des »Managers« steht und nicht ohne dessen Erlaubnis teilnehmen kann.

Wir beschweren uns beim Laufverband und erhalten eine ähnliche Auskunft: Vertragsläufer wie Abebe können nur mit Zustimmung des Vertragspartners starten.

Ann-Katrin und ich beraten uns mit dem Hausjuristen des *Mittagskuriers*, Dr. Till Westphal.

»Daran ist leider nichts zu ändern«, erklärt er uns. »Der Vertrag muss erst aufgelöst werden. Darauf wird sich der ›Manager‹ aber ohne eine Gegenleistung nicht einlassen, nehme ich an. Er ist in der stärkeren Position. Der Laufverband erkennt seine Vertragsrechte an.«

»Aber wie kann es sein, dass Abebe nicht über sich selbst bestimmen kann? Das ist ja Sklaverei!«

»Na ja, es ist im Prinzip wie ein Arbeitsvertrag.«

»Aber schaut euch doch den Fußball an. Da werden Spieler doch ständig von einem Verein zu einem anderen verkauft«, ruft Ann-Katrin empört.

»Eigentlich geht das aber nicht. Der Europäische Gerichtshof hat

1995 entschieden: Der Sportler darf nicht verkauft werden. Er ist bei seinem Verein wie ein Arbeitnehmer bei einem Unternehmen beschäftigt. Er darf den Club kostenlos wechseln, wenn sein Vertrag abgelaufen ist. Wenn er den Vertrag auflösen will, muss über die jeweiligen Bedingungen verhandelt werden.«

»Aber so läuft das doch in der Praxis nicht!« Ann-Katrin lässt nicht locker.

»Stimmt«, räumt unser Jurist ein. »Die Spielerberater, die Fußballer unter Vertrag haben, setzen alles daran, dass die Wechsel vor dem Ablauf der Verträge stattfinden. Damit sie ihren Anteil an der Ablösesumme wegen Vertragsauflösung bekommen – nicht wegen des Wechsels selbst. Für unseren Fall gilt aber: Abebe muss erst aus seinem Vertrag entlassen werden, dann kann er tun, was er will. Vorausgesetzt, sein Visum läuft nicht vor dem Berlin-Marathon ab. Dann müssen wir es verlängern lassen, mit der Begründung der Teilnahme. Um den juristischen Kleinkram kümmere ich mich dann.«

13. September, 10 Uhr, Restaurant des Best Western Hotels

Heute lernen wir endlich Mammo kennen – wenn auch nur per Skype.

Wir sehen auf dem Bildschirm den typisch schmalen Kopf eines jungen Äthiopiers. Aber über seiner großen Brille wölbt sich eine gefurchte Denkerstirn. Und durch die Brillengläser schauen uns große wache Augen an.

»Hi, Leute. Wie geht es euch?«

Nach den üblichen Begrüßungsfloskeln jagt er uns gleich am Anfang einen ganz schönen Schrecken ein: »Ihr habt ja nun schon einiges über meine Situation rausgefunden. Und ihr müsst zugeben: Das sind lauter gute Gründe, nach Europa zu wollen!«

»Aber der Weg ist zu gefährlich!«, ruft Abebe mit schmerzverzerrtem Gesicht.

»Und wenn du nicht nach unserem Asylrecht als Flüchtling anerkannt wirst«, fahre ich fort, »dann musst du zurück oder bist illegal hier.«

»Deutsche haben Probleme mit Migranten«, ergänzt Ann-Katrin.

»Halt mal!«, antwortet Mammo. »Ich habe mich viel mit eurer Geschichte beschäftigt. Migration ist etwas völlig Normales in Europa! Ihr Deutschen zum Beispiel: Im Mittelalter habt ihr den Osten besiedelt – da haben bereits die Slawen gewohnt. Später sind ganz viele von euch nach Amerika ausgewandert. Dann sind die Leute aus dem Osten wieder zurück in den Westen gekommen, erst als Bergarbeiter ins Ruhrgebiet, und nach dem Zweiten Weltkrieg flüchteten sie vor der Sowjetarmee. Ab den 1960er-Jahren habt ihr euch Millionen sogenannter Gastarbeiter aus Südeuropa und der Türkei ins Land geholt … Ihr seid doch eigentlich Flüchtlingsexperten. Und eurem Land geht es gut. Eure Bevölkerung schrumpft – ihr braucht neue Arbeiter. Wisst ihr eigentlich, was Migranten leisten? Obwohl sie in den reichen Ländern nur wenig Geld verdienen, schicken sie weltweit zusammengenommen Milliarden an ihre Familien – viermal mehr, als es Entwicklungshilfe gibt. Besonders wir Afrikaner fühlen uns unseren Großfamilien daheim verpflichtet. Die Menschen, die über die Flüchtlingsrouten nach Europa kommen, sind keine Egoisten. Und glaubt mir: Wer es bis zu euch schafft, ist jung, stark und ideenreich!«

Selbst verdiente Entwicklungshilfe – Geldtransfers von Migranten

Mehr als 250 Millionen Menschen leben der Weltbank zufolge außerhalb ihrer Heimatländer – das sind mehr als die Bevölkerungen von Deutschland, England und Frankreich zusammen.

Fast alle Migranten schicken Geld nach Hause. Obwohl die einzelnen Beträge selten mehr als ein paar Hundert Euro ausmachen, geht es insgesamt um immense Summen. Allein 2016 wurden laut Weltbank mehr als 575 Milliarden Euro rund um den Globus zurück in Heimatländer überwiesen. Das ist fast viermal mehr, als an offizieller Entwicklungshilfe von den reichen an die armen Länder gezahlt wird.

Experten halten diese Überweisungen außerdem für die bessere

Entwicklungshilfe: Das Geld kann nicht von korrupten Politikern oder Verwaltungen in falsche Kanäle umgeleitet werden, sondern landet direkt bei den Familien, die es gezielt für ihre Bedürfnisse einsetzen können. So stammt auf den Philippinen etwa die Hälfte der Haushaltseinkommen aus solchen Geldtransfers.

»Internationale Bevölkerungswanderungen haben enorme Auswirkungen auf Wachstum und Armut, sowohl in den Ursprungs- als auch in den Zielländern«, analysiert die Weltbank. Insgesamt seien die wirtschaftlichen Auswirkungen jedoch eindeutig positiv: Nicht in erster Linie der Handel, sondern »die Migration treibt Einkommen weltweit nach oben«.

»Mammo, es ist hier wirklich nicht so paradiesisch!«, unterbricht Abebe den Redefluss seines Bruders. »Das habe ich euch immer nur erzählt, um euch zu beruhigen! Und es wollen auch nicht nur nette Menschen, die ausschließlich Gutes tun wollen, nach Europa. Ganz so einfach ist es nicht.«

»Okay, okay!«, lenkt Mammo ein. »Was ich gesagt habe, musste ich einfach einmal loswerden. Aber das liegt hinter mir. Ich habe lange nachgedacht und mit vielen Leuten gesprochen. Ich darf meine Situation nicht getrennt von den Problemen auf unserem Kontinent sehen. Und die sieht so aus: Momentan leben 1,4 Milliarden Menschen in Afrika. Trotz weiterer Hungerkatastrophen und Kriege werden es im Jahr 2050 voraussichtlich 2,5 Milliarden Menschen sein. Diese Menschen werden entweder hier leben können – und ich meine ›leben‹, nicht ›vegetieren‹ – oder sie werden sich wie ihre Vorfahren vor langer Zeit auf den Weg machen und zu euch kommen! Aber keine Angst! Wir haben gelernt, mit wenig auszukommen und dieses wenige mit anderen zu teilen. Wenn ihr uns nur eine kleine Chance gebt, dann bleiben wir daheim. Denn wir lieben Afrika: die Sonne, die Luft, unsere Tiere, die vertrauten Gerüche und Geräusche, unsere Sitten und Gebräuche. Und vielleicht können wir am Ende sogar euch helfen. Wir Afrikaner sind Weltmeister darin, Dinge zu reparieren und mit einer Welt, die nicht so perfekt ist wie eure, zurechtzukommen. Gebt mir eine kleine Perspektive: ein Stück Land, ein Geschäft – ein sicheres Einkommen. Und ihr werdet keinen Mammo an euren schönen Mittelmeerstränden sehen, der euch mit seinem Flüchtlingsboot den Urlaub vermiest.« Er lacht.

Peng! Das sitzt – und verschlägt uns die Sprache. Wir können erst einmal nicht darauf antworten.

Schließlich sagt Tom: »Wir werden uns darum kümmern. Das verspreche ich dir! Oder ich werde keine Sneakers mehr verkaufen!«

15. September, 15 Uhr, im Schuhladen »Sneak it!«

Ein letztes Mal treffen wir uns noch zu unserer Expertenrunde.

Es steht noch eine Sache im Raum. Lediglich die Sportkonzerne und Herstellungsmethoden zu kritisieren ist zu einfach. Wir wollen konkreter untersuchen: Wer verdient was an unseren Sneakers?

Ann-Katrin hat für uns recherchiert, und ich werde ihre Darstellung mit meinem Wissen über Nike-Gründer Phil Knight, den reichsten Sneakers-Boss, ergänzen. Auf ihrem Smartphone hat Ann-Katrin einige Grafiken gespeichert, die sie nun mit einem Beamer an die Wand wirft: »Die großen Konzerne veröffentlichen natürlich keine Informationen, wie sich der Erlös aus dem Verkauf der Sportschuhe am Ende aufteilt – wer von dem großen Kuchen wie viel bekommt. Doch Organisationen wie Greenpeace und die Verbraucherzentralen haben recherchiert und nachgerechnet. Klar, die Zahlen variieren je nach Sneakers und Marke, trotzdem lässt sich der Durchschnitt für einen Marken-

sportschuh bestimmen: Bei einem Verkaufspreis von, sagen wir, 120 Euro müssen wir erst einmal die Mehrwertsteuer von 19 Prozent abziehen. Das sind rund 19 Euro. Die verbleibende Summe, abgerundet 100 Euro, setzt sich in der Regel so zusammen:

Einzelhandel (Vertrieb und Verkaufsläden) rund 50 €
Markenkonzern (Zentrale, Forschung, Werbung, Gewinne) zwischen 26 und 33 €
Transport und Zölle 4 bis 5 €
Herstellungskosten (Rohstoffe, Fabrik, Produktionskosten mit Löhnen, Gewinne des Herstellers) zwischen 17 und 20 €«.

Jetzt springt Tom auf. »Ich höre euch schon stöhnen: Der Einzelhandel bekommt so viel? Doch wir haben die Ladenmieten, und die sind hoch in der Innenstadt. Außerdem müssen wir die Verkäufer bezahlen, damit der Laden von morgens um 10 Uhr bis abends um 20 Uhr offen ist. Und die Einnahmen sind auch nicht so toll: An manchen Tagen verkaufen wir zum Beispiel nur vier, fünf Paare. Zum Glück werden wir auch einige online los. Entsprechend steigen die Gewinne bei reinen Online-Händlern, denn die benötigen nur ein großes Zentrallager. Sie machen größere Gewinne und können deshalb häufig große Rabatte anbieten. Aber wollen die Kunden das?«

»Was – Sonderangebote?«, frage ich verdutzt.

»Die wollen sie natürlich!«, bekräftigt Tom. »Nein, ich meine: eine Stadt ohne Geschäfte?«

»Ich will das nicht«, schaltet sich Ann-Katrin ein.

»Ich auch nicht«, stimme ich zu.

Ann-Katrin nickt und fährt mit ihrem Vortrag fort. »Aber ganz so eindeutig ist das mit der Kostenaufschlüsselung dann doch nicht. Zweifelhaft ist beispielsweise, ob wirklich so viel Geld in die Forschung fließt – nämlich zehn bis zwölf Euro. Denn eigentlich, das hat uns Herr Schmidt ja schon erklärt, ist fast alles rund um Laufschuhe erforscht. Ohne Forschungsgelder vergrößern sich die Gewinne noch einmal um vielleicht die Hälfte. Fest steht dagegen, dass bis zu 10 Prozent der Netto-Einnahmen, also acht bis zehn Euro, in Werbung und Sponsoring fließen. Und Tatsache ist auch: Nur ein kleiner Teil macht die Lohnkosten aus, das schwankt zwischen vierzig Cent und 2,50 Euro.« Sie blickt herausfordernd in die Runde. »Der Anteil für diesen Posten variiert so stark, weil die Lohnkosten so stark variieren. Wir erinnern uns: In China ist der staatlich garantierte Mindestlohn in den letzten fünfzehn Jahren gestiegen. Eine Firma, die ihre Produktion nach Kambodscha, Burma oder Äthiopien verlegt, kann hingegen mit den niedrigsten Lohnkosten arbeiten.«

»Tatsache ist auch«, endlich kann ich einspringen, »Aktionäre von Adidas und Nike bekommen ihre jährlichen Profit-Ausschüttungen. Obwohl Phil Knight nur einen kleinen Teil der Aktien hält, genügt das schon, um ihn zu einem der reichsten Männer der Welt zu machen. Auf der Forbes-Liste 2016 wird sein Vermögen mit rund 24 Milliarden US-Dollar angegeben. Damit belegt er Platz 24 der reichsten Menschen der Welt. Und dieser Mann sagt über die Ausbeutung der Arbeiter in Asien in seiner Autobiografie nur: ›Was gäbe ich darum, wenn ich die Uhr zurückdrehen könnte, wenn ich so viele Entscheidungen revidieren könnte, die möglicherweise die Krise um miese Arbeitsbedingungen hätten verhindern können.‹ Dabei war die Grundidee seines Lebenswerkes doch genau das: Ein guter, aber möglichst billiger Schuh soll durch maximales Marketing die Welt erobern. Ohne die Ausbeutung der Arbeit wäre das nicht möglich gewesen. Und es geht ja auch immer so weiter: Alle großen Sportschuh-Hersteller ziehen von einem niedrig entwickelten Land zum nächsten. Immer auf der Suche nach billigen und willigen Arbeitskräften!«

»Also ist so jemand wie Phil Knight schuld daran, dass das Sneakers-System so ausgeartet ist?«, fragt Ann-Katrin.

»Nein, so kann man das nicht sagen. Er hat getan, was die anderen auch getan haben, er hat die Vorteile des globalisierten Kapitalismus genutzt – allerdings effizienter und aggressiver als die anderen. Mit dem Resultat: Die Menschen, die die Marken-Sneakers herstellen lassen, werden reich. Die Menschen, die diese Sportschuhe in der Welt bekannt machen, meistens Spitzensportler, werden auch reich. Die Menschen, die diese Sportschuhe sammeln, sind schon reich und werden noch reicher. Und die Menschen, die diese Sportschuhe kaufen und tragen, kommen sich cool vor. Und zahlen dafür überhöhte Preise. Während gleichzeitig die Menschen, die die Schuhe herstellen, nicht richtig davon leben können und häufig ihre Gesundheit aufs Spiel setzen.«

Niemandem fällt dazu ein passender Kommentar ein, wir schweigen ein paar sehr lange Minuten.

»Damit sind wir mit unseren Themen durch«, fasst Ann-Katrin schließlich zusammen. »Und jetzt?«

»Wie und jetzt? Jetzt schreiben wir noch ein paar kritische Artikel!«, verkünde ich.

»Das kann doch nicht alles sein. Jetzt muss doch etwas passieren!«

»Lass uns mal sehen, was bei der Pressekonferenz morgen herauskommt.«

Tom hat die ganze Zeit geschwiegen, aber nun ergreift er das Wort. »Nein, das reicht noch nicht! Es kann doch nicht einfach so bleiben. Veränderungen sind jederzeit möglich. Damit muss man sich doch nicht abfinden. Denn Sneakers sind eigentlich eine feine Sache!«

16. September, Pressekonferenz, Best Western Hotel

Der kleine Konferenzraum des Hotels ist voller Menschen: Journalisten, Fotografen, zwei Kamerateams von TV-Sendern und einige andere Interessierte sind gekommen.

Als Erstes gibt der Chef seine übliche Einleitung: unsere gute Zeitung, ihre hervorragenden Reporter, ihre herausragenden Recherchen – was er eben immer so sagt.

Anschließend erzählen wir von den Sneakers: der Chef, wie wir sie gefunden, und ich, wie wir ihren Ursprungsort recherchiert haben.

Dann tritt Abebe ans Mikrofon. Erst jetzt wird es richtig still im Raum. Denn alle sind hier, weil sie Abebe und seine Sneakers sehen und die dazugehörige Geschichte hören wollen.

Nachdem Abebe seine Geschichte erzählt hat, wendet er sich seiner Läuferkollegin Deratu zu: »Ich wurde nicht gut behandelt, aber noch schlimmer hat es Deratu getroffen. Sie musste unter einem neuen Namen für eine fremde Nation laufen. Dort hat sie fast nichts von ihren Prämien erhalten.«

Nun ist auch Deratu aufgestanden und neben Abebe ans Mikrofon getreten.

»Ich heiße Deratu, aber in der Sportwelt bin ich als Aishe bekannt. Warum? Weil ich unter diesem Namen für die Türkei gelaufen bin. Man hat mich angeworben und mir große Prämien versprochen. Nicht nur Sieg-, sondern auch hohe Startprämien. Weder das eine noch das andere hat man mir ausgezahlt. Nur einen Haufen nutzloser Medaillen habe ich bekommen …«

»Ja«, mischt sich der Chef ein, »was wir bei unseren Nachforschungen herausgefunden haben, ist Folgendes: Es hat in den letzten zwanzig Jahren 500 Nationalitätenwechsel bei Läufern gegeben. Nutznießer davon waren vor allem Länder im Nahen Osten: neben der Türkei auch Aserbaidschan und einige Golfstaaten, die durch Öl reich geworden sind. Eigentlich verhängt der Internationale Leichtathletikverband nach einem solchen Wechsel eine dreijährige Sperre – es sei denn, das Herkunftsland stimmt dem Wechsel ausdrücklich zu. Und warum sollte es das tun? Ein wichtiger Grund könnten Gelder sein, die die Verantwortlichen in den Herkunftsländern erhalten.« Er schaut bedeutungsvoll in die Runde.

»Das kann man auch Bestechung nennen«, setze ich nach. »Kollegen von der ARD haben herausgefunden, dass häufig einige Tausend Euro geflossen sind, wenn Verantwortliche einem Nationalitätenwechsel ihrer Läufer zugestimmt haben. Für uns ist das nicht viel Geld, in Äthiopien ist es jedoch ein kleines Vermögen. Die Läufer dagegen werden häufig noch um ihre kleinen Prämien betrogen – oder wie war das bei dir, Deratu?«

»Ja, das stimmt. Sie haben mir so viel versprochen, doch nur einmal habe ich die Siegesprämie ausgezahlt bekommen. Ich wollte Geld ansparen, um für meine Familie in Äthiopien ein Geschäft oder ein Stück Land kaufen zu können. Doch stattdessen war ich froh, dass ich nach zwei Jahren meine alten Papiere zurückbekam und die Türkei verlassen konnte. Da ich unseren ›Manager‹ bei einem Wettkampf kennengelernt habe, durfte ich mit seiner Einladung nach Deutschland einreisen. Und dachte, hier würde ich fair behandelt. Ich konnte hier zwar unter meinem eigenen Namen und der Fahne meines Heimatlandes laufen, aber auch hier wurden wir betrogen.«

Deratu beginnt zu schluchzen und kann nicht mehr weitersprechen. Abebe tritt zu ihr, umarmt sie und spricht mit scharfer Stimme ins Mikrofon: »Wir sind Sportsklaven! Die Zuschauer beim Marathon feuern uns an, aber sie ahnen nicht, wie das ganze System wirklich funktioniert!«

»Ja«, springe ich den beiden bei. »Dabei werden all diese Sportveranstaltungen im Zeichen der Fairness durchgeführt. Doch selbst bei Sponsoren und den Sportartikel-Herstellern sucht man diese Fairness meist vergebens. Kommen wir deshalb noch einmal zu den Sportschuhen zurück.«

Ich erzähle in knappen Worten die Geschichte der Marken-Sneakers und deren Produktionsbedingungen.

»Wir müssen resümieren: Die großen Sneakers-Hersteller treten die Fairness mit Füßen! Mit Füßen, an denen schicke Sneakers stecken!«

Ann-Katrin fährt fort: »Es ließen sich faire, gesunde, umweltfreundliche Sneakers und andere Sportartikel herstellen. Doch daran haben die Konzerne offensichtlich kein Interesse. Und alle Sportler, alle großen Vereine und fast alle Sportverbände machen dieses Spiel mit. Sie predigen Fairness und beweisen schon bei der Wahl ihrer Ausstattung das Gegenteil!«

Tom hat sich bei den letzten Ausführungen immer unwohler gefühlt und immer häufiger sein T-Shirt vom Hals gezupft, als würde es ihn würgen.

Nun springt er auf: »Das muss aber nicht so bleiben! Sneakers sind eigentlich großartige Schuhe, ideal für ein cooles Lebensgefühl. Und deshalb brauchen wir für wirklich coole Leute auch wirklich coole, also fair produzierte Sneakers. Und daran werde ich …«

Seine letzten Worte gehen in heftigem Applaus unter.

16. September, nachmittags in der Redaktion

Nach der Pressekonferenz kehren Ann-Katrin und ich in unser Büro zurück und treffen uns zur Redaktionskonferenz.

Mit hochrotem Kopf platzt der Chef hervor: »Ich muss wohl wieder einmal Klartext sprechen. Die Aktion mit Abebe war okay! Dass er am Berlin-Marathon mit Pressebegleitung teilnehmen soll – auch okay! Aber bitte keine weitere Kritik an den Sportschuh-Herstellern! Das ist ja pure Kapitalismuskritik! Das könnt ihr in eurer Freizeit machen. Wenn ich euch daran erinnern darf: Unsere Zeitung gehört zu einem Medienunternehmen. Und dieses Unternehmen muss Gewinn abwerfen – sonst geht es bankrott. Wir brauchen Werbekunden. Dazu gehören auch Sportartikel-Hersteller! Und die müssen auch Geld verdienen. Schwarze Schafe kritisieren ist erlaubt, aber keine pauschale Verurteilung einer ganzen Branche. Alles klar so weit?!«

Ich schaue Ann-Katrin an – wir sind beide kurz davor zu platzen.

Mit einem Kopfnicken verständigen wir uns: Das letzte Wort dazu ist noch nicht gesprochen!

Nach diesen beiden Konferenzen gehe ich am Abend noch mit Ann-Katrin, Abebe und Tom essen – in meinem türkischen Lieblingsrestaurant, das Ahmed gehört. Er hat nicht nur Döner Kebab, Döner-Teller und Döner-Rolle, sondern auch immer ein, zwei Stammessen aus echtem Lammfleisch, die auf Wärmeplatten vor sich hin köcheln.

Als ich ihm Abebe vorstelle, bietet er an, ganz dünnes Fladenbrot zu backen, wie Abebe es von daheim kennt. So kann er Brocken seines Fladenbrots in den Lammeintopf tunken – was ihm sichtlich schmeckt.

Während wir essen, versuche ich den Stand der Dinge zusammenzufassen. »Ich ziehe einmal das Fazit: Egal ob Marathonlaufen, Fußball oder Eishockey – der Profi-Sport produziert einige richtig fette Gewinner. Und sehr viele Verlierer! Aber warum sollte der Sport anders sein als die Welt, in der er betrieben wird?«

»Weil die Menschen ein Ideal brauchen, etwas, was sie aus ihrem Alltagstrott reißt. Etwas, nach dem sie streben können«, sagt Ann-Katrin bestimmt. »Sport stand einmal für eine bessere, für eine faire Welt!«

»Aber das ist vorbei!«, meint Tom.

»Dagegen müssen wir doch etwas tun!« Abebe schiebt seinen Teller in die Tischmitte. »Wie können wir hier in Ruhe essen, während draußen in der Welt alles beim Alten bleibt, ja sogar schlimmer wird? Wenn ich daran denke, schmeckt das beste Essen nicht.«

Ahmed kommt angestürzt.

»Wasss isss? Schmeckt euch mein Essen etwa nicht?«

»Doch!«, beruhige ich ihn. »Alles okay. Abebe hat es geschmeckt. Sehr sogar! Aber wir haben begonnen über die üble Lage der Welt zu reden. Meine Schuld!«

»Ach, das ist ein großer Fehler. Deutsche reden immer über die falschen Dinge beim Essen. Bei uns Türken ist das so: Erst essen wir ganz lange und reden über gute Dinge, dann trinken wir Tee und fragen, wie es dem anderen so geht. Und dann erst kommt die Zeit, wo man sich die Köpfe einschlagen kann. Ich bringe euch jetzt einen Tee, okay?«

Wir lachen, und Ahmed serviert uns Tee.

Danach haben wir keine Kraft mehr, um uns die Köpfe einzuschlagen. Wir sind uns eigentlich ja auch einig: Wir müssen ein Zeichen setzen! Durch unser gemeinsames Handeln!

17. September, 11 Uhr, in der Redaktion

Als mein Telefon klingelt, kommt es mir heute besonders laut und schrill vor – es wurde gestern Abend dann noch länger, als ich wollte.

»Heureka! So sagt man doch – oder!?«, schreit Tom in mein Ohr.

»Guten Morgen, erst mal!«

»Dafür ist jetzt keine Zeit. Ich habe die Lösung. Ist mir heute Morgen beim Duschen eingefallen! Warum tun wir nicht das Naheliegendste?«

»Und das wäre?«

»Wonach haben wir gesucht? Nach einem Schuh, der in Afrika hergestellt wurde. Und nun stell dir das einmal vor: Wir werden Sneakers-Produzenten! Wir machen das selbst. In Afrika! Ich bin mir sogar sicher, dass wir mit den anderen Markenprodukten konkurrieren könnten. Denn wir wissen doch: Die Technik ist ausgereift, viel wichtiger ist die individuelle Anpassung. Und das kann eine kleine Firma viel besser als eine große. Ich übernehme hier den Vertrieb – mit ein paar anderen Kollegen in anderen Großstädten. Alles Weitere kläre ich noch …«

Ich kann nicht anders, als zustimmend in den Hörer zu rufen: »Mein Gott, das ist es! Du bist der Größte!«

Um mehr über das Sportschuh-Geschäft zu erfahren, schaue ich wie der Handel mit Sneakers aus China funktioniert. Dazu kehre ich im Laufe des Tages noch einmal auf die Webseite von Alibaba zurück, die sich ja vor allem an Zwischen- und Kleinhändler richtet. Die Preise, die dort angegeben sind, sind sogenannte Einkaufspreise. Sie gelten für Verkäufer, die größere Mengen an Schuhen abnehmen.

Einen Moment lang überlege ich, was man dabei verdienen kann. Wenn wir Sneakers für acht Euro das Stück erwerben und für – sagen wir einmal – dreißig Euro verkaufen, dann ist das eine Gewinnspanne von 275 Prozent! Selbst wenn noch die Kosten für Transport, Lagerung und anderes abgehen. Nicht schlecht! Die Schuhe könnte ich in meiner Garage lagern, ich habe nämlich kein Auto.

Auch der Transport ist nicht so teuer, wie manche denken: Ich kann in einem Standard-Container an die 1000 Paar Schuhe unterbringen, das ergibt Transportkosten von einem Euro pro Paar.

Das sind die Konkurrenzbedingungen, gegen die wir mit unseren afrikanischen Sneakers antreten müssen.

Allerdings: Sämtliche Importeure von Waren aus China oder Afrika müssen gegen die Bürokratie ankämpfen. Auf der Homepage einer Handelskammer lese ich, dass Zollerklärungen, Umsatzsteuer, Sicherheits-, Umwelt- und Artenschutzvereinbarungen und so weiter beachtet werden müssen.

19. September, 10 Uhr, Best Western Hotel

»Wie viel Porto kostet eigentlich ein Schuhkarton, den man von Äthiopien nach Deutschland schickt?«

Mit dieser Frage überrascht uns Abebe am Morgen beim Frühstück. Wir wechseln uns inzwischen ab: Immer kommt jemand aus der Redaktion oder aus Toms Schuhladen, um Abebe beim Frühstück, Mittag- oder Abendessen Gesellschaft zu leisten – und dafür zu sorgen, dass kein fremder Journalist sich ihm nähert, um ihn auszuhorchen.

Da Abebe spürt, wie sehr wir uns um ihn und seinen Bruder kümmern, will er Ismael erlauben, uns endlich das zweite Sneakers-Paar zu schicken.

Doch statt sich darüber zu freuen, flippt der Chef fast aus, als Ann-Katrin und ich ihm in seinem Büro von Abebes Plan erzählen.

»Mit der Post!? Er will diese kostbaren Treter, hinter denen wir seit einem halben Jahr her sind, mit der Post verschicken?« Der Chef schnaubt wie ein Walross. »Auf keinen Fall! Die werden von einem Kurierdienst abgeholt, der das Päckchen einem Steward der Lufthansa persönlich überreicht. Und wir werden es dann am Flughafen in Empfang nehmen. Alles andere wäre doch Wahnsinn!«

Niemand wagt zu widersprechen, also wird es so gemacht.

Als ich nach dem Mittagessen meine Mailbox öffne, erwartet mich eine Überraschung. Ich habe eine Nachricht von unserem großen Nörgler bekommen – an mich persönlich gerichtet:

> Sehr geehrter Herr Koschinski,
> Ihre Zeitung mag ich ja nicht – was sich mir jeden Tag beim Lesen aufs Neue bestätigt.
> Aber Sie sind doch aus ganz anderem Stoff gestrickt – damit habe ich nicht gerechnet. Hut ab vor Ihrem Durchhaltevermögen!
> Erzählen Sie nur Ihrem Chef nichts von dieser Mail. Das würde unsere kleine gepflegte Feindschaft untergraben. Und mein Versprechen werde ich natürlich einlösen: Ich laufe beim nächsten Stadtmarathon nackt mit und hänge mir nur Schilder mit dem *Mittagskurier*-Logo um. Wenn das die Rennleitung zulässt!
>
> Hochachtungsvoll
> Dr. Wilhelm Weitmannsthal

21. September, Restaurant des Bestern Western Hotels, Video-Konferenz mit Mammo

Bei unserer zweiten Skype-Konferenz mit Mammo können wir ihn ganz leicht für das neue Projekt überzeugen, denn Abebe hat bereits intensiv mit ihm darüber debattiert.

Mammo bleibt also in Addis, wird dort eine kleine Schuhfabrik gründen und zusammen mit Abebe die perfekten Sneakers in Äthiopien herstellen. Er weiß auch sofort, wer der Chef-Ingenieur der Produktlinien oder, anders gesagt, der Schuster und Designer wird: natürlich sein Vater Ismael!

Mithilfe eines Kredits, den unser Chef über die äthiopisch-deutsche Handelskammer vermitteln wird, wollen sie eine kleine Halle für die Herstellung anmieten und gebrauchte Spezialnähmaschinen für die Schuhverarbeitung ankaufen.

Der Prototyp für das erste Sneakers-Modell werden selbstverständ-

lich die Sportschuhe sein, die Ismael für seine beiden Söhne angefertigt hat: in den drei Farben Afrikas.

»Wir drei sind uns auch einig«, erklärt Mammo, »bei uns soll es keine Ausbeutung geben. Wir wollen faire Preise für die Rohstoffe und faire Löhne für unsere Arbeiter zahlen.« Seinem Tonfall ist anzuhören, dass er weiß, wovon er spricht.

Für den Absatz in Europa wird Tom sorgen. Zusammen mit vielen anderen unabhängigen Sneakers-Läden wird er ein Netzwerk aufbauen.

»Wir stehen sowieso in Kontakt miteinander und wollen unabhängiger von den großen Sneakers-Konzernen werden«, sagt er. »Und ich habe noch eine großartige Idee: In den Sneakers-Läden könnten die Kunden ihre Fußmaße einscannen lassen, dann werden die Schuhe nach Maß gefertigt. Aber nicht nur das! Ich habe eine Bekannte, deren Kleidungslabel jeder Hose, jedem Kleid und jedem Hemd ein Schild mit einer individuellen Produkt-Identifikationsnummer einnähen lässt. Mit dieser Produkt-ID kann man genau verfolgen, wo die Rohstoffe herkommen, wo der Stoff gewebt und gefärbt wurde. Und welche Näherin schließlich das Kleidungsstück an welchem Ort der Welt angefertigt hat. Für die Sneakers müssen wir es genauso machen. Die Kunden können dadurch sehen, wo die Rohstoffe für ihre Sneakers herkommen und wo sie produziert wurden.«

»Ja, faire Turnschuhe sind genau die Alternative, die wir brauchen«, begeistert sich Ann-Katrin. »Aus fair gehandelten Rohstoffen und zu gerechten Konditionen in einer Fabrik hergestellt, die den Arbeitern selbst gehört. Wo könnten die besser herkommen als aus dem Land der Läufer?«

»Und ich sorge dafür«, schließe ich mich der Begeisterung an, »dass die Menschen in Europa erfahren, wie unser Schuh-Kollektiv zustande gekommen ist und wer die Schuhe wo und mit welchen Rohstoffen herstellt. Für den Vertrieb in China habe ich auch schon zwei interessante

Ansprechpartner: Li, der sich gut in der Schuhwelt von Wenzhou auskennt, und seine Cousine Wei, die ja direkt in der Produktion tätig ist.«

»Letztlich aber haben die Kunden das Sagen. Sie entscheiden mit ihrem Kauf, was ankommt und was nicht«, fasst Tom noch einmal zusammen. »Also müssen wir auch die passende Werbung machen.«

»Oder eine aufrüttelnde Aufklärungskampagne starten«, erwidert Ann-Katrin.

Und dann überrascht uns Abebe mit einer Ankündigung: »Wir haben inzwischen ein Netzwerk aus aktiven Läufern gebildet, weil wir etwas gegen die Ausbeutung unternehmen wollen. Wir haben es satt, Sportsklaven zu sein! Deshalb müssen wir protestieren. Und zwar dann, wenn Tausende oder sogar Millionen Menschen uns zuschauen, dann müssen wir sprechen. Das ist unsere einzige Chance. Wir afrikanischen Läufer sind uns endlich einmal einig: Beim Berlin-Marathon – einem der wichtigsten Läufe weltweit – wollen wir ein Zeichen setzen!«

»Darf man denn sportliche Veranstaltungen überhaupt für politische Zwecke nutzen?«, fragt mich Ann-Katrin, als wir auf dem Weg zurück in die Redaktion sind.

»Nein«, antworte ich, »nicht, wenn es nach den Veranstaltern und dem Großteil des Publikums geht. Die Veranstalter wollen reibungslose Spiele, weil nur so das Publikum, die Medien und die Sponsoren zufriedengestellt werden. Bei den Olympischen Spielen ist jede Form von politischem Protest sogar ausdrücklich untersagt.«

Tom googelt auf seinem Smartphone: »Ja, stimmt …!«

»Aber trotzdem«, fahre ich fort, »der Protest ist so alt wie die Sportveranstaltungen selbst! Es gab schon während der ersten Olympischen Spiele der Neuzeit Proteste. Für einzelne Freiheitsbewegungen in Irland oder Finnland zum Beispiel, die von Nachbarstaaten besetzt waren. Darüber wird allerdings nur wenig berichtet.«

»Dann wird es ja Zeit«, ruft Ann-Katrin mir zu, »dass du endlich einen Beitrag in deiner Serie darüber machst!«

Von der gehobenen Faust zu überkreuzten Armen!
Mit welchen Gesten Läufer politische Signale setzen

Was kaum bekannt ist: Politische Proteste gibt es schon so lange, wie es internationale Sportveranstaltungen gibt.

Bereits 1906 nutzte der Ire und Weitsprung-Silbermedaillengewinner Peter O'Connor die Olympischen Zwischenspiele in Athen für eine politische Kundgebung: Er kletterte auf einen Fahnenmast und schwenkte die irische Fahne – als Protest gegen die britische Besatzung. Aus einem ähnlichen Grund verzichteten die Finnen bei der Olympiade 1908 in London auf eine Fahne, um nicht hinter der ihrer russischen Besatzer hermarschieren zu müssen.

Als die Sowjetunion seit den 1950er-Jahren an den Olympischen Spielen teilnahm, kam es immer wieder zum Boykott einzelner oder ganzer Gruppen von Staaten: 1956 boykottierten die Niederlande, Spanien und die Schweiz die Olympiade in Melbourne wegen der blutigen Niederschlagung des Aufstandes in Ungarn durch die Sowjetunion. 1980 boykottierte die halbe westliche Welt die Spiele in Moskau wegen des Einmarsches der Sowjetarmee in Afghanistan. Daraufhin revanchierten sich die Länder des sogenannten Ostblocks 1984 mit einem Boykott der Spiele in Los Angeles.

Noch beharrlicher jedoch zeigt sich der Protest gegen Rassismus und Unterdrückung schwarzer Minderheiten.

Jesse Owens hatte bei der Olympiade 1936 in Berlin für die USA gesiegt – und dadurch ein Zeichen gegen den Nazi-Rassismus gesetzt. Doch daheim durfte er nicht mit Weißen zusammen im Restaurant sitzen, dieselben Sitzbänke in Bussen benutzen oder dieselben Eingänge zu öffentlichen Einrichtungen nehmen. Nach Jahrzehnten erkämpften die Afroamerikaner zwar Ende der 1960er-Jahre ihre formelle Gleichberechtigung, doch die Diskriminierung im Alltag dauert bis heute an.

In Südafrika wurde in den 1960er-Jahren die Unterdrückung der

schwarzen Bevölkerungsmehrheit sogar noch verschärft. Schwarze Sportler sollten Siege für ihre Nationen erringen, im Alltag waren sie jedoch unerwünscht. Deshalb forderte das Olympic Project for Human Rights (OPHR) alle nichtweißen Sportler auf, die Olympischen Spiele 1968 in Mexiko zu boykottieren. Zwar misslang der Boykott, aber immerhin wurden die Apartheidstaaten wie Südafrika und Rhodesien von den Spielen ausgeschlossen.
Außerdem setzte die Protestbewegung ein Zeichen, das sich in die Geschichte des Sportes tief eingebrannt hat: Beim 200-Meter-Lauf errangen die beiden afroamerikanischen Läufer Tommie Smith und John Carlos den ersten und den dritten Platz. Sie betraten das Siegerpodest mit einem Button der OPHR am Hemd und ohne Sportschuhe. Während die US-Nationalhymne lief, streckten sie ihre Fäuste in die Luft: Auf dem Siegerpodest machten sie das Zeichen für Black Power!
In der jüngsten Vergangenheit haben Sportler an diese Tradition des Protests angeknüpft: Nachdem der äthiopische Marathonläufer Feyisa Lilesa bei den Olympischen Spielen 2016 in Rio eine

Silbermedaille gewann, hielt er seine gekreuzten Arme demonstrativ in die Höhe – als Zeichen gegen die Unterdrückung von Minderheiten in seinem Land. Mit den gekreuzten Armen erinnern äthiopische Demonstranten daran, dass ihr Land von der Regierung geraubt und an ausländische Agrarkonzerne verpachtet wird.

Und im Jahr 2017 begannen schwarze Football-Spieler in den USA damit, sich während der Nationalhymne hinzuknien – sie erinnerten damit an den von weißen Rassisten getöteten Schwarzenführer Martin Luther King. US-Präsident Donald Trump schäumte vor Wut und nannte die Spieler »Hurensöhne«. Denn obwohl die Afroamerikaner in den USA inzwischen rechtlich gleichgestellt sind, blüht der Rassismus dort in den letzten Jahren wieder stärker auf.

Es ist das alte Lied: Siegen dürfen Athleten für ihre Nationen – aber nicht auf ihre Rechte aufmerksam machen.

Kapitel 11

DIE WELT SCHREIT NACH FAIRNESS! EIN BESONDERER MARATHONLAUF, EINE KLEINE SCHUHFABRIK IN AFRIKA UND DIE HOFFNUNG AUF EINE BESSERE WELT

24. September, auf dem Weg nach Berlin

Morgen startet der Berlin-Marathon, und wir sind mit unserem Kleinbus auf dem Weg dorthin. Immer die A2 entlang und dann den Hinweisschildern nach »Berlin Mitte« folgen.

Der Chef hat noch ein paar Hotelzimmer für uns aufgetrieben – obwohl die Stadt während des Marathons aus allen Nähten zu platzen droht. Und er hat es geschafft, dass Ann-Katrin, Deratu, Abebe und Tom noch auf die Teilnehmerliste gesetzt wurden.

Wir wollen uns in besonderer Weise am Lauf beteiligen: Die Vier werden gemeinsam laufen. Es geht ihnen dabei nicht um Tempo. Sie laufen für eine gerechte Welt. Sie haben ein Fahne dabei, in den Farben von Kenia, Äthiopien und Deutschland: gelb, rot, schwarz, grün und wieder gelb, rot und grün … Darauf steht in riesigen Buchstaben: »Fair run!«

Natürlich sind einige Reporter aus unserer Redaktion dabei, um über die ganze Sache zu berichten. Und vorn im Wagen neben dem Fahrer sitzt natürlich der Chef.

Während des Marathons werde ich über unseren neuen Super-Laptop einen *Mittagskurier*-Special-Blog führen. Im Wechsel mit den aktuellen Geschehnissen des Marathons veröffentlichen wir darin Hintergrundberichte, die Ann-Katrin zusammen mit Abebe und mir geschrieben hat. Als Titel dieser Reihe haben wir das Motto des legendären äthiopischen Marathonläufers Haile Gebrselassie gewählt: »Kein Rennen beginnt mit dem Start.«

Behandelt werden alle die Dinge rund um den Marathon, die der Zuschauer nicht sieht oder so nicht erwartet. Es beginnt mit:

Die letzten 48 Stunden bis zum Start

Ausgeruht an den Start gehen – das wünschen sich die meisten Läufer. Doch das ist eine Illusion. Kaum jemand schläft mehr in der letzten Nacht vor einem so wichtigen Ereignis: kein Musiker vor einem wichtigen Konzert, kein Akrobat vor der ersten Aufführung einer neuen Darbietung und auch kein Marathonläufer vor einem wichtigen Lauf!
Erfahrene Teilnehmer sagen deshalb: Wichtig ist, dass man die vorletzte Nacht gut schläft. Dann bringt man genügend Kraft mit und kann die Nacht vor dem Rennen ohne allzu großen Druck irgendwie entspannt verbringen.
Doch bereits in den allerfrühesten Morgenstunden halten es die meisten Läufer nicht mehr im Bett aus. Minute für Minute baut sich die Spannung in ihnen auf – und das ist gut so. Denn der Körper muss voller Energie und Adrenalin stecken, um sein Ziel überhaupt angehen zu können: 42,195 Kilometer ohne Stopp zu laufen!
Folglich trudeln die Läufer lange vor dem Beginn des Laufes in der großen Start- und Zielzone ein.
In Berlin erstreckt sich dieses Areal vom Reichstag bis kurz vor die Siegessäule. Schließlich müssen hier rund 40 000 Läufer abgefertigt werden: Die Anmeldung jedes Läufers wird überprüft, er erhält seine Startnummer, die er sichtbar tragen muss, ein Startarmband und einen Chip für die Zeitmessung, den er an einem seiner Schuhe oder am Fußknöchel zu befestigen hat.
Bevor die Läufer die Startzone betreten, umarmen sie noch einmal ihre Angehörigen, legen langsam Schicht für Schicht ihre Trainingsanzüge, Warmhalteklamotten und ihre Maskottchenpullover ab.

Erfahrene Läufer schmieren sich nun ihre Achseln und andere Stellen, an denen es beim Laufen reibt, mit Babyöl oder Vaseline ein. Und decken schnell noch die Brustwarzen mit Spezialpflastern ab. Mancher Läufer musste schon aufgeben, weil er sich nach ein, zwei Stunden ununterbrochener Laufbewegungen wundgerieben hatte ...
Dann begeben sich alle in ihre Startposition – und zwar schön der Reihe nach und jeder in seinem Block.

25. September, Berlin-Tiergarten, Straße des 17. Juni

Um 9.15 Uhr ertönt pünktlich und laut ein

»P-E-E-E-E-E-N-G!!!!«

Der Regierende Bürgermeister hat den Startschuss für den diesjährigen Berlin-Marathon gegeben. Allerdings setzen sich nur die allerersten Teilnehmer in Bewegung. Das sind die Läufer mit garantierten Bestzeiten von 2:20:00 bis 2:40:00 Stunden. Diese Spitzengruppe wird angeführt von den Laufstars: ausschließlich äthiopische und kenianische Läufer sowie deren Tempomacher, die Hasen. Darauf folgt ein nicht enden wollender Strom von Läufern, der sich auf die Straße des 17. Juni schiebt, als würde er aus einer riesigen Tube gedrückt.

Dies führt zur ersten Frage in unserem Blog:

Warum drängeln nicht alle Läufer nach vorn?

Weil 40 000 Läufer nicht alle gemeinsam starten können, werden sie in acht Blöcke aufgeteilt, die in drei Wellen beginnen, je nach der Trainingszeit der Läufer.
Die erste Welle setzt sich um 9.15 Uhr in Bewegung – in fünf Blöcke unterteilt: Nach ganz vorn dürfen nur Läufer mit Trainingszeiten von weniger als 2:40:00 Stunden.
Wer mehr als 3:30:00 benötigt, darf erst mit der zweiten Welle um 9.35 loslaufen, und die ganz Langsamen und Anfänger beginnen erst um 10 Uhr mit der dritten Welle.

Doch eigentlich ist es egal, wann man startet: Der Chip misst die Laufzeit jedes Teilnehmers ab dem Moment, an dem er die Startleiste passiert, und stoppt an der Zielleiste. Theoretisch könnte also der beste Läufer auch irgendwo im Mittelfeld laufen.

9.30 Uhr, Berlin-Moabit, Am Spreebogen

An der Brücke über die Spree, in Sichtweite von Kanzleramt und Reichstagsgebäude kommen die ersten Läufer in Sicht. Nach etwas mehr als sechs Kilometern haben sich die Spitzenläufer und ihre Hasen schon deutlich vom Hauptfeld der Läufer abgesetzt. Mit Riesenschritten nähern sie sich Berlin-Mitte.

Was nehmen die Läufer darüber hinaus auf – was sehen sie?

Kann man sagen: Die Läufe finden an den herrlichsten Orten der Welt statt, doch im Grunde haben die Läufer selbst wenig davon?

Jein, einige Läufer riskieren tatsächlich hin und wieder einen Blick in die Umgebung – doch mehr ist nicht drin, weil ihre Konzentration dadurch beeinträchtigt wird. Andere dagegen werden durch eine schöne Umgebung im positiven Sinne abgelenkt. Sie achten weniger auf eigene innere Zweifel oder die vielen kleinen Störsignale, die der Körper bei solch einer Anstrengung aussendet.

Die Läufer spüren zwar die Stimmung, die von dem jeweiligen Ort und von den Zuschauern am Rande der Strecke ausgeht, aber in erster Linie kreist die Wahrnehmung um sie selbst: Bin ich zu schnell oder zu langsam? Wo läuft der Tempomacher meiner Zeitgruppe? Soll ich schon an der nächsten Station etwas trinken? Habe ich einen guten Atemrhythmus? Hätte ich vielleicht doch keine Socken anziehen sollen? So geht es Kilometer um Kilometer ...

10.15 Uhr, Berlin-Schöneberg, Am Kleistpark

Die ersten Läufer passieren die Grenzmarke für die halbe Strecke.

Ein Reporter gibt sofort über Twitter die besten Zeiten durch:

1. 1:02:13,
2. + 18 Sekunden,
3. + 57 Sekunden.

Superzeiten! Aussichten auf einen
neuen Rekord!

Und darum geht es! Wieder einmal soll der Weltrekord geknackt werden. Tatsächlich wurden in Berlin schon viele Bestzeiten gelaufen. Doch in den letzten zwei Jahren scheiterten die Rekordversuche daran, dass es regnete. Die Beinmuskeln der Läufer kühlen aus bei so einer Wetterlage, so die Rennleitung.

Heute jedoch ist das Wetter ideal – kein Regen, nicht zu kalt und nicht zu warm, – und es sind die erfolgversprechendsten Läufer am Start. Die haben sich schon sehr weit vom Hauptfeld abgesetzt.

Nur hin und wieder ziehen einzelne Läufer vorbei.

Dann plötzlich ergießt sich das lang gezogene Hauptfeld über die Strecke. Läufer, Läufer, Läufer …

Wenn sie an einer Getränkestation vorbeikommen, hinterlassen sie einen riesigen Müllberg aus Plastikbechern.

Und das führt uns zu einer der meistgestellten Fragen:

Muss ein Marathonläufer pinkeln oder nicht?

Die meisten denken, Langläufer schwitzen alle Flüssigkeit aus. Noch so ein Mythos!

Auch Marathonläufer »müssen mal«. Es gibt nicht nur Trink- und Essensstationen, sondern auch mehrere Toilettenstationen entlang der Strecke mit einer ganzen Reihe von Dixi-Toiletten. Vor ihnen stehen die Läufer oft Schlange!

10.30 Uhr, Berlin-Charlottenburg, Breitscheidplatz

Nach der Gruppe der Spizenläufer tut sich nun eine größere Lücke auf. Nur hin und wieder ziehen einzelne Läufer vorbei. Dann endlich nach mehr als zehn Minuten nähert sich das erste größere Verfolgerfeld: Läufer, die gute Zeiten unter 2:30:00 Stunden erreichen wollen. Anschließend bleibt die Strecke wieder einige Zeit leer – bis auf vereinzelte Teilnehmer, die entweder ihre Gruppe verloren haben oder bewusst als Einzelkämpfer unterwegs sind, was aber nicht sehr häufig vorkommt. Denn es ist viel anstrengender, allein zu laufen, als sich von einer Gruppe oder Tempomachern mitziehen zu lassen.

Zwischen Enttäuschung und dem perfekten Lauf

Welche psychische Dynamik die meisten Läufer während der Marathonstrecken durchleiden, hat der japanische Schriftsteller und Marathonläufer Haruki Marukami herausgefunden. Nach zwanzig Jahren Marathonerfahrung wurde ihm bewusst, dass er noch immer die gleichen Stadien durchläuft. »Bis Kilometer 30 bin ich zuversichtlich, eine gute Zeit laufen zu können.« Ab da beginnt die Erschöpfung. »Nach Kilometer 35 jedoch geht meinem Körper der Sprit aus, und ich beginne, mich über alles zu ärgern. Am Ende fühle ich mich wie ein Auto mit leerem Tank.« Doch wenn sich der Läufer nach ein paar Tagen wieder erholt hat, wächst der Stolz, es geschafft zu haben, die ganze Mühe wird vergessen, und die Hoffnung wächst: Beim nächsten Lauf wird alles besser.
Jeder träumt vom perfekten Lauf – doch gibt es den überhaupt? Bei einem guten Lauf stimmt einfach alles.
In diesem Ausnahmezustand verfügen die Läufer über Wissen, das weder »der Körper erworben« noch »der Verstand gespeichert« hat. So hat es der tschechische Autor und Läufer Péter Nádas beschrieben: »Ich bin mit mir selbst identisch ... Ich habe nur Reflexe, keine Selbstreflexion. Alles, was Sehnsucht, Affekt, Wille heißt, ist auf die Instinkte

zurückverwiesen.« Damit meint er: Alle bewussten Wahrnehmungen wie Schmerzen, Unlustgefühle, aber auch die ganzen selbstquälerischen Gedanken sind wie ausgelöscht. »Der Läufer greift auf Erfahrungen zurück, die er sich nicht selbst erworben hat; er gebraucht all das, was er als Summe früheren Lebens unbewusst in sich bewahrt.« Nádas bezieht sich hier auf die 200 000 Jahre Geschichte unserer Spezies, das Verhaltensprogramm des *Homo sapiens*: Der Mensch will Läufer sein – nichts sonst!

Der Nachteil ist: Der perfekte Lauf ist nicht programmierbar. Man kann alles vorbereiten, alles kann optimal sein – und man erreicht trotzdem nicht diesen Zustand. Und noch ein möglicher Nachteil: Der perfekte muss nicht unbedingt der schnellste Lauf sein!

10.45 Uhr, Berlin-Wilmersdorf, zwischen Olivaer Platz und Kurfürstendamm

Von perfektem oder gar von Rekordlauf kann heute keine Rede sein. Denn irgendetwas ist in den vergangenen Minuten mit den Top-Läufern passiert. Sie fallen in der Zeit zurück, werden sogar langsamer.

Das spüren auch die Zuschauer an der Strecke und versuchen sie durch Sprechchöre wieder anzutreiben: »Hopp-hopp-hopp! Hopp-hopp-hopp!«

»Was ist denn hier los?«, geht ein Murmeln durch die Zuschauermenge.

»Was machen die Läufer da?«, fragen immer mehr Sportmoderatoren.

10.55 Uhr, Berlin-Charlottenburg, Wittenbergplatz

Die Läufer verlieren immer mehr an Geschwindigkeit. Wo sind denn die Hasen, die das Tempo halten sollen? Ein Motorrad mit großer Digitaluhr fährt doch vor ihnen her. Es kann ihnen doch nicht entgehen, dass sie zurückfallen. Mein Gott, was ist da los!?

Was ist denn da los – kuriose Zwischenfälle

Solange es Marathonläufe gibt, fragten sich Beobachter schon: »Was ist denn da los?«
Bei den zweiten Olympischen Spielen der Neuzeit führte der Marathon durch Paris. Wundersamerweise wurde der Amerikaner Arthur Newton nur Fünfter: »Ich übernahm auf halber Strecke die Führung, und da mich bis zum Ziel niemand überholte, fühlte ich mich als Olympiasieger. Wieso einige andere vor mir da waren, wird mir ewig ein Rätsel bleiben.« Sieger bei diesem Lauf wurde der Pariser Bäckerjunge Michel Théato – der kannte eben Abkürzungen ...

Und nun hier in Berlin: Die Athleten werden immer langsamer – als hätten sie eine gemeinsame Batterie, deren Energie allmählich aufgebraucht wird. Doch dieses Mal handelt es sich nicht um einen Zufall oder eine Schummelei. Dieser Zwischenfall ist beabsichtigt!

11.15 Uhr, Berlin-Mitte, Straße Unter den Linden

Es sind nur noch 500 Meter, und das Zielareal ist bereits zu erkennen. Eigentlich müssten die Läufer in einem Endspurt ihr Letztes geben.

Doch das Spitzenfeld aus äthiopischen und kenianischen Läufern wird immer langsamer. Jetzt gruppieren sie sich nebeneinander und laufen fast auf der Stelle. Bis Abebe, Ann-Katrin, Deratu und Tom mit ihrer Fair-Run-Fahne aufschließen. Gemeinsam reißen sich die Sportler wie auf einen Befehl hin die Sportschuhe von Adidas, Puma und Nike von den Füßen und werfen sie an den Rand. Sie machen Fäuste und strecken ihre gekreuzten Arme in die Luft.

Etliche Zuschauer am Streckenrand weichen verdutzt zurück. Doch Aktivisten einer Hilfsorganisation drücken ihnen kleine Handzettel in den Farben Grün, Rot und Gelb in die Hände. Etliche flattern auch von nahe stehenden Gebäuden.

Die Reporter, die live über TV, Radio und Internet berichten, sind irritiert: »Was soll das?!«

Die Spitzenläufer, die sonst um jeden Meter, um jede Sekunde gegeneinander kämpfen, haben sich zu einer gemeinsamen Reihe zusammengeschlossen. Nachdem sie mehr als zwei Stunden gekämpft haben, beenden sie den Wettkampf in Sichtweite des Ziels. Das ist ein einmaliger Protest!

Sie lassen die Siegesprämien sausen. Ja, vielleicht sind damit sogar ihre Startgelder von Hunderttausenden von Euro verloren. Das scheint ihnen heute egal zu sein! Sie wollen ein Zeichen setzen! Ein Zeichen, das niemand übersehen kann. Ein Zeichen, das in die Geschichte des Laufsportes eingehen wird.

Alle laufen jetzt barfuß.

Einzig der Läufer Abebe hält seine Sneakers hoch.

Es ist das Zwillingspaar der Sneakers, die der Chefredakteur des *Mittagskuriers* vor einem halben Jahr blutverschmiert am Rande des Marathons in seiner Heimatstadt fand …

Und das ist der perfekte Moment, um hier meine Serie über Lauf- und Sneakers-Mythen mit der letzten offenen Frage abzuschließen:

Warum trug Bikila bei den Olympischen Spielen 1960 keine Schuhe?

Abebe Bikila war der erste schwarze Afrikaner, der einen großen Langlauf-Titel holte: Er gewann den olympischen Marathonlauf in Rom – aber warum barfuß?

Die einfachste Antwort war lange Zeit: Er besaß gar keine Laufschuhe, da er ein armer Äthiopier war.

Doch tatsächlich gehörte Abebe Bikila zur Palastgarde des Kaisers Haile Selassie I. Selbstverständlich besaß er Laufschuhe.

Deshalb entstand eine neue Legende: Bikila habe seine Schuhe daheim vergessen. Doch selbst wenn dies wahr sein sollte, könnte es nicht als Antwort dienen. Denn Bikila soll ein Paar Schuhe von Sponsor Adidas geschenkt bekommen haben.

Warum er diese nicht trug, erklärt eine weitere Legende: Er konnte die Schuhe am Wettkampftag nicht finden.

Demgegenüber weiß der Bikila-Biograf Paul Rambali zu berichten: Am Tag vor dem Lauf war Bikila mit seinem Trainer zum Adidas-Stand im Olympischen Dorf gegangen. Dort wurden die Athleten kostenlos mit Schuhen und anderer Sport-Ausrüstung von Adidas versorgt. Doch man hatte bereits 1500 Paar Sportschuhe verteilt, und von den wenigen, die übrig waren, passten Bikila keine. Zumal er Füße hatte, wie sie der Adidas-Experte noch nie gesehen hatte: Die großen Zehen waren riesig, die kleinen Zehen fast verkümmert, und die Fußsohlen waren nahezu steinhart. Von dem Paar, das er beim Training an diesem Tag ausprobierte, bekam er Blasen. Da beschlossen Trainer und Athlet: Bikila sollte barfuß laufen. Das war er von Kindheit an gewohnt. Denn dadurch werden die Füße kräftig, und der Läufer lernt außerdem, bei jedem Untergrund richtig abzufedern, was er bei der Strecke in Rom nutzen konnte: Sie führte über holprige Straßen und sogar über altes römisches Kopfsteinpflaster. Sportschuhe dieser Zeit dämpften ohnehin zu wenig. Abebe Bikila zog also keine Schuhe an, weil er erkannt hatte, dass er barfuß besser laufen würde. Und er behielt recht: Er setzte sich gegen alle Konkurrenten in Sportschuhen durch.

Und nun – sechzig Jahre später – laufen äthiopische und kenianische Läuferinnen und Läufer gemeinsam und barfuß durchs Ziel.

Was für ein Signal: Wir brauchen eure Schuhe nicht! Nicht eure Schuhe, sondern unser Körper, unser Training und unser Kampfgeist sollen die Gründe für den Sieg im Wettbewerb sein. Für den Sieg in einem *fairen* Wettbewerb!

2. Oktober, von meinem Homeoffice aus in die ganze Welt

Schon wenige Tage nach dem Marathon stellen wir unser Programm ins Netz:

> **Lauf gut – lauf fair! Leb gut – kauf fair!**
> Faire und gesunde Arbeitsbedingungen für die Hersteller von Sneakers!
>
> Schluss mit den Klebeorgien für Mode-Schickimicki-Sneakers! Warum? Arbeiterinnen und Arbeiter setzen hierfür ihre Gesundheit aufs Spiel. Arbeiterinnen und Arbeiter, die meistens nicht viel älter sind als die Teenager, die immer neue Sneakers haben wollen.
> Unser neues Schuhlabel heißt deshalb: **Fa**ir **Af**rican Shoes (FAAF-Shoes). Faire Schuhe von Afrikanern – nicht nur für Afrikaner!
> Faire Bedingungen bedeutet, dass wir genau aufschlüsseln: Wer woran wie viel verdient!
> Aber nicht nur das. Die Quintessenz aus der über 100-jährigen Sportschuh-Entwicklung: Der Serienschuh ist out. Die geheimnisvolle aufwendige Entwicklungsarbeit an neuen Schuhtypen ist ein Mythos. Sneakers sind technisch ausgereift. Sie müssen allerdings individuell für den jeweiligen Läufer angepasst werden.
> Die Marken-Sportschuhe setzen auf neue, effiziente Maschinen. Wir setzen auf gute Handwerker, Handwerker,

die selber zu den schnellsten Läufern der Welt gehören. Niemand muss bei uns auf Komfort und Coolness verzichten. Ganz im Gegenteil: Jedes Paar Schuhe wird individuell angefertigt.

Das Top-Modell ist ein Sneaker auf der Grundlage unseres Äthiopien-Schuhs: der FAAF-Sneaker »Africa« – schneller laufen nur die Geparden!

Eines ist uns klar: Wenn wir ein Happy End für Abebe, für Mammo, für uns und für die ganze Menschheit wollen, dann müssen wir etwas tun. Jeder von uns – und zwar sehr bald. Solange noch Zeit dafür ist.

In nicht allzu ferner Zukunft

Wir – Abebe, Mammo, Ismael, Ann-Katrin, Tom und ich – gründen eine kleine Firma. Wir scannen in unseren europäischen Sneakers-Läden die Fußmaße der Kunden ein und bestellen die Schuhe mit den individuellen Angaben bei Mammo in Addis. Einer seiner Mitarbeiter bestätigt den Eingang der Bestellung und beschreibt, wann und wie er die Schuhe herstellt. Über das ID-Schild lässt sich genau feststellen, wo die Rohstoffe herkommen und wer den Schuh angefertigt hat. Wir müssen in unserer Zeit keine anonymen Produkte mehr kaufen, auch wenn die Industrie es gern so hätte. Sie tut so, als ob die Waren ohne eine Geschichte – jungfräulich – auf den Verkaufstischen landen.

Und wie könnte die Geschichte weitergehen? Die Aktionen der Läufer sowie die Kritik von Aktionsgruppen und den Medien haben weitere Folgen. Es kommt zu weltweiten Boykott-Aufrufen gegen die großen Sneakers-Hersteller wie Adidas, Nike und Puma. Und gegen die von ihnen so groß gesponserten Spiele. Die Menschen sind es leid, unfaire Wettbewerbe zu sehen, bei denen es vor allem um Geld und prestigeträchtige Medaillen geht. Der Boykott zeigt Wirkung: Die Aktienkurse der Sportartikel-Hersteller brechen ein.

Bei der nächsten Olympiade bleibt das Publikum fern. Sie kommen nicht ins Stadion und schauen im TV lieber Dokumentationen über Tierarten, die es vermutlich bald nicht mehr geben wird. Und dann endlich haben es die Sportartikel-Manager, die Bosse des IOC und der FIFA, die Direktoren der Fernsehanstalten kapiert: Die Menschen wollen faire Athleten in fairen Schuhen und Kleidung sehen, die sich faire Wettkämpfe liefern!

Und das ist erst der Anfang. Es gilt, eine gerechtere Welt zu errichten. Dabei helfen keine Almosen, kein Sich-Abschotten oder utopische Forderungen wie die nach weltweit offenen Grenzen. Unsere einzige Chance ist: Wir müssen eine gerechte Welt errichten, in der es möglichst wenig Fluchtursachen gibt.

Wichtige Schritte dahin sind: weg von der billigen, anonymen Produktion, weg mit der Überproduktion für den reichen Westen, weg mit schlechten Löhnen und unangemessen niedrigen Preisen für Rohstoffe in den unterentwickelten Ländern. Hin zu gerechten Preisen für Rohstoffe und Produkte, hin zu einer transparenten Qualitätsproduktion, wo jeder Käufer Herkunft und Hersteller kennt. Hin zu einem gerechten Welthandel, der diesen Namen auch verdient.

Gerade noch im letzten Moment könnten viele afrikanische Regierungen das Steuer herumreißen: Sie beginnen, die reiche Natur Afrikas und seine Ressourcen und Bodenschätze zu schützen und langfristig zu nutzen. Statt sie an internationale Unternehmen für ein paar schnelle Gewinne zu verhökern, die dann auch noch auf den Privatkonten der Führungselite verschwinden.

Sie beginnen wieder das Kleinbauerntum zu unterstützen, statt große Ländereien an ausländische Agrarkonzerne zu verpachten. Die Kleinbauern haben gelernt, ihr Land nachhaltig zu nutzen, Kräutergärten anzulegen und mithilfe von Wiederaufforstung den Grundwasserspiegel zu stabilisieren.

Afrika kann der Welt nicht nur die besten Langläufer schenken. Afrika ist nicht nur die Heimat der weltweit erfolgreichen Gattung *Homo sapiens*. In Afrika könnte das entscheidende Gegengewicht zum globalen Kapitalismus heranwachsen – zu diesem Schluss kommt auch der afrikanische Philosoph Achille Mbembe, der lange Zeit an der Columbia-Universität in New York lehrte: »Heute sehe ich in Afrika einen Raum für positiven Wandel. Wie können Menschen miteinander existieren, die im Mangel leben und auf das Teilen angewiesen sind? Afrikaner haben ein ungemeines Potenzial dafür entwickelt, Dinge wiederzuverwerten und instand zu setzen. Das gilt nicht nur für alte Autos, sondern auch für das gemeinschaftliche Zusammenleben.«

Nur das Laufen und ich – wir wollen keine Freunde werden.

Stattdessen gehe ich fast jeden Tag eine längere Strecke sehr schnell, und zwar – seit es wieder etwas wärmer wird – barfuß durch unseren Stadtwald. Selbstverständlich nicht auf den langweiligen Wegen, sondern durch ein Netzwerk von Trampelpfaden, die ins Unterholz führen.

Über zwei umgefallene Bäume geht es schließlich an einem kleinen Bachlauf entlang.

Das ist mein täglicher Power-Walk! Ein Erlebnis – nicht nur für mich. Denn die Menschen, denen ich begegne, werfen mir Blicke zu: Ist der ein bisschen durchgeknallt? Will der hier Yogi spielen?

Jedenfalls komme ich danach so energiegeladen in der Redaktion an, dass es sogar der Chef bemerkt – und natürlich eine Geschichte dazu will. In der neuen Rubrik »Lifestyle«.

Aber ich bin Reporter, kein Lebensberater!

NACHBEMERKUNG

Die Geschichte mit all ihren Verwicklungen ist natürlich erfunden. Doch als Vorlage dienten Personen, Institutionen und Ereignisse aus der realen Welt:

Den **Chefredakteur** habe ich in Erinnerung an die Chefredakteure der vielen Zeitungen und Zeitschriften entworfen, für die ich als freier Autor gearbeitet habe.

Den **nervenden Leserbrief- oder E-Mail-Schreiber** kennt jede Redaktion.

Li steht für die unzähligen aufgeweckten jungen Chinesen, die auf ihre Chance warten, sich durch Fleiß und Wissen ein besseres Leben zu erarbeiten.

Wei steht für die unzähligen Arbeiterinnen in China, Kambodscha, Indonesien und nun auch in Afrika, die für unsere Sneakers ihre Gesundheit ruinieren und trotzdem nur knapp ihren Lebensunterhalt damit verdienen können.

Abebe steht für die zahlreichen Läufer, die es trotz entbehrungsreichen Trainings nicht auf das Siegerpodest der Marathonläufe schaffen.

Mammo steht für die vielen jungen und begabten Afrikaner, die sich auf die »Reise« machen – weil sie an eine bessere Welt glauben.

Es gibt natürlich die vielen im Buch erwähnten Sneakers-Marken und deren besondere Sneakers-Editionen. Häufig bringen Firmen einzelne Modelle in sehr begrenzten Auflagen heraus. So werden diese Sneakers zu begehrten Objekten, für die Sammler Hunderte oder sogar Tausende Euro zahlen.

Während die Fabrikarbeiter, die diese Sportschuhe hergestellt haben, sich im Schnitt mit zwei Prozent des Verkaufspreises zufriedengeben müssen.

Denn ob Kultmarken oder No Name – die Schuhe werden meistens in denselben asiatischen Schuhfabriken produziert. Diese Fabriken standen in den letzten Jahrzehnten vor allem in China. Doch um die billigsten Arbeitskräfte weltweit einzusetzen, haben die Sneakers-Konzerne mittlerweile ihre Produktion nach Kambodscha und Myanmar verlagert – und nun nach Afrika.

Um diesen Kreislauf der Ausbeutung zu durchbrechen, werden allerdings zunehmend Alternativ-Projekte gegründet. Das Sneaker-Label »Ethletic« beispielsweise vertreibt nur Sneakers aus fairer und nachhaltiger Produktion. Auch die kleine Schuhfabrik »Sole Rebels« in Addis Abeba stellt Schuhe zu fairen Bedingungen her.

Und es gibt einen alternativen Sneaker, der von den kanadischen Globalisierungskritikern der Zeitung *Adbusters* vertrieben wird: der »Unswoosher«. Statt des Markenlogos von Nike (dem Swoosh) klebt auf dem Unswoosher nur ein schwarzer Kreis. Und der Schuh sieht nicht nur zufällig wie der Converse-All-Star-Basketballschuh aus – nur ganz in Schwarz. Das Besondere: Der Schaft besteht aus biologischem Hanf, die Sohle aus recycelten Autoreifen, und den vorderen Teil bezeichnen die Macher als »Sweet spot for kicking corporated ass«, also als den optimalen Bereich, um in Konzern-Hintern zu treten.

Die Schuhe werden in einer portugiesischen Kooperative angefertigt. Leider gibt es zurzeit keinen Schuhvertrieb in Deutschland, der diesen Anti-Globalisierungs-Schuh im Sortiment hat.

Nur auf den Generalstreik der Sportler warten wir noch. Dass sie endlich einmal sagen:

Bei diesen unfairen Spielen in dieser unfairen Welt mache ich nicht mit!
Und erst recht nehme ich keine dopenden Mittel – nur um einmal Bester zu sein und den Rest meines Lebens unter den gesundheitlichen Folgen zu leiden!
Bringt die Sache in Ordnung, und wir beginnen mit fairen Spielen als Vorbild für eine faire Welt!

Und nicht zuletzt gibt es einige wissbegierige Journalisten und Autoren, die nicht loslassen können, bevor sie nicht die ganze Geschichte und die ganze Wahrheit in Erfahrung gebracht haben.

Lese- und Surf-Tipps

Das System mit der weltweiten Ausbeutung für billige Produkte erklärt der amerikanische Ökonom Michael Carolan:
Michael Carolan, *Cheaponomics – Warum billig zu teuer ist*, oekom-Verlag, München 2015

Der italienische Journalist Stefano Liberti ist zum Thema Landraub um die halbe Welt gereist:
Stefano Liberti, *Landraub – Reisen ins Reich des neuen Kolonialismus*, Rotbuch-Verlag, Berlin 2012

Sein Landsmann Fabrizio Gatti ist den Weg der Afrikaflüchtlinge quer durch die Sahara selber gereist. Ohne jeden Komfort – mit den gleichen Mitteln, die auch den Flüchtlingen zur Verfügung stehen:
Fabrizio Gatti, *Bilal – Als Illegaler auf dem Weg nach Europa*, Reinbek bei Hamburg 2013

Erhellend schreibt die Journalistin Carola Frentzen über ihre Zeit in Äthiopien: Carola Frentzen, Abyssinia – Mein Jahr in Äthiopien, Blanvalet, München 2012

Und ihr Kollege Philipp Hedemann schildert seine Erlebnisse einer langen Reise durch das Land:
Philipp Hedemann, *Der Mann, der den Tod auslacht. Begegnungen auf meinen Reisen durch Äthiopien*, DuMont, München 2017

Die aktuelle Entwicklung in Äthiopien untersucht eine Studie des Berlin-Instituts für Bevölkerung und Entwicklung: *Vom Hungerland zum Hoffnungsträger – Wird Äthiopien zum Vorbild für den afrikanischen Aufschwung?*

Abrufbar unter dem Link: https//www.berlin-institut.org/publikationen/studien/vom-hungerland-zum-hoffnungstraeger.html

Einen guten Überblick über die Vielzahl und Vielfalt der Marathonläufe weltweit gibt Nathalie Rivard: *Die besten Lauf-Events der Welt – Alles Wissenswerte rund um 200 außergewöhnliche Strecken,* Königswinter 2017

Ein ARD-Team hat die Machenschaften rund um die Marathonläufe aufgedeckt:
Geheimsache Doping. Der Lauf ums große Geld. Wie Afrikas Sporthelden verkauft werden, ein Film von Hajo Seppelt, Benjamin Best, Ulrike Unfug und Grit Hartmann, gesendet am 3.8.2017

Die spannende Geschichte der Dassler-Brüder, die zusammen die ersten Sportschuhe in Deutschland entwickelten und sich dann bitter bekämpften, erzählt Barbara Smit:
Die Dasslers – Drei Streifen gegen Puma, Bergisch-Gladbach 2007

Das einzig wahre Buch über den Aufstieg der Sneakers zu einem Kultgegenstand ist nur auf Englisch erschienen:
Out of the Box – The Rise of Sneaker Culture, hrsg. von der American Federation of Arts und dem Bata Shoe Museum, New York 2015

»Change your Shoes« – diese Aufforderung zum fairen Schuhkauf ist Teil einer Kampagne des Südwind-Instituts für Ökonomie und Ökumene.
http://suedwind-institut.de/de/index.php/schuh-und-lederproduktion.html

Über Wenzhou gibt es nicht nur interessante Websites, sondern auch Videos von Geschäftsreisenden auf YouTube. Einfach »Wenzhou« als Suchbegriff eingeben.

Auch über die Trainingsbedingungen der Läufer in Äthiopien lassen sich viele Websites und YouTube-Videos abrufen. Suchbegriffe: »Marathon« und »Äthiopien« oder »Marathon« und »Bekoji«.